古罗马神话故事

翟文明 编著

華文出版社
SINO-CULTURE PRESS

图书在版编目(CIP)数据

古罗马神话故事／翟文明编著.—北京：华文出版社，2009.4（2016.4重印）

ISBN 978-7-5075-2677-6

Ⅰ.古… Ⅱ.翟… Ⅲ.神话－作品集－古罗马 Ⅳ.I546.73

中国版本图书馆CIP数据核字（2009）第051690号

书　　名：古罗马神话故事
标准书号：ISBN 978-7-5075-2677-6
作　　者：翟文明　编著
责任编辑：刘新颢
封面设计：王明贵
美术编辑：滕　霞
出版发行：华文出版社
地　　址：北京市西城区广外大街305号8区2号楼
邮政编码：100055
网　　址：http://www.hwcbs.com.cn
电子信箱：hwcbs@126.com
电　　话：总编室010-58336239　发行部010-58336270
经　　销：新华书店
印　　刷：三河市嘉科万达彩色印刷有限公司
开　　本：720mm × 1010mm　1/16开本
印　　张：14
字　　数：193千字
版　　次：2011年11月第1版
印　　次：2016年4月第3次印刷
定　　价：46.20元

前言 

PREFACE

古罗马神话，是世界文学艺术宝库中的一树奇葩，它以浪漫史诗的形式再现了古欧洲人的社会面貌和精神生活，滋养了上千年的欧洲文学，对西方文学的发展和繁荣产生了巨大的影响。作为西方文学的源头，古罗马神话最早阐释了人文精神理念，为今天西方社会的伦理道德体系奠定了基础，构筑起西方文明的大厦。

古罗马神话是古罗马人民在同大自然的长期斗争中，在对高尚和文明的不懈追求中，创造出的一系列神的故事传说，反映了古罗马人民在历史蒙昧时期对神秘自然的执著探究，对英雄神圣的信仰崇拜，对和平生活的热情向往和对美好未来的无限憧憬。它们把自然力人格化，认为是有一些神灵主宰着世间万物的命运，但神和人一样有七情六欲，有喜怒哀乐；神话中浓墨重彩刻画的英雄人物则把人的性格和神的伟力集于一身，成为人的偶像、神的宠儿。

数千年来，藉由历代文学巨匠与艺术大师的神笔妙手，浪漫丰韵的神话世界吸引着多少人浸淫在自然之神秘创造力与精神寰宇的波澜壮阔中，驻足长时，流恋忘返……本书选辑了古罗马神话中近100篇最具代表性的故事，包括了神的出世、神的家族、神的创造、神的战争、人的起源、人神爱恋、人与神的合作和斗争等。通过活泼凝练的语言用字、悬念迭起的情节设置、浑融严谨的逻辑结构结合新颖别致的版式形式，展现给读者一幅烟波浩瀚的神话画卷：朱庇特的威严、朱诺的善妒、维纳斯的多情、密涅瓦的睿智、福波斯的潇洒、狄安娜的浪漫、玛尔斯的残忍、伏尔甘的敦厚、普罗米修斯的聪明、赫丘利的勇敢、阿喀琉斯的悲壮、埃涅阿斯的幸运、辛辛那图斯的淡泊……人物形象一个个栩栩如生，跃然纸上。恢弘博大的英雄创世场面使读者仿佛置身于回归远古历史的时空隧道之中，充分领悟其中折射出的朴素人文精神。数千年前就广为流传的英雄神话在岁月飞逝后的今天，依然活现于我们周遭，不曾褪色只度。

同时，书中选配了200余幅与文字内容相契合的精美图片，造成一种强烈的视觉冲击力以加深读者对神话故事人物的认知；同时辅以近50个相关知识链接，使得故事更直观、鲜明，让读者更轻松愉悦地徜徉于别开生面的人神世界，从中汲取营养、获得乐趣。

古罗马神话，是西方文明的曙光，是古欧洲人集体力量和集体智慧的结晶，是我们了解西方文学艺术的最佳视窗。不熟悉罗马神话，就无从了解璀璨的西方文化，它是文学爱好者不可缺少的精神食粮。通过阅读它，让读者更向往明天，珍爱生活，走出一个靓丽的人生。

目录

CONTENTS

徜徉于天庭的众神

很久以前，天地未判，万物混乱地分布在巨大而又荒凉的空间里。后来，天神乌拉诺斯和地神该亚感到非常孤寂，便通过神力使宇宙产生了巨变，之后出现了十二大主神，这十二大主神都生活在奥林匹斯圣山上。

生活在奥林匹斯山上的十二大主神包括：众神之王天公朱庇特、天后朱诺、太阳神福波斯、月亮女神狄安娜、美神维纳斯、海神尼普顿、谷物女神色列斯、智慧女神密涅瓦、火神伏尔甘、战神玛尔斯、众神信使墨丘利、酒神巴克斯。除这十二大主神外，还有众多的天神活动在奥林匹斯山上，活动于阴间和人世间的神也有很多，他们一起掌管着宇宙万物。

居住在奥林匹斯圣山上的众神都有自己的宫殿。奥林匹斯山不仅雄峻，而且充满了圣灵的神气，那里总是风和日丽，没有出现过暴风或是骤雨，山上长满了奇花异草，在阳光的照射之下，散发出的香气醉人心脾。云雾弥漫于奥林匹斯山腰，真是一处难得的极乐世界。

奥林匹斯圣山上的众神是怎样生活的呢？每天清晨，曙光女神奥罗拉都会比其他神起得早，她用她玫瑰色的手指打开天门，把阳光放进天宫。当天神们看到金灿灿的阳光后，便会起床聚集到天公殿堂里，对天公朱庇特进行朝拜。天公朱庇特庄严地坐在金色的宝座上，与众神一起沉浸在喜悦和欢乐之中。说笑之余，青春女神赫柏会把一些精美的食物、仙酒奉献给大家品尝。太阳神福波斯会为众神们弹奏竖琴，在悠扬的琴声中，天公与众神如痴如醉，有时会不由得随着乐声手舞足蹈。穿着艳丽衣裙的美丽女神卡里忒斯（妩媚、优雅、美丽三位女神的统称）

会为众神们带来优美的舞蹈，缪斯（主管文艺和科学的神）会唱上一段悦耳的歌……当满天的繁星在黑夜女神诺克斯的手中点亮时，众神们便恋恋不舍地回到各自的宫殿。奥林匹斯山沉浸在万籁俱寂之中，只有繁星在空荡的苍穹中俯望着大地。

在十二主神中，虽然天公朱庇特是万物的主宰，但其余的神并不是只为朱庇特服务的，比如卡里忒斯和缪斯，他们的任务就是给众神们表演歌舞，而三位时光女神赫耳则负责看护奥林匹斯的天门。当然，他们之间还有各种扯不断的关系，或是兄弟姐妹，或是夫妻。

朱庇特的权力很大，但他同样需要一位出色的助理，充当这一角色的就是正义女神忒弥斯。忒弥斯是时光女神赫耳的母亲，由于她执法如山，铁面无私，朱庇特非常器重她，让她坐在自己宝座的旁边，负责制定和保障法律的实施。除了做出正义的决定之外，奥林匹斯山及整个宇宙的治安也归忒弥斯掌管。

朱庇特一旦做出了什么决定，就会让女信使伊里斯去向众神传递，所以伊里斯一直坐在朱庇特的台阶上，从不敢离开半步，在睡觉时也不脱鞋，不揭面纱，朱庇特每每都夸奖她是一个忠实的仆人。

◇徜徉在天庭的众神

奥林匹斯山不仅雄峻，而且充满灵气，那里总是风和日丽，一片祥和气息。山上长满奇花异草，香气四溢，山腰云雾弥漫。

此外，朱庇特的三个女儿也会协助父亲治理宇宙，并且对人间的法律的执行进行监督。朱庇特的这三个女儿分别是克罗托、拉克罗斯、阿特洛波斯，她们又被人们合称为命运女神帕尔卡，掌管着天地间万物的寿限，各种生灵的生命之线都由她们来决定。每天，她们会把一些人的命运写在铜殿的墙壁上，一些天体运行的路线轨迹也是墙壁上的规划之一。这些规划一旦被写在铜墙上，就很难再改变了，所以帕尔卡在计划这些时也都是经过慎重考虑的。在命运三女神中，克罗托负责定型生命线，拉克罗斯负责起伏生命线，而阿特洛波斯负责规定生命线的长短。当计划内的某个生灵的生命线到期时，命运三女神便派信使墨丘利把这一信息送到阴间，由冥王普路托进行审判。

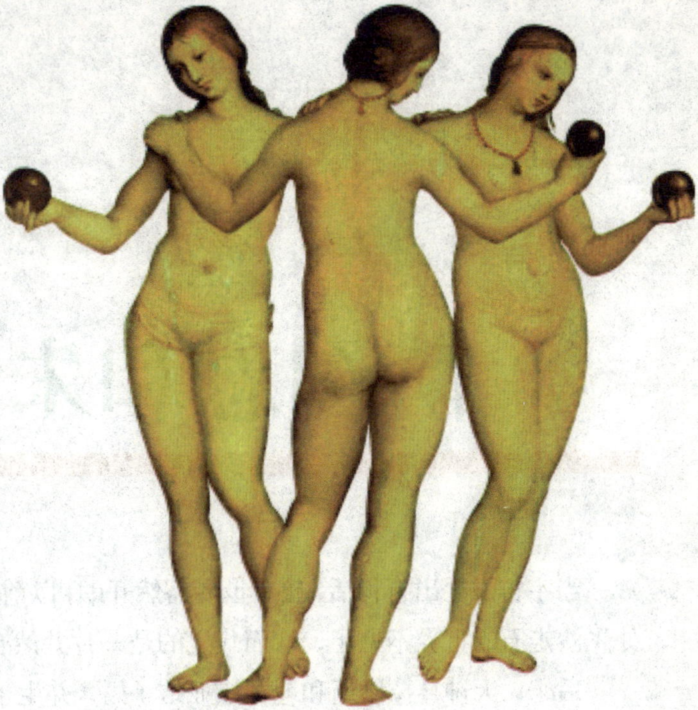

◇优雅三女神　意大利　拉菲尔

即妩媚、优雅、美丽三位女神，统称为美丽女神卡里忒斯，她们的任务是为众神表演歌舞。

众神很少会离开奥林匹斯，只是偶尔才会下凡到人间，但也是以不同形体展现在世人面前的，而不能自诩为天神。当然了，下凡后的天神形象与常人无异。他们下凡也大都是奉命去人间体察民情，然后向天公朱庇特汇报情况。

不过，天神也并不是一直生活在天宫，他们也是有生命轮回的。如果某个天神犯了错误，或是人间有某种凡人解决不了的问题，天公朱庇特就会命他们去下界投胎转世，脱生后的天神们也各有任务，或是去协助人间国王治理国家，或是去制止人间的某种灾难。即使天神们不满朱庇特的这种安排，也不能表示反对，天命不可违，如果有天神稍有反抗，就会被雷电轰顶，大多情况下会被打入十八层地狱，永世得不到翻身的机会。

萨图恩和朱庇特

当宇宙滋生出万物后，整个世界豁然开朗，以前那个浑浊不清、烟雾弥漫、到处飞沙走石的世界不见了，取而代之的是一片井然有序的世界。

后来，天神乌拉诺斯和地神该亚结了婚，并生了好多孩子。生性残暴的乌拉诺斯把除了他最喜欢的二儿子萨图恩以外的儿子都关进了地下的一个牢笼里，让他们见不到天日。萨图恩虽然深受父亲的影响，但却心地善良，他一直想把兄弟们从地牢里解救出来，但迫于父亲的威力，迟迟没有行动。

◇神圣的空间　意大利　弗朗切斯科·阿尔巴尼
当宇宙滋生出万物后，世界开始变得井然有序，逐渐取代了以前那个浑浊不清、烟雾弥漫，到处飞沙走石的世界。

一天，萨图恩去看望母亲该亚。地神该亚是一个淳朴贤惠的母亲，她也非常想念她的孩子们。在谈起这事时，萨图恩向母亲请教救兄弟们的方法。该亚把自己血液里的铁全部给了萨图恩，让他去铸一把镰刀，然后拿这把镰刀去把父亲乌拉诺斯的手臂砍残。萨图恩按母亲教的方法去做了，被砍残手臂的乌拉诺斯没法再阻止萨图恩，萨图恩把关在地牢里的兄弟们都放了出来。

乌拉诺斯的大儿子叫提坦，他

◇银河的起源　西班牙　彼得·保罗·鲁本斯

萨图恩和瑞亚生了很多孩子，但因为对提坦所说神谕的恐惧，瑞亚每生一个孩子，萨图恩就会吃掉一个，后来瑞亚用有肉味的石头骗过了萨图恩，救下了三个孩子，第一个就是日后的天公朱庇特。

和兄弟们都非常感激萨图恩。按照习俗，父亲的权力是应该由大儿子承袭的，但提坦对萨图恩说："如果你答应我一件事，我就把国王的地位让给你，让你成为整个世界的主宰。"

萨图恩为自己的功劳而喜不自禁，他虽然希望兄弟们和睦相处，但对国王的位子也垂涎已久，于是，他答应了提坦的要求。

提坦郑重地对萨图恩说："你以后有了孩子一定要把他们都吃掉，否则他们会对你的王权造成威胁。你能答应我这个要求吗？"

因为当时萨图恩还没有结婚生子，所以他只是稍微想了想就答应了哥哥的要求。不久以后，萨图恩爱上了他的妹妹瑞亚，瑞亚温柔善良又有惊人的美貌。瑞亚接受了萨图恩的追求。婚后，他们的生活非常甜蜜，夫妻情笃，瑞亚为萨图恩生下了好多孩子，但每生一个，萨图恩就会吃掉一个。作为萨图恩的妻子，瑞亚也相信提坦的预言，但作为母亲，她却为自己的孩子们感到悲痛不已。如何才能挽救自己的孩子呢？苦思冥想之后，瑞亚终于想出了一计。

那天，瑞亚又生了一个孩子，她知道，萨图恩的嗅觉非常灵敏，每次孩子一

狄安娜

狄安娜在希腊神话中叫阿尔忒弥斯，月亮和狩猎女神，是美丽而纯洁的处女神。她是朱庇特与黑夜女神拉托那生的女儿，太阳神福波斯的姐姐。她喜欢狩猎，漂亮优雅，思维敏捷，做事果断，奔跑迅速，传说上弦星月就是她的弓。

出生，萨图恩都会很快来索要孩子。瑞亚刚把出生的孩子藏好，萨图恩就来到她的床前，瑞亚把早已经准备好的一根大骨头递给了萨图恩。萨图恩没有怀疑自己的妻子，在这之前，他已经吃掉了很多孩子，他相信妻子这次交给他的还是他的孩子，所以接过大骨头以后没有细看就开始咀嚼起来。就这样，瑞亚救下了他们的这个孩子朱庇特。

朱庇特刚生下来以后，瑞亚就带着他来到克里特岛，那里到处是龟裂的土地。瑞亚用权杖敲击岩石，岩石上顿时电光闪闪，骤然间迸裂开一条缝，一股清泉涌出，在龟裂的土地上肆意横流，地面上顿时升起了一层湿意。瑞亚用清冽的泉水为朱庇特洗干净了身体，然后把他交给了一个仙女："你一定要替我把这个孩子照管好，并且要对这件事绝对保密，你能做到吗？"

仙女答应了瑞亚的要求，然后把朱庇特抱进了一个仙洞里。住在这个仙洞里的其他仙女也都非常喜欢这个孩子。在这里，朱庇特睡在金色的摇篮里。每当他啼哭时，仙女们就会以各种不同的方式哄他开心。如果哭声太大，仙女们就会把铜盾高高地举在摇篮上方，用短剑敲击铜盾，让叮当的噪声来淹没孩子的哭声。这样，萨图恩一直没有发现自己的孩子还活着。

然而，朱庇特及其他两个孩子活着的消息还是让提坦发现了，提坦认为这几个孩子是萨图恩藏匿下的，于是，以萨图恩失信于他为借口向萨图恩宣战。

当时的朱庇特虽然只有一岁多，但长得已经非常结实，身材魁梧，力量无穷。当听到战争的锣鼓声和呐喊声时，朱庇特不顾仙女们的反对，毅然投入到战争中去。朱庇特手持长矛，身先士卒，帮助父亲击退了提坦的进攻。

虽然朱庇特帮助萨图恩解了围，但使萨图恩感到恐慌的还是提坦的预言，他怕朱庇特会像他杀掉自己的父亲一样杀掉他，于是，他想方设法地要杀死朱庇特。但最后，正如提坦的预言一样，朱庇特夺得了王位，成了众神之王。在朱庇特的追杀下，萨图恩逃往了意大利。在那里，他与亚奴斯一起统治着那个国家，并使那里的人们过上了幸福的生活，使世界进入了黄金时代。

天公朱庇特

因为是神的儿子，朱庇特的智慧和力量增长迅猛，他经常能办一些其他神办不到的事情。朱庇特喜欢拿着独眼巨人库克罗普斯为他炼制的雷电棒玩，每当这个时候，天空就会出现电闪雷鸣。所以，朱庇特被称为雷电之父。

◇朱庇特的抚养　法国　普桑

尽管萨图恩想尽办法阻止朱庇特的强大，但提坦的预言还是实现了。朱庇特长大后，把父亲萨图恩从王位上赶了下来，自己成了宇宙的主人。

> **库克罗普斯**
>
> 库克罗普斯是希腊语“圆眼”的意思，最早见于荷马史诗《奥德赛》中，他们是吃人的独眼巨人。曾在朱庇特身边保卫，帮助朱庇特战胜过提坦诸神，还曾被派往地狱辅助冥王普路托看守难看管的鬼魂犯人，他们为天公炼制了雷电棒；后被太阳神射杀其中一个。

萨图恩想尽了一切办法去阻止朱庇特的强大，但提坦的预言还是实现了。在朱庇特成为一个英俊少年时，他把父亲萨图恩从王位上赶了下来，自己成了宇宙的主人。

虽然整个宇宙都到了朱庇特的手中，但接下来的统治并没有想象得那么顺利。被关在地牢里的一些提坦巨神们开始起来反抗，他们到阴间作威作福，导致山崩地裂。最为可恨的是，他们围在奥林匹斯圣山前叫嚣个不停，并把一座座山堆叠起来向奥林匹斯山攻击。山上的岩石掉进海里成为了岛屿，落在陆地上则成为了丘陵。

提坦的叛乱持续了十多年，朱庇特依然没能够平息。朱庇特一筹莫展。为了使地球能再恢复正常秩序，使人类免遭生灵涂炭，朱庇特进入地球的中心——塔耳塔洛斯求援。那里漆黑一片，库克罗普斯就被关在这里，他们都只有一只眼睛，且长在额头上，力气惊人。他们由各长了五十个头和一百只手的三个巨人看守。

朱庇特向众神们说明来意：“我现在是这个宇宙的主人，但被关在地牢里的那些提坦神却来反抗我，我希望你们能为了地球的幸福帮我把这些提坦神制服。”库克罗普斯和那三个巨人都表示愿意帮助朱庇特平息这场叛乱。他们跟随朱庇特来到奥林匹斯山前，遇到了手托山峰的众提坦神。

见天公朱庇特带来了援兵，提坦神们又发动了新一轮进攻。闪光的箭是库克罗普斯们的武器，而三个巨人则是用百臂举起一百块巨石，战场上顿时一片火花。提坦神们也不示弱，他们把擎天的巨山朝库克罗普斯扔来，巨山落地后响声震天，尘土飞扬。

正当双方相持不下的时候，朱庇特召唤雷电从天而降，雷公把提坦神手上的巨峰劈成了两半，闪电则在森林里燃起了熊熊大火。再加上库克罗普斯和三个百臂大神的攻击，提坦神无从应对。朱庇特乘机把他们推入了黑暗的塔耳塔洛斯。朱庇特终于平息了提坦神的叛乱，真正取得了宇宙的统治大权。

之后，天公朱庇特为了巩固他的统治又做了很多工作。天下太平以后，朱庇特也开始动了凡心。在众多的女神当中，朱庇特的妹妹朱诺算是最出众的，她美丽无比，且对人和善，深得众神们的爱戴。朱庇特非常喜欢朱诺，于是迎娶了朱诺作为天后。

当然，朱庇特并不是只认识一个女性，他经常下到人间去爱抚某些仙女或是半神的女儿。作为美的创造者，朱庇特也喜欢男性的美。一次，他看见了一个英俊的男子，就想让他作传命官。还有一次，他遇见了一个英俊潇洒的牧童，朱庇特为之所动，便化做一只雄鹰把牧童叼回了奥林匹斯山。

◇朱庇特儿时的保护神牧羊

天公朱庇特是世界之主，又被称为天父。在宇宙间，万事万物都得对他唯命是从。他飘浮在天空中，凡是他的神光所能照耀到的地方都属于他的财产。当朱庇特满面春风时，天空就会风和日丽，而当他忧郁伤心时，天空就会阴沉甚至下雨。朱庇特还经常刮起破坏性的飓风，在海上掀起狂风恶浪。总之，宇宙间的各种变化都是随天公朱庇特的情绪而改变的。所以，朱庇特又被称为万能圣主。

同时，天公朱庇特也是正义的最高化身。朱庇特的决策都是经过了深思熟虑的，都是充满智慧的，所以，虽然他的神谕不易理解，但却不可改变。朱庇特对任何人都一视同仁，无论是最有权势的人还是没有了自由的人，在朱庇特面前，都是自己的孩子，他会根据因果报应来决定万物生灵的轮回。

朱庇特一度被看成是拉丁联盟的佑护神，后来，又成了罗马国的主神。在卡皮托尔山峰顶端坐落着一座圣庙，是为了专门祭祀朱庇特的，人们通常用母山羊、母绵羊或是白公牛作为对天公最高贵的祭礼。在各处的雕像中，朱庇特大都浓眉大眼，深深的眼窝里镶嵌着一双充满智慧的大眼睛，浓密的头发饰在前额，有的手执雷电棒，有的高举刻着雄鹰的权杖。

朱庇特创造人类

黄金时代的人类生活在一个自由自在的世界里，他们像神一样永享荣华富贵，无忧无虑。在那个时候，统治天国的还是萨图恩，萨图恩希望以他仁慈的统治来使人们安居乐业。在他的统治下，人们没有高低贵贱之分，没有任何纷争，平和地从事着各种劳动，根本不会注意到自己的老去，死亡同样快乐，就像温暖而又柔和的长眠一样。神赐予了大地多种动物和植物，成群的牛羊在无边无际的大草原上吃着肥美鲜嫩的绿草，享受着像神和人一样的生活。森林里的各种生物彼此协调地生存着，也没有弱肉强食。果树上的水果应有尽有，这些都是萨图恩赐予那个时代的。

斗转星移，地球上宁静祥和的生活结束了，黄金的一代人也渐渐地从地球上消失了。生活在黄金时代的这批人飘浮在地面的上空，凝望着他们曾经生活过的地球，见证着那个时代的远去，新时代的到来。他们成了虔诚的保护神，对正义的善举加以维护，对丑恶和弊端给予惩罚。

黄金时代过去后，尾随而来的是白银时代，诸

◇**手持雷电的朱庇特**

至高无上、唯我独尊的天公朱庇特创造了白银、青铜等四代人类，但人类的堕落让他失望了。

◇**黄金时代　德国　老卢卡斯·克拉纳赫**
黄金时代的人类生活在一个自由自在的世界里，他们像神一样永享荣华富贵，无忧无虑。

神用白银创造了第二代人。所有一切都表明，黄金时代已经一去不复返了。白银时代出现的第二代人与第一代人截然不同。在外貌上，他们出现了丑美之分，高矮胖瘦各不相同。在思想上，第二代人不再像第一代人那样与世无争。在每个家庭里，孩子成了最有权威的神，父母们对他们百依百顺，娇生惯养，尤其是母亲，更是无微不至地关怀自己的儿女们。由于在各方面都没有自己真正行动过，而是父母来代劳，所以这些孩子们根本就没有成熟的思想，无论他们身形长得多么高大，生活在这个世界上一年和一百年是同等的。

随着时间的流逝，当这些孩子们步入成年时，当他们必须从父母身边走出去时，他们的一生只剩下短短的几年了。猛然间被推入这个世界，他们无法适应，只能毫无理智地把自己带入苦难的深渊。为了生活，这代人学会了尔虞我诈，他们行为放荡，肆无忌惮地违法乱纪。这代人是应该得到神的惩罚的。天公朱庇特对这代人非常恼火，最让他无法忍受的是，这代人竟然不再祭祀诸神。朱庇特决意要惩罚这代人，但怎样才到恰如其分地使这代人得到应有的惩罚呢？天公朱庇特是世间最公正的神，虽然他不愿意看到诸神受到人们的亵渎，但他没有否认这代人身上也有不少优点，比如爱护幼小，所以，朱庇特恩准这代人在生命结束以后，他们的灵魂仍然留在地球上，比如以魔鬼的形式四处漂泊流浪。

白银时代完成它的使命后也结束了。世界上又开始了第三个时代，青铜时代。天公朱庇特创造了第三代人。青铜时代的人跟白银时代的人从外貌和思想上又有了差距。他们长得与前两代人不同，非常高大，除了美丑，还出现了凶善之分。在思想上，这代人执拗顽固，我行我素，把自己放在一切事物的最前面。因为这个时代还没有铁，所以人们住着青铜房屋，使用着青铜农具耕种田地。此外，这代人性格粗鲁，残忍而粗暴，他们不再吃田野上的各种果实，而是去寻吃各种肉类动物，其中也包括人。英雄们使用着青铜武器冲锋陷阵，他们为了个人的利益杀人如麻，但赢来的和平却都是短暂的。面对更加残忍的死亡，他们高大的身躯没有任何抗拒的办法，逃到哪里也摆脱不了死亡的影子。因为他们的罪孽，这代人在离开光明的大地之后，被冥王普路托收进了阴森可怕的冥府之中，终年不见天日。

第三代人长眠之后，天公朱庇特又创造了第四代人。这代人的祖先都是半人半神的英雄，所以朱庇特赐予了他们肥沃的土地，赐予了他们高贵的品格和正义。但是，矛盾和战争还是光临了这代人，他们从灾难中挣扎出来，结束了自己在尘世间生存的权利。朱庇特以他的仁慈把这代人送到了极乐海岛，让他们的灵魂在风景优美的大海里生活。在那里，他们似乎又进入了黄金时代，祥和安宁，没有战争，每个人都是幸福的使者，富饶的海岛每年都会给他们提供甜蜜的果实。

第四代人消失以后，以黑铁制成的第五代人出现了。这代人完全没有了前四代人的影子，他们彻底堕落了，痛苦和罪孽包围着他们。他们不再有欢乐和幸福，而是满心的忧虑和苦恼。而最致命的一点是，这代人是自身最大的祸害，亲骨肉间充满了矛盾，自相残杀，朋友间不能坦诚相待，而是钩心斗角，连白发苍苍的老人都得不到怜悯和敬重。在这代人心中，天天都在盘算着如何去毁灭对方的国家或是城市，如何去把对方的权力占为己有，这是多么不幸的一代人啊。当主管羞耻和神圣尊严的女神来到大地上时，看到的都是一些惨不忍睹的场面，她们不愿再停留下去，悲哀地离开了人间。这时候的人间充满了绝望和痛苦，连神都没有办法去拯救了。

丢卡利翁和皮拉再造人类

当那些下凡到人间的神悲愤地回到天宫时，朱庇特还是不太相信他所创造的人类会有如此的恶行和弊端。于是，朱庇特决定去亲眼看个究竟。朱庇特装扮成一个凡人来到尘世间察访，他所看到的更是触目惊心。

在天宫时，朱庇特就听说阿尔卡狄亚国王吕卡翁非常野蛮凶残，因为没有见过，所以不敢相信。一天傍晚，他走近了吕卡翁的王宫。朱庇特以各种方法向人们说明自己是一个神，服侍吕卡翁的一群人都对朱庇特跪下顶礼膜拜，只有吕卡翁在一边偷笑："你们这些愚蠢的家伙，他哪会是神呢？明天早上你们就会知道他到底是不是神了。"于是，吕卡翁开始在心里盘算着在深夜里趁朱庇特睡熟以后暗自杀掉他。吕卡翁的这些伎俩朱庇特早已经看穿了。

◇风暴

面对上天带来的洪灾，人类想尽了一切方法自救，但最终还是没有逃脱上天对他们的惩罚。

在准备晚宴之前，吕卡翁命人杀掉了一个摩罗西亚人送来的人质。他吩咐仆人把四肢从还没有死去的人质身上剁下来，然后放在沸水里煮，其余的部分则放在火上烤。煮好的汤和烤完的肉被端上了餐桌作为款待客人的晚餐。

朱庇特把这一切都看在眼

◇**神人世界**
人类的贪婪、凶残造成的种种恶行和弊端让下凡尘世察访的朱庇特愤恨不已，他决定毁灭人类。

里，坐在餐桌前的他实在忍无可忍，一跃而起。他用雷电棒招来复仇的火焰，把吕卡翁的王宫烧成了灰烬。吕卡翁被这突如其来的景象吓呆了，他惊恐中想到了逃跑，但发出的第一声却是狼的嚎叫，他感觉身上长出了蓬乱的毛，双手不自觉地放到了地上，变成了两条前腿，吕卡翁变成了一只让人生厌的狼。

朱庇特回到奥林匹斯山后，依然怒气不减。他把众神召集起来，向他们简单地说了一番自己在人间视察的经过，最后他向众神宣布："这代人已经没有了人性，我打算用雷电把罪恶的人类消灭掉，你们不会反对我的意见吧。"

众神们对天公的这一决定都表示了同意，但他们提醒朱庇特："如果用雷电烧毁这个世界，宇宙的轴会不会受到影响呢？"

天公朱庇特觉得很有道理，于是，他放弃了用这种方法毁掉世界的想法，决定用洪水来灭绝人类。他唤来只能降雨的南风，而把其他能驱散云雨的北风等锁进了埃俄罗斯的岩洞里。南风接到朱庇特的命令后，扇动着湿漉漉的翅膀直扑地面，他愤怒地狂吼着，顿时，倾盆大雨从天而降。隆隆的雷声响彻大地，暴雨淹没了农民一年来的辛勤劳作。

海神尼普顿也来帮助朱庇特，他把所有的河流都召集起来，然后命令他们去冲毁所有的房屋与堤坝。河流们往日的热情一下子全被激活了，冲破缺口，一泻千里，所到之处，所有的一切都不再存在了。面对上天带来的洪灾，人类想尽了一切方法自救，有的人爬到了最高的山上，有的人跳到了小船上，可正当他们觉得自己已经高枕无忧时，巨浪又把他们卷走了，最终还是没有逃脱上天对他们的惩罚。鱼儿在狂暴的洪水中拼命地游动，森林里的野兽们被波浪追逐着急奔而去，一些幸存下来没有被洪水卷走的人也被活活地饿死了。

在福喀斯，有一座帕耳那索斯山，这座山高耸入云，在这次洪水中有两个山峰没有被淹没。丢卡利翁是普罗米修斯的儿子，从父亲那里他事先已经获悉了有关洪水的警告，于是提前造了一艘小船。当洪水肆无忌惮地涌来时，丢卡利翁和妻子皮拉坐上小船驶向了帕耳那索斯。

从天宫向下张望的朱庇特看到大地已经成了一片汪洋，罪恶的人们已经消失了，只剩下丢卡利翁和皮拉这对无罪的夫妻。朱庇特平息了心中的怒火，从岩洞里放出了北风，命他去驱散黑压压的浓云。北风牵走了密雾，光明的天空又出现了。尼普顿也命令所有河流都停止奔腾，大海又有了海岸，树林从深水中露出了树梢，山坡也重新显示了它原有的姿态。世界平静了下来。

幸存下来的丢卡利翁望了望妻子，又望了望四周，他叹了口气，除了他和妻子，这个世界上已经没有第三个活着的人，先前的喧哗已经无影无踪，世界犹如一座坟墓，寂静地得让人胆怯。丢卡利翁和皮拉依偎着，夫妻俩泪流满面。

丢卡利翁对妻子说:“亲爱的，现在世界上只剩下我们两个人了，我们也没有充分的把握能够活下去，哪怕是这一切都过去了，而我们两个人生活在这里又有什么用呢？如果当初我的父亲普罗米修斯能够教会我造人的本领那该多好啊。可现在，我的灵魂却充满了恐惧。”夫妻俩抱头痛哭了一阵之后，还是理不出任何头绪来，于是，他们来到了已经被毁掉大半的忒弥斯女神的神坛前，他们双双跪倒，然后向女神虔诚地祷告着:“女神啊，请告诉我们怎样才能使这个沉沦的世界充满生机吧。”

他们的祷告声刚落，女神的声音就传了出来:“快离开我们的圣坛，你们应该蒙住你们的头，解开腰带，然后把你们母亲的骸骨扔到你们的身后去。”

夫妻二人沉默了一段时间，皮拉打破了沉默:“尊贵的神啊，请宽恕我们吧，我们不得不违背你的意愿，我们不能妨碍我们母亲的安宁。”

过了一会儿，丢卡利翁顿然醒悟，他对妻子说:“我明白了女神的意思，大地是我们仁慈的母亲，那石块不就是她的骸骨吗？女神是叫我们把石块扔到我们的背后去，我们不如试试看。”

皮拉也非常兴奋，她和丈夫一起转过身去，用衣物蒙住头部，松开腰带，然后把石块向身后扔去。顿时，奇迹出现了，坚硬的石块变得柔软起来，而且开始膨胀，直到出现了人的模样。石块上粘着的泥土开始变成了肌肉，人的筋脉也开始出现了。更为奇怪的是，丢卡利翁扔出的石块全部变成了男人，而皮拉扔出的石块则全部变成了女人。就这样，新一代的人类又出现了。

美丽的天后朱诺

在罗马人的心中，天后朱诺的形象庄严肃穆：浓密的头发下面是一双亮晶晶的大眼睛，头上戴着象征权力的冠冕。她一手执着权杖，权杖上面栖息着美丽的杜鹃，另一只手拿着象征多产的石榴。

朱诺是萨图恩的女儿，也是天公朱庇特的妹妹。她掌管着婚姻和生育，是妇女和儿童的保护神。

朱诺是天宫里最漂亮的女神，虽然后来的朱诺处处与特洛伊人为敌，但她那时的确是温柔可爱，情操高尚。当朱庇特完成了统一世界的大业后，向朱诺表达了自己的爱意。朱诺那时还是个满脸稚气的少女，面对英俊潇洒的朱庇特，羞羞答答地答应了他的求婚。

随后，朱庇特与朱诺举行了隆重的婚礼。他们把婚礼选在了绿树成荫的西特隆山上。西特隆山离奥林匹斯山不是太远，那里有浓密的森林，有清澈的泉水，有漫山遍野的鲜花，和圣山奥林匹斯一样充满了仙气。朱庇特选取了一块软软的草地作为他们的新床，他们被花香包围着，四周的绿树成为了他们的床幔，为他们遮蔽羞涩。泉水的叮咚声是他们的婚乐，森林里奔跑的动物为他们送来了美味佳肴。四面八方的各神都来参加天公朱庇特的婚礼，并带来了各式各样的礼物，地神该亚还为他们送来了金苹果。新郎朱庇特与新娘朱诺沉浸在幸福之中。

结婚的第二天，朱庇特握着朱诺的手，一朵金色的云彩便把他们送到了奥林匹斯山的宫殿里。朱诺在奥林匹斯山上的众神中，得到了像天公一样的待遇，分享着天公的各种特权和荣誉。比如，她同样能使用雷电棒让天空雷声大作，使狂风暴雨停止于瞬间，使春夏秋冬四季的转变听命于她。朱诺梳着漂亮的头发，穿着金光闪闪的纱衣，脚下是眨着眼睛的星星，多惬意的生活啊！在奥林匹斯山上，美丽的朱诺走到哪里都受到众神的尊重。当她翩翩走入宫殿时，众神纷纷问候，如果天公朱庇特不在，众神们也会与天后朱诺商议些天宫里的事情。

◇**天后朱诺**

天后朱诺是朱庇特的妻子，主管婚姻的女神，她保护妇女和儿童的权益。她和朱庇特的孩子有火神伏尔甘、战神玛尔斯和青春女神赫柏。

虽然天公朱庇特与天后朱诺的生活大多数是甜蜜和谐的，但有时也会吵吵闹闹，在他们生活甜蜜和谐的时候，天空就会风和日丽，当他们吵闹的时候，天空就会乌云密布，狂风不止。总之，天空的各种现象都是天公和天后夫妻生活的体现。

但是，无论朱诺怎样对天公朱庇特怎么不满，她都是忠于婚姻的，不过她的嫉妒心很强。天公与天后的争吵大多是因为天后的嫉妒引起的。

朱庇特经常会离开奥林匹斯山下到凡间，去私会一些仙女和半神的女儿，而这时候的天后则会觉得天公抛弃了自己，于是大发雷霆。每次天公从凡间回到奥林匹斯山时，天后都会大哭大闹，有时还会离开奥林匹斯山。

一天，天后朱诺和天公朱庇特大哭大闹之后来到了她第一次和天公约会的地方埃维厄岛。朱庇特通过神力早已经知道了朱诺藏身的地方，但他知道朱诺的脾气，如果硬是把她带回奥林匹斯山，她还会再次出走的，只有让她心甘情愿地回到天宫，才能保证以后的安宁。经过苦思冥想，朱庇特终于想出了一个与妻子和解的计谋。朱庇特来到埃维厄岛，让一个装扮得非常漂亮的木偶坐在一辆五颜六色的车子上，然后在埃维厄岛的各镇宣称天公朱庇特要娶一个双目明亮的仙女做天后。当然，天公的目的是想使天后朱诺的嫉妒心发展到白炽化程度。

朱诺听到天公要娶仙女做天后的消息后，果然怒不可遏，她来到衣饰华丽的假天后面前，把假天后的衣服和帽子撕得粉碎，但假天后却没有任何反抗的行为。朱诺非常奇怪，忙抓下假天后的面纱，这才发现原来只是一个木偶。朱诺明白天公的用意后，破涕而笑，和朱庇特调笑着回到了奥林匹斯圣山。

还有一次，天公朱庇特下凡数日还没有回到天宫，朱诺本想下凡去找天公理论一番，但她转念一想：我何不用我的美貌去使他回到我身边呢？如果老对他发脾气，说不定会适得其反。打定主意，朱诺就如同少女时代一样开始精心地打扮起来，她穿上了一条蓝色的纱裙，腰带镶着的珠宝金光闪闪，华丽的头巾使她的脸庞更加美丽动人。朱诺来到天公朱庇特栖身的伊达山，她像一颗灿烂的明星发着光彩，天公被妻子的妩媚所感动，当即和朱诺回到了奥林匹斯山。

◇天后朱诺的雕像

在罗马人的心中，天后朱诺的形象庄严肃穆。天后朱诺有着凡间女子的丰采和气质，戴着头巾遮着头的后半部，显得贞洁、庄重、文静和严肃。

朱诺的美貌虽然比不上爱神维纳斯，但却是完美女性的典范，她忠贞于爱情，对天公更是没有移情别恋过。

由于天后的美丽，有很多神都被她迷得神魂颠倒，伊克西翁就是其中表现得最露骨的一个。伊克西翁与一位仙女要结婚时，曾答应给岳父送一件礼物，但伊克西翁却没有履行他的诺言，而且在一次宴会中把岳父推进火坑烧死了。伊克西翁的残暴行为使得他在原属地再也无法待下去了，于是他来到了奥林匹斯圣山，并表现得格外让众神可怜。天公朱庇特被伊克西翁的假象所迷惑而宽恕了他。在与众神共进晚餐时，伊克西翁双眼色眯眯地盯着天后朱诺，甚至还对朱诺讲一些下流的话。朱庇特看在眼里，把一朵云变成了朱诺的模样，想以此考验伊克西翁，谁知伊克西翁发疯似的朝着假天后扑过去。愤怒的朱庇特把伊克西翁关进了塔耳塔洛斯，把他绑在一个燃烧着的车轮上，以此作为对这个罪人的惩罚。

朱庇特的爱情故事

天公朱庇特经常下凡到人间，有些时候是为了去察访，有些时候则是为了选择和爱抚某些仙女，但朱庇特知道天后朱诺的嫉妒心强，所以每次都以下凡察访为由。朱庇特是美的创造者，他把各种自然美好的形象完美协调地归入万物生灵之中，而他去爱抚这些仙女们则是爱美的真实体现。其中，在众多的仙女当中，朱庇特最喜欢的是欧罗巴、达那厄和伊娥。

欧罗巴是亚细亚腓尼基国王阿革诺耳的女儿。一天晚上，她做了个梦，梦见亚细亚和对面的大陆变成了两个女人，她们都想占有欧罗巴，其中一个对欧罗巴说："亲爱的，我是奉命运女神帕尔卡的命令来告诉你，你将成为天公朱庇特的情人。"

第二天，欧罗巴和一群姑娘们来到海边玩耍。穿着绣满花的衣服的她站在几位姑娘中间双手高高地举起一束鲜红的玫瑰花，脸上幸福无比。恰在这时，朱庇特下凡人间路过这里，当他看到这个目光盈盈、皮肤红润的姑娘时，顿时动了欲念，但他怕自己的出现会使眼前的姑娘慌乱，于是想了一个办法。

朱庇特把信使墨丘利唤来，命令儿子："我的孩子，你快到腓尼基王国去，去把山坡上的所有牲口都赶到海边去。"说完，朱

欧洲的由来

欧洲全称欧罗巴洲，英文为Europe。欧罗巴本是亚细亚腓尼基国王阿革诺耳的女儿，长得十分漂亮，被下凡的朱庇特看上，朱庇特变成一头健美的公牛诱使她骑上后，把她带到远方的一块陆地共同生活。这块陆地后来就以这位美丽的公主的名字命名，叫做欧罗巴，就是今日的欧洲。

◇金牛的崇拜　法国　普桑

古欧洲人，尤其是希腊人和罗马人崇拜金牛，也许与朱庇特曾化身金牛诱使欧罗巴有关吧。

庇特转身变成了一头膘肥体壮的金色公牛，一双蓝色的眼睛燃烧着欲火，额前的牛角小巧玲珑。信使墨丘利飞到腓尼基国的西顿牧场，把牧场上的牲口都赶到了欧罗巴所在的海边。朱庇特变成的那头公牛就混在这群牲口里，连信使墨丘利都没有识别出来。朱庇特化身的那头公牛来到草地，欧罗巴和一群姑娘当时正在海边玩耍，公牛走近欧罗巴，伏在她身边，用舌头轻柔地舔着她的脚。看到眼前这头可爱的公牛，欧罗巴温柔地用手抚摸着它的背，把刚摘下来的花饰挂在公牛的双角上。

欧罗巴呼唤着伙伴们："快来瞧这头温顺的公牛，它的欢叫声如同是吕狄亚人的牧笛声。我们不如骑上它去畅游一番，我想它的背上应该能坐四个人。"欧罗巴一边说一边爬到公牛宽阔的背上，但别的伙伴们都犹豫不决。公牛见欧罗巴已经上钩，从地上跃起，朝大海奔去。公牛驮着欧罗巴游了一整天到了一片陆地就不见了，当欧罗巴正不知所措的时候，一个气质非凡的男人朝她走了过来，并把事情的经过告诉了她。朱庇特很快俘获了欧罗巴的心。后来，欧罗巴生下了弥诺斯，弥诺斯是凡间第一个最有名气的国王，后来做了冥王普路托的执笔判官。

达那厄是阿耳戈斯国王的女儿。国王没有儿子，而国家有一个预言说达那厄会生一个男孩并将篡夺王位。怕这个预言实现，阿耳戈斯便把女儿关进了一个铜塔，派哨兵日夜把守。一天，朱庇特变成一场金雨穿过铜塔的墙，进入牢房，朱庇特与达那厄同床共枕后生下了男孩珀耳修斯。后来，珀耳修斯果然夺取了阿耳戈斯的王位。

伊娥是彼拉斯齐国王伊那科斯的女儿，长得如花似玉。一天，朱庇特跟朱诺为了一些琐事而争吵，于是下凡到人间。他被在勒那草原上为父亲牧羊的伊娥打动了，便装扮成一个凡人来挑逗伊娥，并把伊娥包裹在一团黑色的云雾中。

天后朱诺对丈夫拈花惹草非常气愤，见丈夫好久未归，便下凡到人间寻找。朱庇特也感到了妻子正在找他，为了能让伊娥逃脱妻子的报复，他把伊娥变成了一头雪白的小母牛。他这一诡计被朱诺识破了，朱诺假意要他把这头漂亮的小母牛作为礼物送给自己。在衡量再三之后，朱庇特答应了她。朱诺带走伊娥变成的小母牛后，命阿利斯多的儿子阿耳戈斯看守伊娥。阿耳戈斯有一百只眼睛，而睡觉的时候他只需闭上一只眼睛就可以了，在剩余的九十九只眼睛的看守下，伊娥长了翅膀也飞不出去。

面对伊娥的困境，朱庇特想了各种方法去营救，但都无法逃过阿耳戈斯的一百只眼睛。每天，伊娥都在严密的看守下在长满丰盛青草的草地上吃草，然后睡在冰冷的土地上，四周是污浊的池水。看到自己心爱的情人受苦刑，朱庇特心如刀绞。他把儿子墨丘利又一次唤来，命令他想一个让阿耳戈斯闭上眼睛的办法。墨丘利领会后，降落到人间，用笛子吹起了动人的乐曲，笛声很快把阿耳戈斯迷住了，他请墨丘利到他身边为他吹奏，并且攀谈起来。在谈话时，阿耳戈斯用一部分眼睛盯着伊娥，以免失职受罚。墨丘利想很快把他催入梦乡，但阿耳戈斯却拼命地与困意作着斗争，他让一部分眼睛先睡，而另一部分眼睛则保持睁着。

“难道你不想听听牧笛的来历吗？”墨丘利诱惑着阿耳戈斯。在阿耳戈斯好奇的追问下，墨丘利讲了一个长长的故事。当快讲完时，阿耳戈斯最后一只眼睛也闭上了。墨丘利从口袋里掏出一把短刀杀死了他。伊娥获得了自由。朱诺知道伊娥逃脱后，让一只牛虻叮咬小母牛，小母牛实在忍受不了，最后绝望地来到了埃及。在尼罗河河岸上，小母牛仰望着奥林匹斯山凄厉地叫着。朱庇特再也看不下去，他请求朱诺放过伊娥，并立誓不再与伊娥来往。这样，伊娥又恢复了楚楚动人的美丽原形。随后，伊娥为朱庇特生下了厄帕福斯，厄帕福斯后来成为了埃及国王。

◇朱庇特雕像

太阳神福波斯

太阳神福波斯的父亲是天公朱庇特，母亲是黑夜的化身拉托那。福波斯的权力很大，他主管着光明、青春、畜牧、医药、诗歌和音乐等，并代表主神宣诏神旨。

拉托那在快要生福波斯的时候，被嫉妒心强的天后朱诺变成了一只鹌鹑。为了使拉托那有个栖身之地，朱庇特把阿斯特拉浮岛固定在了海底的岩石上。这个岛被人们称为洛斯岛或光明岛。

拉托那来到岛上后，看着荒无人烟的小岛，她无精打采地说："如果能让我的儿子出生在这块土地上，并为他建一座庙宇，这里肯定能成为最富饶的地方。"

拉托那的声音刚落，从岛上吹过的微风就回答她："请不要为此事难过，尊敬的拉托那，你的儿子将出生在这块土地上，但是你必须保证你的儿子永远居住在这里。"

在得到拉托那的保证之后，一群白天鹅从天而降，岛上的万物都散发出生机与活力。太阳神福波斯降生了，刚出生的福波斯放射出万丈金光。在喝完正义女神忒弥斯送来的仙酒后，福波斯猛然间长成了一个身材魁梧的英俊少年。本来荒无人烟的岛上突然间变得生机勃勃，漫山遍野的鲜花散发出诱人的香气。

在巴那斯山的一个山洞里有一条可怕的巨龙，当地人虽然痛恨这条巨龙，但却拿它无可奈何。当时出生只有十四天的太阳神福波斯决定为民除害。福波斯使用毒烟把巨龙熏出洞来，然后拿起弓，使用全力射出了正义的一箭，巨龙死了，当地人欢呼雀跃。

巴那斯有一个习俗，如果身上沾有污秽的东西，则需要净身洗礼，以消除这些污浊。因为沾染了龙血，福波斯不得不外出流浪。对于太阳神福波斯的下凡还有另一种说法，即说福波斯触犯了天宫的法律，被朱庇特罚下凡九年。不管是哪一种说法，对于这段下凡的传说都有记载。

福波斯来到阿德墨托斯国王管辖的土地上，为阿德墨托斯国王放羊牧马，而且在那里一直呆了九年。在这九年中，福波斯一边放牧一边唱歌或是弹竖琴，每天都沉浸在快乐与幸福之中。

阿德墨托斯想娶阿尔刻拉斯，但阿尔刻拉斯的父亲珀利阿斯却对阿德墨托斯说："如果你想娶我女儿，那么就去驾车驯服雄狮，如果你驯服不了，你是无论如何也娶不了我女儿的。"

阿德墨托斯虽然是一国之主，但他对雄狮却是无能为力，于是，便向福波斯求救。福波斯也很想为主人做些出人头地的事，他驾车轻而易举地驯服了两只凶恶的狮子，并使雄狮听命于他。阿德墨托斯终于娶到了阿尔刻拉斯。在新婚之夜，福波斯又帮阿德墨托斯杀死了满房间的毒蛇。但是，不幸又降临到了阿德墨托斯

◇福波斯在帕纳塞斯山上　意大利　拉菲尔

福波斯最喜欢演奏竖琴，图为九位缪斯女神被福波斯琴声感染，围绕在他身边。

身上，他患了不治之症。看着主人在痛苦中挣扎，福波斯向命运女神帕尔卡请求解救的方法。帕尔卡准许可以由阿德墨托斯的父亲、母亲或是妻子做替身。新婚妻子阿尔刻拉斯主动提出替丈夫去死，她的行为感动了众神，众神把阿尔刻拉斯从死神那里救了出来，阿德墨托斯夫妻俩过上了幸福的生活。

太阳神福波斯之所以被人们称为热情之父，是因为他发出的光能使百花争艳，充满朝气，也能使百花凋谢，酷热干旱。当太阳从东方升起的时候，福波斯的整个脸庞都被映得通红。他发出的光就像金色的齐特拉琴颤动的琴线，给人们带来欢乐和愉悦。关于福波斯是音乐之父，还有一段渊源。

福波斯最喜欢弹奏齐特拉琴和竖琴，据说他刚生下来的第一句话就是向母亲要了一把竖琴。

一天，由于发现吹笛子会使脸部变形，雅典娜一气之下将笛子扔掉了。恰巧，这只笛子被林神玛息阿捡到了。玛息阿听过雅典娜的笛声，曾多次被笛声迷住过，所以他觉得用这只笛子吹出来的乐曲一定也和雅典娜吹的一样好听，于是，玛息阿扬言要与福波斯比个高低。

福波斯爽快地答应了玛息阿的挑战，并相约：赢的一方有权处治败的一方。比赛请缪斯和弗利基亚国王迈达斯来作评判。最后，福波斯战胜了玛息阿，缪斯公正地做出了判决，而迈达斯则判了玛息阿获胜。胜利后的福波斯把玛息阿绑在了一棵上，活剥了他的皮，而作为对迈达斯的惩罚，福波斯则运用神力使他长出了两只驴耳朵。迈达斯为了不让人发现他的两只驴耳朵，派人做了一顶宽大的帽子，然后把整个头都藏在里面。迈达斯的这个秘密只有一个理发师知道，但迈达斯曾警告过那个理发师不要对第三个人说，否则将他处死。理发师把这个秘密憋在心里实在难受，但又不能对外人说，于是，他来到野外，在一个秘密的地方挖了一个洞，趴在地上对洞口大喊了一声：“迈达斯国王长出了一对驴耳朵。”说完后，又用土掩上那个洞。理发师刚走，那个洞里长出了一株芦苇，风吹过的时候，随风摇曳的芦苇就会发出一阵声音：“迈达斯国王长出了一对驴耳朵。”结果，弗利基亚国的人都知道了国王长出了一对驴耳朵。

由于福波斯主管着诗歌和灵感，诗人和预言家都乞求他的启示。在德尔斐太阳神庙里，人们求得的神谕非常灵验，所以人们经常从希腊各地到神庙来求福波斯显圣。

太阳神的爱情

因为射杀了天公朱庇特身边的独眼巨人，朱庇特宣判将太阳神福波斯逐出天宫数日。一天，被逐下天宫的福波斯在一条宽阔的河边遇到了一个小男孩，那个小男孩背上长着一对翅膀，手里玩弄着一张精致的弓箭。

“我叫丘比特，如果你晚一点从天宫出来的话肯定能见到我。”小男孩自报门户，原来他就是小爱神丘比特，维纳斯的儿子。

福波斯还从没见过如此小的男孩和如此小的弓箭，便对丘比特说：“你怎么长这么小啊？你的弓箭也太差劲了吧。为什么不换一个大一点的呢？”福波斯一边说，一边用不屑的眼光看着丘比特。“是吗？也许在你眼里它很差劲吧，但它的威力可是你抵挡不了的，它可是天下最强有力的弓了。”丘比特笑着爱抚着他的弓箭，生怕别人把它抢走似的。

福波斯一直认为自己是除朱庇特以外天下最强大的神了，他可不喜欢听别人说比他强。眼前这男孩竟说他手里那张小弓是天下最好的弓，福波斯不免有些生气。

“还是让你瞧瞧什么才是真正的好弓吧。”福波斯从背后拿下自己那张弓，“这张弓可是威力无比啊，它曾射死吓坏我母亲的大蛇。而你的呢？只适合你那么小的孩子玩耍。”丘比特从福波斯手里接过那张大弓，任凭他怎么拉也拉不开，但他还是笑着对福

丘比特的箭

丘比特的箭即爱神之箭，分金箭和铅箭，被金箭射中，便会产生爱情，即使是冤家也会成为佳偶，而且爱情一定甜蜜；相反，被铅箭射中，便会拒绝爱情，就是佳偶也会变成冤家。丘比特在太过劳累时，箭术就会有失精准，于是常导致一些不幸的爱情和失败的婚姻。

波斯说："你的弓箭虽然威力无比，但我的弓箭却能征服你。"

福波斯不以为然："你简直是疯了，凭你那么小的弓箭就想征服我？我不躲开，你射吧，它对我不会起到任何作用的。"丘比特停止了笑，拉开自己的小弓，朝福波斯心脏射了去。"我没有任何疼痛的感觉，看来我没有说错，你的弓箭真的是一副玩具。"福波斯冷笑着对丘比特说道，然后顺着那条河继续前进。

当福波斯走出不远时，看到了月桂树下有一个苗条、漂亮的姑娘，姑娘叫达夫尼，达夫尼在月光下追逐着动物，垂肩的长发随风飘舞。福波斯被眼前这个有着水汪汪眼睛和白皙手臂的姑娘迷住了，并在心里产生了深切的爱恋。

"怎么回事？我可从来没有过这种强烈的感觉。"福波斯在心里默默地问自己，他根本不知道丘比特那一箭正在他身上起着作用。

最后，福波斯向达夫尼表达了爱恋。尽管福波斯是一个非常伟大的神，达夫尼却拒绝了他，因为丘比特用金箭射中了福波斯的心，而用铅箭射中了达夫尼，这注定福波斯只能单相思。平日里伟大的太阳神开始变得缠绵，每天都追在达夫尼的身后倾诉衷肠。而每次看到福波斯时，达夫尼都会像天上的浮云一样悄悄跑开。

一天，达夫尼在一片茂密的树林里散步，福波斯又尾随而来。看到福波斯的达夫尼变得慌乱起来，开始狂奔。风撩起达夫尼的衣衫，头发散发出的清香随风飘进了福波斯的鼻子里，福波斯更加狂热了，不由得加快了脚步。达夫尼再也跑不动了，只得停下来。眼看福波斯就到了近前，达夫尼更加害怕起来："我宁可变成一棵树，也不愿让他碰到我。大地啊，请满足我这个愿望吧。"达夫尼刚说完，奇迹出现了，她变成了一棵月桂树。

后来，福波斯为了表达对达夫尼的爱，便在头上戴上月桂树花冠。

克吕蒂也是福波斯生命里最重要的女主角之一。克吕蒂是水中仙女，福波斯被她的美丽所折服，爱上了她。两人婚后的生活宁静祥和，充满了幸福。但好景不长，福波斯在一次出游时遇到了一个国王的女儿，他又开始觉得那个公主是天底下最年轻漂亮的女人。福波斯很快就把克吕蒂忘在了脑后，去追求那个公主。

那个时候，很多和福波斯交往的仙女和凡间女子都被福波斯抛弃过，所以，国王对女儿严加看管，不让她和福波斯有任何的交往。而国王的这些防范对伟大的太阳神福波斯来说本就是些小伎俩，福波斯变作公主的母亲，每天都出入公主的房中，并为得到了心爱的女人而沾沾自喜。

克吕蒂对于这些一无所知，她一直以为福波斯是深爱她的。当福波斯很久没有来看她以后，克吕蒂开始变得忧心忡忡："发生了什么事呢？平时他这个时候都应该待在这里啊，怎么好几天没有见到他了呢？难道……"一想到福波斯可能会有了新的宠爱对象，克吕蒂心里就像被针扎了一样。

克吕蒂四处搜寻，最后终于发现了福波斯每天都在与公主私会。于是，克吕蒂找到了国王，把公主私会福波斯的事添油加醋地告诉了国王。听完克吕蒂的话，国王非常恼火，盛怒下的国王把公主活埋了。对于公主的死，福波斯非常伤心，但他所做的只能是把死后的公主变成芬芳的灌木。

从悲伤中恢复过来后，福波斯把报复的目光瞄准了克吕蒂，他痛恨克吕蒂葬送了美丽的公主。作为对克吕蒂的惩罚，福波斯把她变成了向阳花。克吕蒂变成的向阳花对太阳忠贞不屈，整个白天她都抬头凝望着太阳，随着太阳的位置变化而变化。当太阳落山的时候，她会把花瓣合上，直到第二天再次展开。

◇福波斯追逐达夫尼

这幅画描绘了太阳神福波斯追求河神佩纳乌斯的女儿达夫尼遭到拒绝的场景。达夫尼为拒绝福波斯而变成月桂树后，福波斯便在头上戴上月桂树花冠军，以纪念他失去的爱情。

太阳神之子

太阳神福波斯在人们心目中永远都那么年轻帅气，他精力充沛，血气方刚，头上通常戴着用月桂树、爱神木、橄榄树的枝叶编成的冠冕，胸前挂着齐特拉琴，微微飘起的头发垂在肩上，神采奕奕。那种气质让很多仙女和国王的女儿都非常喜欢福波斯。

福波斯与俄刻诺斯的女儿克吕墨涅结合后，克吕墨涅为福波斯生了个儿子，取名叫法厄同。法厄同虽然是太阳神的儿子，却只有一半神的血统。

一天，法厄同与另一个跟他年纪差不多的青年发生了争执。

“你这个大骗子，太阳神是多么神圣啊，怎么会有你这样的儿子？你一点神力都没有，如果你真是太阳神的儿子，把你父亲请来我瞧瞧。”青年脸上的不屑更让法厄同气愤。回到家后，他把这件事告诉了母亲克吕墨涅。母亲也不能拿出有力的证据来让别人承认法厄同是福波斯的儿子，于是打发儿子去找福波斯。

法厄同走进了太阳神庄严的宫殿。太阳神的宫殿镶满了闪闪发光的黄金和璀璨的宝石，华丽的圆柱分布在宫殿的四周。大门是用白银制成的，上面雕刻着花纹和人像，飞檐上嵌着雪白的象牙，好气派啊。福波斯正穿着一身铜色衣服坐在宝座上，两侧站立着文武官员，见儿子走了进来，忙关心地询问。法厄同本想离父亲近些距离，但父亲宝座上散发出的炙热的光使他无法靠近。

法厄同撅着嘴对福波斯说：“尊敬的父亲，你的孩子受到了很大的委屈，你可要替我做主啊。”说着，眼里噙满了泪水。

福波斯看到儿子像是受了莫大的委屈，忙从宝座上走了下来，拉着儿子的手亲切地问道："我的孩子，你这是怎么了？快和我说说。"

福波斯没问起时，法厄同还只单是觉得委屈，听到福波斯如此说，竟痛哭起来，他哽咽着对福波斯说："我是你的儿子，可大地上的人都嘲笑我是冒充太阳神的儿子。我希望你能为我作证，让大地上的人都知道我是你的儿子，否则他们还会再嘲笑我的。"

听完儿子的话，福波斯哈哈大笑起来，他对法厄同说："可爱的孩子，原来是这件事让你这么伤心啊。对我来说，这件事真是太简单了。你说你想怎么让大地上的知道你是我的儿子呢？我一定会满足你的要求。"说完，福波斯还向四周看了看他的臣子们，意思是让大家做个证明。

听到父亲这么说，法厄同破涕为笑："父亲大人，你说的话是真的吗？那我只要求你把你那辆带翅膀的太阳车让我驾驭一天。可以吗？"

可能没有料到儿子会提出这样的要求，福波斯脸上显出了惊恐。那辆太阳车只有他一人驾驭过，也只有他一人能够站在喷射着火焰的车轴上，而且那几

◇被众仙女围绕的福波斯

◇**太阳神的战车**
太阳神福波斯的战车全用金银宝石砌饰而成，雄伟威仪，金碧辉煌。

匹拉车的马可是烈性十足。福波斯沉思了一会儿，皱着眉对儿子说："我的孩子，你要知道驾驶那辆车危险是多么的大啊！还没有任何一个神敢有如此的要求。而且你是一个凡人，对你来说这更是一件不可能的事，我允许你再提一个要求，好吗？"

固执的法厄同说什么也不同意父亲的建议："你可是说了的，我有什么要求你都满足我，我只有这一个要求，驾驶太阳车一天，哪怕马上就死掉也心甘情愿。"法厄同沉浸在美好的想象之中。

福波斯看到儿子如此执著，想了想，然后对他说："那好吧，不过我得采取一些措施，以防你被太阳车烫伤。"

然后，福波斯带着法厄同来到存放太阳车的房间。刚进那间房间，一道刺眼的强光迎面射来，福波斯用宽大的衣袖在法厄同眼前一晃，太阳车发出的强光顿时消失了。

"哇，好华丽的太阳车啊。"法厄同绕着闪闪发光的太阳车笑逐颜开。车轴、车辕和车轮都是金子做成的，车正中的板状物是银制的。

“我的孩子，快上车吧。一会儿时光女神赫耳将会为你牵来神马的。”说完，福波斯将圣膏涂满法厄同的全身，把自己戴过的太阳冠戴在法厄同的头上，“去吧，孩子，这样你就可以抵御熊熊燃烧的火焰了。但你要记住，千万不要使用鞭子，要紧紧地抓住缰绳，不要站得太高。你要控制着让马跑得慢些，否则烈焰腾腾，会把天空烧焦了。那样你会受到惩罚的。”当时光女神赫耳为太阳车套上喷着火焰的神马后，法厄同立马兴冲冲地跳上太阳车，抓紧缰绳，几匹神马便向前飞奔而去。

刚开始，法厄同还感觉到无比的兴奋，但过了一会儿，他从疾驰的太阳车上往下看，顿时胆战心惊。神马也似乎感觉到了今天驾驶它们的不是福波斯，因而狂奔乱跑，左右旋转。法厄同哪遇到过这种情况，他没有办法驾驭这些神马，更分不清该向哪个方向跑，他双腿发酸，惊恐万分。

由于太阳车的急奔，大地受尽了炙烤，森林和庄稼都着起了大火，耕地成了沙漠，城市成了残垣，人间陷入一片火海。

再也忍不住火焰烧烤的法厄同终于松开了缰绳，从太阳车上跌落下来，掉进了厄里达诺斯河里。水泉女神那伊阿得斯埋葬了法厄同，法厄同的姐姐赫利阿得斯为失去弟弟哭了四个多月。众神被赫利阿得斯所感动，把她变成了婀娜多姿的白杨树，而她的眼泪变成了晶莹的琥珀。

福波斯和父亲朱庇特一样，处处留情，少不了也留下了很多的子女，其中埃斯科拉庇俄斯和伊翁的故事被广为流传。

埃斯科拉庇俄斯被称为医神，他曾从死神和病魔那里把很多人的生命夺了回来。朱庇特非常嫉妒他，于是他用雷电劈死了埃斯科拉庇俄斯。埃斯科拉庇俄斯虽然死了，但人们非常崇拜他，在厄比多尔，人们对他更是无比信仰。病人纷纷到他的神殿里来求它显灵，甚至有些病人睡在那里等待医神在梦中对他们说明如何治疗。

伊翁也是福波斯之子，他出生后不久就四处流浪。母亲克瑞乌萨被福波斯抛弃后与克素托斯结婚，但一直没有生育。经太阳神指点，伊翁与克瑞乌萨相认，一家三口开始了幸福的生活。

海神尼普顿

受古老预言的影响，每当妻子生下一个儿子，萨图恩就把儿子吃掉，后来，妻子用换包的办法使三个儿子免遭其害，留下来的三兄弟即朱庇特、尼普顿和普路托。朱庇特夺取了父亲萨图恩的王位后，把海洋、岛屿和海岸的势力范围交给了尼普顿管辖，把阴间交给了普路托管辖，但无论是海神尼普顿还是冥王普路托都必须听命于天公朱庇特。

作为海神，尼普顿经常在海上巡游，手执三叉戟，驾着由两匹或四匹马拉着的车子，威风凛凛。在人们心中，海神尼普顿是一个强壮有力、虎背熊腰的神，他表现得庄重冷静，不管他裸露还是穿戴整齐，海神特有的风采和气度都表现得淋漓尽致。

尼普顿住在蓝色海洋的深处，那里有美丽的珊瑚，有五光十色的珍珠贝壳，有奇形各异的植物，游来游去的鱼群给蓝色的海洋增添了不少情趣。尼普顿的宫殿的华丽气势足可以与奥林匹斯圣山媲美。尼普顿每次外出巡视时，都会穿上金光闪闪的胸甲，海底的各种鱼类紧随其后。当尼普顿出现在一个地方后，那里就会一片欢腾，海豚、鲸鱼等跳出海面，给海神表演拿手的舞蹈。某个海域出现事故时，只要尼普顿一到，海面上顿时风平浪静，取而代之的是涟涟的浪花，微风轻拂，一片欢笑。

然而，尼普顿也有发脾气的时候，与朱庇特一样，尼普顿发起脾气来也威力十足，最显著的表现就是海面上会狂风大作，海浪掀翻渔船，甚至会波及到岸边的城市。如果尼普顿非常恼火，他会发动海啸，海岸震动，大陆抽搐。这时候，人们往往拿着海神喜欢的各色祭品，如骏马和公牛等去祭祀海神尼普顿。

据说，地震或地裂出现的喷泉是海神尼普顿用三叉戟穿透地壳后造成的。

一次，伊那科斯与人争夺阿尔戈里德这片土地，当时，伊那科斯的宫殿里缺水，他便派自己的女儿去各地寻找水源。他的一个叫阿美莫纳的女儿在森林里寻找了一天也没有找到水源，又累又渴。走到一棵树下时，阿美莫纳坐了下来，望着茂密的大森林，不由得酣然入睡。也不知过了多长时间，她被什么东西踩了一下，睁开眼睛一看，原来是一只野鹿正从她身边经过。

“多么肥壮的野鹿啊，要是我能射到这只野鹿的话，可以拿回去好好地美餐一顿了。”想到此，阿美莫纳弯弓搭箭，但这一箭并没有射中野鹿，而是射中了睡在灌木丛中的森林之神萨堤罗斯。萨堤罗斯非常恼怒，开始追赶阿美莫纳。阿美莫纳逃到海边时，向海神发出了求救。尼普顿出现了，他把三叉戟朝着萨堤罗斯掷去，三叉戟穿过萨堤罗斯的胸口，插进了岸边的一块岩石里。

看到身边被吓着的姑娘，尼普顿爱抚地问道：“你在寻找什么呢？你难道不知道这里有多危险吗？”

阿美莫纳很快猜到了眼前这个高大威武的人便是海神尼普顿，忙充满敬意地说：“尊敬的陛下，谢谢你救了我，我正在寻找给我的国家解渴的水源。”

听后，尼普顿一阵大笑：“傻孩子，你把我刚才插进岩石里的那把三叉戟拔出来就会找到水源了。”

阿美莫纳将信将疑，但她还是按照尼普顿的说法做了，把三叉戟从岩石上拔了出来。顿时，三叉戟插过的地方出现了三个泉眼，清澈的泉水从泉眼里喷涌而出，淙淙地流向了阿美莫纳所在

◇**海神尼普顿**

仅次于宙斯的强大掌权者，尼普顿具有强大的力量。通过他的三叉戟，尼普顿能够兴风雨、平波浪。但是人们却赋予了他头脑简单的人性。

的国家。

又有一天，尼普顿在巡海时看到了一群海洋仙女在纳格索斯岛跳舞，其中一个叫安菲特里特的仙女长相突出，举止文雅。尼普顿顿时对安菲特里特产生了爱慕之心，但当他向安菲特里特表达了爱意之后，安菲特里特有些惊恐，跑到海底藏了起来。尼普顿派了一条海豚去寻找安菲特里特的藏身之处。最后，这只海豚终于找到了安菲特里特，并把她逮住送给了尼普顿。

虽然海神尼普顿的恋爱在一开始时有些一厢情愿，但他还是凭着热烈的爱恋赢得了安菲特里特的芳心。随后，两人举行了隆重的婚礼。婚礼上，奥林匹斯圣山上的诸神都送来了精美的礼物，天公朱庇特也派信使来祝贺海神夫妇。婚后不久，安菲特里特就为尼普顿生下了一个儿子，取名为特里同。特里同的长相并没有像他的父母一样是个人形，他的上身像人的身体，但下身却覆盖了很多藻类，且长了一条鱼尾。据说，这就是传说中美人鱼的祖先。

◇岩石上的喷泉

传说地震和地裂出现的喷泉是海神尼普顿用三叉戟穿透地壳后造成的。

后来，海神尼普顿因觉得天公朱庇特分封不均产生了反叛心理。当时太阳神射杀了天公朱庇特身边的独眼巨人，也开始积极地筹划谋反。这时候，天后朱诺因儿子火神伏尔甘受到了朱庇特的惩罚也想谋反。福波斯、朱诺和尼普顿不谋而合，于是商量好叛乱的时间。在叛乱的关键时刻，西天守门神西蒂斯向天公朱庇特告发，叛乱失败了。太阳神福波斯被逐出天国数年，海神尼普顿被罚到特洛伊修筑城墙，天后朱诺则没有受到任何处罚。

智慧女神密涅瓦

密涅瓦被古希腊诗人荷马称为智慧女神。关于密涅瓦的出生有两种说法。

一种说法是，密涅瓦出生在利比亚的妥里通湖畔，三个利比亚女神发现了她，并把她哺育长大。当密涅瓦还是个少女时，在一次争斗中失手杀死了自己的小伙伴帕拉斯，为了表示哀悼，她在自己的名字前加上了帕拉斯的名字，然后取道克里特，前往雅典。

另一种说法是，朱庇特与女神墨提斯结合后，命运向朱庇特预示，墨提斯将生下一个权力胜过父亲的孩子。为了防止这种结果的出现，朱庇特在墨提斯生产后即把孩子吞食腹内。可刚吞食完，他便感觉头痛难熬。最后，朱庇特不得不命令火神伏尔甘用斧头把自己的头劈开。脑袋刚被劈开，一个手执长矛的女孩便跳了出来。这个关于密涅瓦出世的故事使密涅瓦具有了高贵的出生。一直以来，这种说法被看做是最准确的。由于这种传说，密涅瓦成了力量和智慧的象征。她头上戴着光芒四射的金盔，身上披着崭新的甲胄，手执闪闪发光的长矛，比战神玛尔斯还要威武，所以，人们也称密涅瓦为女战神。这一称号对她来说一点也不为过，在天公朱庇特与提坦神的战斗中，密涅瓦的加入对战斗的胜利起到了不小的作用。

密涅瓦不仅是一个女战神，而且是一个象征和平的女神。她心地善良，爱憎分明，并不像战神玛尔斯那样一味地只知道屠杀。

一天，密涅瓦看到战场上勇敢的堤丢斯身负重伤，那是一个多么英勇的战士啊，怎么能在战争的关键时刻就战死呢？于是，密涅瓦向天公朱庇特求援，希望得到能治好堤丢斯的药。当密涅瓦拿着药来到战场上时，看到的堤丢斯像换了一个人：眼里满是复仇的欲火，把敌人砍倒后，还用手中的长矛敲打敌人的头颅，然后疯狂地汲取头颅里的脑浆。多么残暴的堤丢斯啊。密涅瓦改变了原来的决定，放弃了救护堤丢斯的想法。

还有一次，海神尼普顿和密涅瓦为争夺阿提克地区的所有权举行了一场比赛，他们约定，谁如果能给人类赠送最有用的礼物谁就获胜，众神们都争着来做这次比赛的裁判。海神尼普顿把三叉戟向岩石上一击，一匹战马出现了；密涅瓦把她的长矛向地上一插，一株郁郁葱葱的橄榄树出现了。经过众神裁判，密涅瓦获胜，因为众神觉得象征和平的橄榄枝要比用于战争的战马要有用得多。从那以后，橄榄枝成了和平的象征，也成了智慧女神密涅瓦的象征。

除了英勇善战，充满智慧的密涅瓦还给人类提供了很多项发明。

◇庄严肃穆的密涅瓦塑像

密涅瓦是智慧女神，也是象征和平的女战神。

一天，密涅瓦捡到了一根鹿骨，那根鹿骨已经被磨得相当精致。“如果把这根鹿骨的中心挖空，然后再钻几个孔，那样不就能吹出像暴风雨般的声音了吗？”

这样想着，密涅瓦不禁高兴起来。她找来一把小刀，在鹿骨上细心地挖了几个小孔，然后用了几天时间把鹿骨的中间挖空。最后，密涅瓦还在这支乐器的一侧系上了一条红丝带，以作为装饰。她给这种乐器取名为“笛子”。

> **密涅瓦**
>
> 密涅瓦是朱庇特的女儿、智慧女神兼和平女神(或称女战神、正义战争女神)，是最受欢迎的神。西方神话中说她出生时朱庇特头部剧烈疼痛，于是命人用大斧劈开，但见密涅瓦手持长枪、身披战甲从中跳出。她勇敢、威武又善良、正直，但有时也因心高气傲，不愿别人比她强而与人较劲。

看着自己的杰作，密涅瓦非常满意。她拿着她的笛子回到了奥林匹斯圣山，对每一位遇到的神极力夸耀自己新发明的笛子，并在众神聚集的地方进行了吹奏表演。优美的声音从密涅瓦的笛子中飘了出来，地上的流水停了下来，天上的飞鸟驻足在枝头，众神不由得随着笛声开始哼唱。

密涅瓦骄傲地注视着众神，想得到意料之中的嘉许。众神都沉浸在悠扬的笛声中，只有爱神维纳斯和天后朱诺在偷偷地笑个不停。

“你们究竟在笑什么呢？难道我吹的笛声不好听吗？”密涅瓦停止了吹奏，有些怒意地注视着维纳斯和朱诺。

看到密涅瓦那严肃的目光，朱诺对密涅瓦说：“你吹的笛声的确很动听，但你吹笛子时，你的脸蛋鼓胀，脸上的线条都变了形……你还是去泉边用泉水自己照照看吧。”说完后，朱诺眼角又抑制不住掠过一丝笑意。

密涅瓦来到泉边，把笛子再次放在口里吹奏，然后把脸探到水面上。

“这是我吗？我怎么会这么丑陋呢？”密涅瓦惊叫起来，朱诺说得没有错，自己的脸在吹笛子时完全变了形。

“笛声再好听，也不能让我美丽的形象受损。”密涅瓦气愤地把笛子扔到了森林深处，从此再也没有吹过笛子。

此外，密涅瓦发明了制陶车，使人们能生产出各种陶瓷制品。农夫使用的犁耙和四轮牛车、木工使用的三角尺和直尺也是密涅瓦发明的，她还教会了海员如何绞帆和在船首雕刻头像。所以，众多行业都尊推密涅瓦为保护神。

月亮女神的浪漫爱情

狄安娜是天公朱庇特与拉托那的女儿，也是太阳神福波斯的胞生姐姐。弟弟福波斯是给人类带来温暖和灿烂的太阳神，而狄安娜则是在太阳下山后给人类带来光明的月亮神。狄安娜和智慧女神密涅瓦一样终身保持着贞洁。

狄安娜体态苗条，形象高大、美丽。她喜欢在森林原野上驰骋，背着一把弓和一个箭袋，身旁有时会有一头牝鹿或是一条猎狗。狩猎归来，狄安娜有时会去巴那斯山上找弟弟福波斯，与卡里忒斯和缪斯一起载歌载舞。

皎洁宁静的月夜美得会令人浮想联翩：困乏的动物们在月夜中栖息，植物们也乘机呼吸着新鲜的空气，享受着太阳没有出来之前的甘露。人们呢？在这皎洁的月光底下则会产生甜蜜的温情。有时，狄安娜也会用云彩遮住脸庞去亲吻英俊少年的脸。而被月亮女神亲吻过的人则会具有奇特的想象力，或成为诗人，或成为预言家。

既然具有了生命，就不同于草木，所以，狄安娜虽然希望永葆贞洁，但看到心仪的男子也会心潮澎湃。一次，狄安娜在一个山洞里发现了一个为了永葆青春而处于睡眠状态的青年。那个青年是一个牧羊人，叫恩底弥翁，在睡眠状态中的他依然保持着俊美的面容，嘴角似乎还挂着一丝欣慰的笑意。狄安娜被恩底弥翁的俊朗深深地打动了。她每天夜里都会到那个山洞里静静地盯着恩底弥翁的脸颊和双目看上好一阵子，再甜蜜地在他身旁睡去。

除了爱慕过恩底弥翁外，狄安娜还热恋过一个叫俄里翁的青年。这个故事还与狄安娜的父亲天公朱庇特有一些关联。

在很久以前，一个农夫和妻子过着贫穷却幸福的日子，但好景不长，妻子还没有来得及为他生下一儿半女就去世了。对于妻子的过世，农夫非常伤心，他发誓不再娶妻，但他每天都祷告着上天能赐给他一个孩子，在他孤苦无助的时候，他很希望有个孩子在身边给他一些安慰。

这天，天公朱庇特带着海神尼普顿和儿子墨丘特来到了农夫家。农夫是个热情的人，他把客人让进屋里，给客人端上家里最好的食物，把家里唯一一间屋子让给了客人住，自己则去牛棚里睡了一夜。

第二天，客人们要走了，农夫斟上一杯酒，递给了海神尼普顿，尼普顿接过酒杯后恭恭敬敬地又递给了天公朱庇特。

朱庇特喝完酒后，礼貌地对农夫说道："谢谢你的款待，你是个善良、虔诚的人，我很希望能为你做些事情，不知你有什么希望？"

农夫有些不知所措，尼普顿忙解释说："你有什么希望尽管说，你眼前的这位就是万神之王、万灵之父的天公朱庇特，他能为你实现你的希望。"尼普顿指了下朱庇特对农夫说。

听后，农夫忙拜倒在朱庇特面前，虔诚地对朱庇特说："我已经失

◇狄安娜与恩底弥翁
狄安娜被恩底弥翁的俊朗深深地打动了，她每天夜里都会到那个山洞里静静地盯着恩底弥翁的脸颊和双目看上好一阵子。

去了爱妻，也不想再娶，但我希望有个孩子。如果你能帮我实现这个愿望的话，我会把家里唯一的牛作为供品献给你。”

朱庇特考虑了一下，然后对农夫说：“去吧，把那头牛杀掉，然后把它的皮埋在你家门前的地里。”

农夫遵照朱庇特的吩咐把牛杀了，并把牛皮埋进了门前的地里。当他刚把最后一把土填到坑里，奇迹出现了：从埋牛皮的地方长出了一个小孩，越长越大，直到长到成年人的模样。当农夫拉着儿子来到屋里想向天公道谢时，朱庇特一行人已经不见了。

农夫给他的这个儿子取名俄里翁。俄里翁相貌堂堂，心地和父亲一样善良。由于奇特的出生，他的力气要比常人大得多，经常会做出一些别人做不了的事。农夫死后，俄里翁到了月亮女神狄安娜那里，做了月亮女神的仆人。

自从新仆人俄里翁到来后，狄安娜开始魂不守舍。

“多么漂亮的一个年轻人啊！多么强壮的一个猎手啊！如果我能和他在一起生活那该多好，到那时，我会去请求父亲饶恕女儿的不贞。”狄安娜对俄里

◇狄安娜泉

月亮女神兼狩猎女神狄安娜是纯洁的象征，也是极具浪漫色彩的女神。

> **猎户座**
>
> 猎户座是冬夜星空中最好认的一个星座。西方神话中说月亮女神狄安娜为误杀心爱的人俄里翁而伤心欲绝，天公朱庇特为安慰爱女，便把俄里翁变成夜空中的一个星座，即猎户座。在世界许多国家，它都是力量、坚强、成功的象征，人们总是把它比作神、勇士、超人和英雄。

翁的思念太强烈了，她不顾别人的反对，总是让俄里翁陪着自己，以便能和自己心爱的人朝夕相处。

狄安娜和俄里翁的爱情非常浪漫，他们一起在大草原上追逐猎物，一起在海边嬉戏，一起在漆黑的夜里互诉衷肠。正当狄安娜准备要嫁给俄里翁时，弟弟福波斯表示了强烈的反对。福波斯越是阻止狄安娜对俄里翁的爱，狄安娜越是爱俄里翁。福波斯知道姐姐的脾气，她要是认准的事是没办法改变的，但福波斯不想看着姐姐违背她亲口定下的誓言。可怎么才能使姐姐对俄里翁死心呢？经过苦思冥想，福波斯终于想出了一个办法。

一天，福波斯找狄安娜一起去海边游泳，两人游得累了，坐在岸边闲谈，只留俄里翁一个人在海里游。

“姐姐，听说你的箭法和我一样好，是吗？我怎么不知道呢？我猜想别人肯定是说错了，他们说的应该是密涅瓦吧。”福波斯看着已经游向远方的俄里翁对狄安娜说。

狄安娜最不喜欢别人小瞧她了，自己的箭法的确是不如弟弟福波斯，但总不至于比密涅瓦差吧。狄安娜不服气地答道：“你真的觉得我的箭法那么差吗？那我就证明给你看。”

此时的俄里翁游得很远，已经成了一个小黑点。

“那好啊，你看到那个小黑点了吗？如果你能射中的话，我就服了。”福波斯指着在远方变成小黑点的俄里翁。

狄安娜只顾着和福波斯争辩她的箭法，根本没注意到那个黑点就是俄里翁。她拿过放在一边的弓箭，然后瞄准那个小黑点就射了过去。直到听到俄里翁的惨叫声，狄安娜才知道上了福波斯的当，这时候已经来不及了，俄里翁沉入了海底。

对于俄里翁的死，狄安娜痛不欲生，她怎么也无法原谅是自己亲手杀死了心爱的人。朱庇特见女儿日益消瘦，也为女儿对俄里翁的深情所打动，便把俄里翁变成了天上的星星，即猎户座，它就像一个佩剑的巨人驻守在夜空中，与心爱的月亮女神继续着形影不离的日子。

信使墨丘利

墨丘利是天公朱庇特的儿子，是众神的信使，在人们的心中，墨丘利总是一个粗壮强劲的中年人形象，严肃庄重。他手中的飞行神杖是和平的象征，也是权力的象征。墨丘利掌管着商业、畜牧、交通、竞技、欺盗等。作为畜牧的保护神，一切家畜对墨丘利来说都是神圣的；作为商业的保护神，墨丘利保护着商船一帆风顺，使各路商人交易顺利进展。作为众神的使者，墨丘利的职责是传递和解释众神的信息，特别是传递天公朱庇特的信息。他才思敏捷，能言善辩，否则根本不能完成那么多艰巨的使命，所以，墨丘利又被看成是演说艺术的保护神。

在古老的传说中，墨丘利发明了字母、数字、天文学和体育运动，他还把种植橄榄的技术传授给了人类。太阳神福波斯身上经常背着竖琴，并作为竖琴的保护神，其实，竖琴是墨丘利发明的，福波斯的竖琴则是墨丘利给他的。

墨丘利刚一出生就能四处走动。一天，他一个人在河边玩耍，一只乌龟爬到了他的脚下。看着在地上蠕动的乌龟，小墨丘利突发奇想："乌龟背上的壳又硬又有花纹，如果能用它做成乐器，一定很好看。"

小墨丘利把乌龟从地上拾起来，带到了阿尔菲河附近锡岭山的一个山洞里。他把壳从乌龟背上取下来，把凹下去的地方用一块柔软的牛皮盖住。然后在乌龟壳的边缘挖了几个小洞，把七根芦苇秆横穿在上面做弦，再装上两个小琴码，便成了竖琴的雏形。小墨丘利经常背着这个小竖琴边弹边唱，颇有一种自豪感。

一天，小墨丘利来到了太阳神放牧的皮埃里亚山，看着肥壮的牛，墨丘利口水都要流出来了。太阳消失在绛红色的大洋后，墨丘利偷偷地走进牛群，牵走了五十头肥得都让他眼睛发馋的牛。他把牛牵到阿尔菲河岸边，让现在已经属于他的牛在那吃草。

黑夜过去了，曙光女神奥罗拉将人们从睡梦中唤醒，福波斯随之重新回到了大地上。当福波斯清点他的牛时，发现少了五十头。“是谁这么胆大，竟敢偷我福波斯的牛？难道他不知道我的箭可以射穿他的心脏吗？如果让我找出这个小偷，一定会把他碎尸万段。”福波斯愤愤地想。

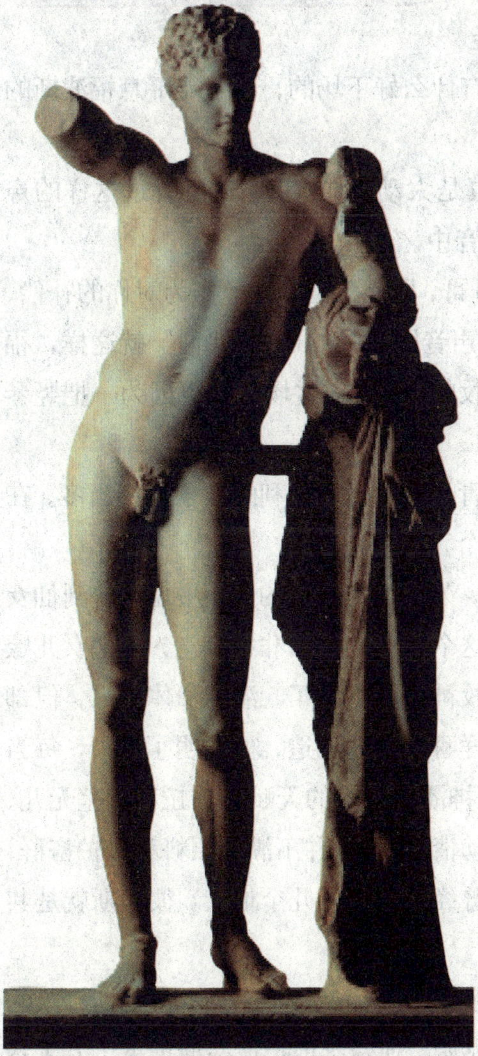

◇墨丘利 公元前100年 菲狄亚斯

众神信使墨丘利不像其他诸神那样给人高高在上的感觉，他因为和人间打交道最多而显得平易近人，富有人情味。

太阳神的光芒是可以照到任何一个角落的，福波斯轻易地在阿尔菲河畔的锡岭山山洞里找到了这个偷牛贼——他的弟弟墨丘利。但由于藏得隐蔽，福波斯还是没能够找到藏牛的地方。墨丘利看到比自己强壮百倍的福波斯找到了洞里，便在摇篮里装作睡着了。福波斯知道他在装睡，便拎着他来到天公朱庇特的宫殿里。

“尊敬的父亲，你看你这个还在摇篮里的儿子啊，他竟然偷了我的牛，知道自己做错了，却还是不承认，你一定要给我做主啊，让他把我的牛还给我。”福波斯把这个刚刚出生不久的小弟弟往地上一扔，气愤地对朱庇特说。

此时的墨丘利显出了莫大的委屈：“亲爱的父亲，你看我这么小，怎么偷得了哥哥如此大的牛呢？我昨天刚出生，还没有离开过我的摇篮呢。”墨丘利努力地向外挤着眼泪。看着自己的一对儿子，天公朱庇特笑着说：“亲爱的孩子们，你们都是宇宙的好孩子。墨丘利，你虽然偷了福波斯的牛，但我相信他不会怪你的，快去把他的牛还给他吧。”

看到自己的小伎俩并没有瞒过父亲，墨丘利只得带着福波斯来到阿尔菲河畔。福波斯牵回了自己的牛，但他还是非常气愤。“亲爱的哥哥，你瞧，这是我刚发明的竖琴，它发出的声音可动听了，我给你弹弹吧。”说着，墨丘利向福波斯大献殷勤地弹起了竖琴。要知道，惹太阳神福波斯生气可不会有什么好下场的，为了能平息福波斯的怒气，墨丘利使出了浑身解数。

> **潘神**
>
> 信使墨丘利的儿子潘，是牧羊人的神，他长相奇特：身体绝大部分是人，他却长着羊角和羊腿。潘神发明了排萧，而且是吹笛的高手，常以悠扬的芦笛声和仙女们调情。尽管他坚持不懈地在山泽间追求仙女，却因长相总是遭到无情的拒绝。

“我的好兄弟，你这竖琴弹出的声音真是太动听了，我还从没听过这样的声音。”福波斯沉浸在竖弹发出的优美的声音中。

墨丘利要的正是这种效果：“亲爱的哥哥，既然你喜欢它，作为对你的补偿，我把这把竖琴送给你，我相信你弹出来的声音比我弹的还要动听。”就这样，福波斯成了竖琴的保护神，而墨丘利成了畜牧的保护神。这场争吵也因为一把竖琴结束了。

由于墨丘利长相健美，颇得众仙女的青睐，所以墨丘利的孩子也相当多。在众多的儿子当中，牧神潘是最富传奇的一个。

墨丘利在一次出行时看中了一个仙女，为了得到心爱的人，墨丘利就到仙女的父亲那里甘愿做牧羊人，仙女的父亲对这个忠实的仆人非常满意，便把女儿嫁给了他。墨丘利和这个仙女结婚后不久，牧神潘就出世了。潘的身体是人，但却长着羊角和羊腿。牧神潘和父亲墨丘利一样喜欢发明创造，他发明了排箫，每当夜幕降临的时候，他就到河边吹箫解闷。牧神潘对艺术的天赋和墨丘利相差无几，他所吹出来的箫声使自然界的万物都为之动情。牧神潘并不满足照料和保护畜群，他还会以悠扬的芦笛声与仙女们调情。他曾经深爱过好几个仙女，彼蒂斯就是其中之一。

当时，牧神潘和北风神波瑞阿斯同时爱上了美丽姑娘彼蒂斯，彼蒂斯喜欢的是牧神潘。波瑞阿斯见得不到自己心爱的姑娘，便残忍地把彼蒂斯推下了万丈悬崖。地神该亚把可怜的彼蒂斯变成了一棵树，而她把对牧神潘的感情全部寄托在了这棵松树上，当北风呼啸而过时，松树就会发出凄惨动人的哀鸣声。

凶残的战神玛尔斯

玛尔斯被人们称为战神，他通常都被人们描绘成全副武装、血气方刚的年轻人。在很久以前，玛尔斯一直被人们认为是风暴神，他能翻云覆雨，狂风骤起，这种场景和激烈的战斗一样使人感到恐惧。

◇战神玛尔斯与爱神维纳斯　法国　大卫

凶残的战神尽管为众神厌恶，但对他来说，有维纳斯的爱恋就足以让他满足了。

关于玛尔斯的由来，一直都有两种说法。一种说法是，战神玛尔斯是天公朱庇特与天后朱诺的儿子；一种说法是，玛尔斯没有父亲，母亲朱诺对于密涅瓦的出生感到非常嫉妒，于是，气愤之余，朱诺生吞下了一条凶恶无比的毒蛇。谁知，在吞下毒蛇后不久，朱诺就生下了一个脾气比她还要坏的儿子，朱诺给儿子取名为玛尔斯。玛尔斯生性残暴，他喜欢到处杀戮，凡是他经过的地方，肯定是尸体遍地，鲜血横流。玛尔斯走到哪里，哪里就会充满灾难，所以人们都非常痛恨他，他的野蛮行径更是使奥林匹斯山上的众神感到厌恶。

在众神当中，玛尔斯的主要对手就是骁勇善战的密涅瓦，被称为女战神的密涅瓦与残暴的玛尔斯进行了不懈的斗争。有战神玛尔斯的地方，女战神密涅瓦通常也会出现，维护正义的密涅瓦与玛尔斯作着面对面的斗争。

世界是公平的，有创造就会有破坏，就像以破坏和杀戮为乐的玛尔斯的情人却是掌管一切动植物繁衍和生长的爱神维纳斯一样，一环紧扣一环，一味地创造或是一味地破坏都是不能促进世界的发展的。

爱神维纳斯是奥林匹斯圣山上也是人世间最美丽的女人，但她的丈夫却是丑陋的火神伏尔甘。对此，玛尔斯非常嫉妒，在维纳斯还没有结婚前，玛尔斯也曾追求过她，但却遭到了拒绝。虽然维纳斯已经嫁给了伏尔甘，但玛尔斯想占有维纳斯的贼心仍然未死。他想尽了一切办法去讨好维纳斯，把最珍贵的礼物送给维纳斯，用花言巧语使维纳斯动了心。为了不让自己的丑事被别人发现，玛尔斯每次都趁伏尔甘在作坊里打铁的时候才去和维纳斯约会，而且每次都得保证在太阳神福波斯升到天空之前离开维纳斯的房间。

每次约会时，他都会带一个叫阿力克提翁的年轻人为他放哨。阿力克提翁的任务是在天亮之前学公鸡啼叫，以向玛尔斯报警。

一天夜里，玛尔斯又神不知鬼不觉地进入了维纳斯的房间，两人在一起缠缠绵绵不舍得分开。而这次，受在门外的阿力克提翁却困倦地睡着了。当太阳神福波斯睁开眼睛时，阿力克提翁根本就不知道，自然没法向玛尔斯通风报信。太阳神福波斯也早已经对玛尔斯的残暴行径非常气愤，当他发现玛尔斯竟做出如此丑事时，立即告知了伏尔甘。火神伏尔甘听说自己的妻子正与玛尔斯偷情，气得火冒三丈。这个时候的他哪还有心思打铁，他把手里的工具往地上一扔，就想去找维纳斯和玛尔斯算账。

走到一半，他又转了回来："不能这么冲动，这样也只能我知道他们的丑事，我得让所有的人都知道这件事，让他们没法在这个地方再待下去。"他拿起刚锻打的钢丝，用钢锉和钳子把钢丝做成链环，连成了一个钢丝网。伏尔甘假装一边高声说话一边走进维纳斯的房间。听到伏尔甘回来了，为了掩盖自己的窘态，维纳斯赶紧装作去洗澡，玛尔斯则躲在屋角不敢动弹。趁着这个机会，伏尔甘把钢丝网张开，固定在床脚和天花板上，然后走出了房间。伏尔甘所做的这一切，维纳斯和玛尔斯都没有注意到，他们当时的注意力都放在如何遮掩自己的丑事上。

听到伏尔甘走出了房间，玛尔斯大摇大摆地从屋角钻出来，然后躺在床上等维纳斯。维纳斯洗完澡回到房间后，两人又开始亲热。这时候，一张钢丝网把他们牢牢地网住了。

伏尔甘从房间外走了进来，狠狠地瞪了维纳斯和玛尔斯一眼，然后打开他所在宫殿的象牙门，召唤着众神来到维纳斯的房间。这一对偷情者承受着众神鄙夷的目光，在众神议论之后，两人终于被放了出来。由于羞愧难当，维纳斯离开奥林匹斯圣山到塞浦路斯岛去了，玛尔斯也去了荒凉的色雷斯地区隐居。而这个事件的配角阿力克提翁，则被玛尔斯变成了一只公鸡。

玛尔斯是个残暴的战神，他的子女也继

◇战神　法国　德拉克洛瓦

战神玛尔斯英俊、威武、血气方刚，但他性格暴躁又嗜好杀戮，因此不讨奥林匹斯山上众神的喜欢。

承了父亲的这一点，如奇克诺斯，他像一个强盗一样，经常在路上拦截行人，稍有不顺就会把路人打死。一天，奇克诺斯在路上觊觎着该向哪个行人行凶。这时候，赫丘利走了过来，奇克诺斯拿起长矛就向赫丘利的铜盾戳去。赫丘利可是久战沙场的英雄，他并没有被这突如其来的袭击吓倒，而是用自己的长矛刺向奇克诺斯。不偏不倚，长矛刺进了奇克诺斯的咽喉，这个被路人诅咒的大强盗当即倒地毙命。

听到儿子被赫丘利刺死，玛尔斯暴跳如雷，双眼冒着愤怒的火花。他高举长矛，朝赫丘利刺去。在这个危急时刻，密涅瓦出现了。她把玛尔斯刺向赫丘利的长矛拨开，而赫丘利则乘机用长剑砍伤了玛尔斯的大腿。玛尔斯战败而回，他所能做的只是将爱子变成一只白天鹅。

◇玛尔斯与密涅瓦之战　法国　大卫

玛尔斯酷爱战争和屠杀，而女战神密涅瓦却致力维护和平，有密涅瓦在的地方玛尔斯总讨不了便宜，也暗合了正义终能战胜邪恶的道理。

美丽的爱神维纳斯

无论是在奥林匹斯圣山还是在凡世间，爱神维纳斯都是最美的，她是爱与美完美的结合体。作为爱神，维纳斯掌管着人类的爱情、婚姻和生育。此外，她还代表了每年的春天和每天的黎明，所以她还掌管着一切动植物的繁衍和生长。

> **塞浦路斯**
>
> 塞浦路斯是位于地中海小亚细亚半岛南部的一个小岛，其位置扼亚、非、欧三洲海上交通要冲，恰好处在东西方文明的交汇处——"肥沃的新月地带"。塞浦路斯历史悠久，西方神话中说它是维纳斯居住的地方，人们骄傲地称之为"爱神之岛"。现面积9251平方公里，人口80多万，主要是希腊族和土耳其族。

维纳斯皮肤白皙，身姿迷人。在人们心目中，维纳斯的形象比其他诸神的形象都要多。最初，她以裸体出现，站在海龟或海螺上面，一种纯朴的美顿然而生，这种形象表明她刚从海浪里出来。后来，人们对她的形象进行了改变，把全裸的身体改为半裸，美感呼之欲出，尽在人们想象之中。

维纳斯的这些形象与她的出生有关。据说，维纳斯是从海里波浪的泡沫中产生的。萨图恩把自己父亲乌拉诺斯的肢体投入到塞浦路斯海中后，从投入肢体的地方涌出了很多的泡沫，随后，一个美丽的巨大贝壳出现了，周围还有很多的小贝壳和珍珠相伴。巨大的贝壳被海风和波浪推到了岸边，微微颤动后两瓣自然分开，一个长发女孩从贝壳里走了出来，维纳斯诞生了。刚出生的维纳斯像曙光一样纯洁无瑕，她赤脚向海滩上走去，走过的地方长出了很多美丽的鲜花。时光女神赫耳早已经在不远处等着刚出生的爱神维纳斯了。赫耳为维纳斯戴上金光闪闪的冠冕，穿上艳丽得体的衣裳，还在她的腰上系上了一条金腰带。这样，美丽的维纳斯更加楚楚动人。她坐上由一对鸽子拉着的车，向奥林匹斯圣山飞去。

看到美貌非凡的维纳斯后，奥林匹斯山上的众神都绝口称赞。有着诱人双眸、迷人微笑的维纳斯姿态优雅，举止庄重，使圣山上的众神为之倾倒。

维纳斯的也引来了不少嫉妒的目光，其中以天后朱诺和智慧女神密涅瓦最甚。天后朱诺、智慧女神密涅瓦和爱神维纳斯因一个象征美的金苹果而大动干戈，最后连天公朱庇特都不好加以判断，只好让伊达山上的一个英俊少年帕里斯来裁决她们三个谁最美。帕里斯本也分不出谁是最美者，但维纳斯答应如果帕里斯把金苹果给她，她会把天下最美的少女海伦嫁给他，帕里斯便把象征美丽的金苹果给了维纳斯。朱诺和密涅瓦虽然不服气，但也无话可说。

后来，维纳斯嫁给了火神伏尔甘，伏尔甘又瘸又丑，美丽的维纳斯根本就不喜欢他，只是因为这场婚姻是天公朱庇特亲自赐予的，维纳斯才不得不答应下来。她和火神伏尔甘结婚之后，恶贯满盈的战神玛尔斯倾慕于她的美丽，多次对她进行引诱，最后两人勾搭成奸。被火神伏尔甘发现后，维纳斯觉得无颜再在天宫待下去而回到了塞浦路斯。

爱神维纳斯不仅征服了奥林匹斯山上的众神，也征服了整个大自然，她走到哪里，哪里就有一片欢声笑语，哪里就会出现一派欣欣向荣的景象。但春天的时间并

◇维纳斯的诞生　意大利　波提切利

全裸的维纳斯从海中贝壳里升起，又一种说法说她是朱庇特和大海女神之一狄俄涅的女儿。

不是太长，花儿并不会长开不败，因为维纳斯的儿子阿多尼斯是短暂春天的化身。

阿多尼斯是维纳斯回到大地后，从一株苍天大树的树干中迸裂出来的。维纳斯担心儿子的安危，经常劝说阿多尼斯不要去狩猎，但年轻的阿多尼斯哪里肯听。一天，阿多尼斯正追逐一头野猪，眼看要追到时，野猪猛地回过头来，一口咬中阿多尼斯，阿多尼斯当场倒地，鲜血染红了身边的花丛。当维纳斯听到儿子的呼叫声时，急忙向出事地点跑去，慌乱中不小心被玫瑰刺伤了脚，雪白的玫瑰刹那间变成了鲜红色。当维纳斯赶到阿多尼斯身边时，他已经停止了呼吸。悲痛的维纳斯抱着儿子的尸体泪如泉涌，她的泪珠掉到地上，长出了数株银莲花。

阿多尼斯的生命是短暂的，他的美就寄托在花丛中，花儿凋谢即意味着他生命的消失。当然，阿多尼斯的生命是无限期轮回的，当植物在夏日的骄阳中茁壮成长时，阿多尼斯就会获得新生。

小爱神丘比特也是维纳斯的儿子，他是一个长着一对金翅膀的美少年。丘比特喜欢拿着弓箭乘着微风到处游荡，他所到之处，人们会感受到友谊的快乐和温存，更会享受到爱情的甜蜜和辛酸。

◇断臂的维纳斯　法国　米洛

也许正是因不小心“断了臂”才产生出一种“残缺之美”，令观者难忘，这尊雕像才有了它无与伦比的价值。

爱美是人们的天性，所以人们非常崇敬美神维纳斯。爱神木、罂粟、石榴、玫瑰、天鹅和鸽子等都是维纳斯的宠物。

在罗马，维纳斯的纪念日定在每年的四月，帝国时期的罗马对维纳斯的崇拜尤为盛行。凯撒大帝还自称是埃涅阿斯的后裔，尊维纳斯为罗马人的祖先，由此可见维纳斯在罗马人心目中的地位。

丘比特的婚恋故事

小爱神丘比特是爱神维纳斯与火神伏尔甘（一说为战神玛尔斯）的儿子，他一生下来就长了一对金色的翅膀，背着一张超小的弓箭四处游荡。可别小瞧了那张弓箭，它的力量可真不小。丘比特射出的箭都是魔箭，如果谁被丘比特的金箭射中，那么他或她就会爱上对方，如果只是一方被射中，那么他或她就只能单相思了。强大的太阳神福波斯，看不起这个体形比自己小百倍的小爱神，但却还是被那张小弓箭所伤，爱上了达夫尼。

一天，爱神维纳斯把儿子丘比特叫到身边，气呼呼地对儿子说："某城的一个国王有一个叫普赛克的女儿，听说她长得非常漂亮，当地的人都叫她美神，难道她真的会比我还要漂亮吗？你马上去那个地方，用你的聪明让普赛克爱上世界上最卑贱最不幸的人。"丘比特知道母亲这是嫉妒普赛克的美貌了，为了平息母亲的怒气，丘比特朝着那个国家飞去。

那个国家的国王有三个女儿，普赛克是最小的一个，也是最漂亮的一个，两个姐姐都嫁给了邻国的国王，唯有普赛克因为长得太漂亮而没有人敢上门提亲。眼看普赛克到了出嫁的年龄，国王显得非常着急，如果公主嫁不出去，那该是一件多么不光彩的事啊。于是，国王去太阳神的神殿里求神卦。按照太阳神福波斯的推算，普赛克应该送到山野里被怪兽吞食掉。

国王对普赛克这个最小的女儿疼爱有加，怎么舍得把她一个人放去山野呢？但神的旨意又不能违背，国王夫妇一边哭一边将普赛克送往高山深崖处。普赛克非常懂事，她知道如果自己哭哭啼啼的话，父母肯定会宁可违背神谕也不会把她放到野外，所以她一路安慰着父母。国王夫妇悲痛欲绝，把普赛克放到山里后，他们一步一回头，洒了满路的泪水才走回了城里。

夜幕很快降临了，四周冷清清的，只有草地里的小动物们在唱着歌陪伴普赛克。一阵寒风吹来，普赛克打了一个冷战，刚才的勇气顿时消失得无影无踪。她轻轻地抽泣着，然后感觉一阵风把她从冰冷的岩石上吹落到柔软的草地上。哭了好长一段时间后，她竟迷迷糊糊地睡着了。

当普赛克醒来时，她看见了一座美丽的宫殿，比父亲的王宫还要漂亮，宫殿前是一条宝石铺成的路。普赛克再也禁不住诱惑了，向宫殿里走去。

“哇，好华丽啊！这么多珠宝，我还从来没有看见过这么多的财富。这儿是哪里呢？”普赛克被眼前的场景惊呆了，正当她想去询问宫殿的主人时，一个悦耳的声音传来：

◇丘比特制弓　意大利　帕尔米贾尼诺

小爱神丘比特是爱神维纳斯与火神伏尔甘（一说为战神玛尔斯）的儿子，他一生下来就长了一对金色的翅膀，背着一张超小的弓箭四处游荡。

“亲爱的普赛克，很高兴你能来到这里，以后这里就是你的家了，我就是你的丈夫，你如果答应我永远不再见你的家人，永远不要见我，那么你的家人会一辈子平平安安，你也会永远幸福的。”

普赛克是多么的希望生活在这里啊，这里和天堂一样美丽，而且自己虽然见不到丈夫，但他却有着如此悦耳的声音。普赛克不再感到害怕，很快答应了那个声音的要求。

从那以后，普赛克一直生活在那个宫殿里，因为家人和丈夫都生活在幸福之中，她自然也没有烦恼。她很珍惜所度过的每一天，毕竟这些都原本不属于她。

一天，在宫殿外散步的普赛克听到了一阵哭声。“那哭声不正是自己的姐姐们发出来的吗？”经过仔细分辨，普赛克确信那哭声的确是来自自己的姐姐们，姐姐们的哭声唤起了普赛克对亲人的思念：“我在这里快活地生活着，而亲人们却以为自己已死而痛心疾首。我还是告诉他们真相吧，丈夫爱我爱得那么深，他应该不会和我计较这些的，就算他生气了，我也可以耐心地向他解释啊！”想到这里，普赛克忙派仆人把两个姐姐带到这个秘密的宫殿来。

两个姐姐见自己疼爱的妹妹还活着，高兴地跑过来拥抱普赛克，见她在这里有享不尽的荣华富贵，姐姐们都为她高兴。普赛克把自己遭遇的前前后后向两个姐姐说了一遍，并让她们回去后告诉父母不要担心。

最后，两个姐姐问到了普赛克的丈夫，普赛克回答的有些支支吾吾。天马上要黑了，普赛克对两个姐姐说："虽然我很希望我们姐妹多聚一会儿，但我们该分手了，否则天黑前你们到不了家我会担心的。带一些宝石和首饰回去吧，反正我也用不了这么多。"说完，普赛克去了另一个房间。

两个姐姐虽然很想念妹妹，但当她们看到普赛克的幸福生活时，马上产生了嫉妒。在听到普赛克谈到自己丈夫时那心不在焉的神态时，两个姐姐觉得这里面肯定有问题。趁普赛克出去的机会，两个姐姐想出了一个诡计。

"普赛克，我看你根本没见过你的丈夫，他一定是一个可恶的家伙，说不定是一条巨龙呢。他把你养在这里，等用美餐把你养胖后再吃掉你……你想想当年太阳神的神卦吧。"大姐对返回后的普赛克说道。

◇丘比特与普赛克　法国　大卫

普赛克从死亡女神普罗塞尔皮娜那里借来的美色——死亡使她奄奄一息，而正是丘比特最后的深情一吻让普赛克重新获得了生命，这就是"爱神之吻"。

看到普赛克真的被吓住了，二姐接着说:“我给你想出了一个办法，你把这盏灯藏在挂毯后面，等你丈夫睡着后你突然把挂毯拿掉，然后拿匕首刺入他的胸膛。”

送走姐姐们后，普赛克举棋不定，她也很想看看自己的丈夫。于是，她按照姐姐们说的办法去做了。出乎她的意料，在挂毯后面，她看到的不是怪物，而是可爱的小爱神丘比特。丘比特狠狠地瞪了普赛克一眼，抓起身边的弓箭。普赛克对自己的行为非常悔恨，看丘比特要飞走，她慌忙抓住丘比特的一只脚，随着丘比特飞上了夜空。没飞出多远，她不小心摔落下来，正好落在了河边。失望的普赛克想投河自尽，却被好心的牧神潘所救，为了能得到丘比特的宽恕，普赛克决定坚强地活下去，直到找到丘比特的那一天。

当一只多嘴的海鸥把丘比特爱上普赛克的事告诉爱神维纳斯后，维纳斯非常恼火。她把普赛克的姓名和相貌公布于世，宣称谁要是抓到普赛克谁就能得到她的七次亲吻。最后，可怜的普赛克被维纳斯的一个仆人带到了维纳斯的宫殿里。维纳斯想尽了一切办法折磨普赛克，但每次普赛克都能顺利地完成维纳斯交给她的那些凶多吉少的任务。

维纳斯交给普赛克的最后一个任务是去地狱向普罗塞耳皮娜夫人借一点美色，并要她把借来的美色放在一个小盒子里。在经过一座高塔的指点后，普赛克从死神普罗塞耳皮娜那里借来了美色，在最后的时刻，普赛克再也忍不住她的好奇心，打开了那个小盒子，她想看一看借到的美色到底是什么样子，但普罗塞耳皮娜的美色却是死亡。

当普赛克奄奄一息时，小爱神丘比特出现在她的面前。原来在维纳斯把丘比特囚禁起来后，丘比特一直都在思念着普赛克，当看守他的女仆打开窗子时，他便趁机飞了出来。他终于找到了日夜思念的爱人。看到马上要死去的普赛克，丘比特心如刀绞。虽然他们是夫妻，但他从来没有吻过自己的妻子，而唯一一次却是在爱妻临死之前。丘比特满眼含泪地俯下身去吻普赛克，奇迹出现了，已渐渐冷却的普赛克的身体又开始变得温热起来，丘比特听到了普赛克的心跳声，普赛克睁开了眼睛，朝着丘比特献上了最美的笑。

丘比特与普赛克在经过千难万险之后，终于有了一个幸福的结局。他们的夫妻关系得到了天公朱庇特的认可，朱庇特还赐给普赛克一杯能长生不老的仙酒。维纳斯与普赛克的关系也得到了和解。众神们为丘比特与普赛克举行了一场隆重的婚礼。

丑陋的火神伏尔甘

潘多拉的魔盒

朱庇特为了惩罚普罗米修斯和他制造的人类，命火神伏尔甘捏制了一个美丽的女人——潘多拉，并交给她一个盛装灾难和不幸的魔盒（最底层放着“希望”），让她把它带给人类。普罗米修斯的弟弟厄庇墨透斯在潘多拉的诱惑下打开了魔盒，人间从此有了灾难、瘟疫和祸害。后来即以“潘多拉魔盒”喻指包装精美但却给人带来不幸的礼物。

伏尔甘是天公朱庇特与天后朱诺的儿子。朱诺刚生下伏尔甘时，就发现这个儿子不仅长相丑陋，而且天生一副瘸腿。一向嫉妒心强的天后朱诺见自己的儿子竟如此一副模样，顿时怒气冲天。为了不被其他的神取笑，她狠心地将刚生下来的伏尔甘扔下了奥林匹斯山的万丈深渊。

被母亲抛弃的小伏尔甘并没有死去，而是掉到了楞诺斯岛上。他遇到了一个好心的侏儒，侏儒不但救了他，而且还教会了他冶炼钢铁、铜和贵重金属的技术。当然，伏尔甘也像孝敬亲生父母一样孝敬侏儒，直到侏儒老死。随后，伏尔甘在楞诺斯的一个火山口建了一座冶炼作坊，他花了九年时间在那个作坊里炼制了很多精致工具和装饰品，把自己的住处装点得像个宫殿。

伏尔甘知道自己是朱诺的儿子，对于这个母亲，伏尔甘既想念又痛恨。为了能回到母亲身边，伏尔甘在自己的作坊里做了一个非常精美的黄金宝座，这个宝座上有很多连接线，这些线只有伏尔甘才能看得到，其他任何人和神都不会感觉到它的存在。金宝座做成以后，伏尔甘便派人把它送给了母亲朱诺。

朱诺看见这个金光闪闪的宝座后，马上情不自禁地坐了上去。她欣喜若狂地在宝座上给众神们摆各种姿势，以炫耀自己的高贵。但当她想从宝座上下来时，却怎么也动弹不得。朱诺脸上的表情非常难看，可她越是用力，束缚得越紧。刚才还频频夸赞的众神都过来帮忙，结果没有起到一点效果，连天公朱庇特都束手无策。

朱庇特赶忙派人去询问送宝座的人，才知道这个宝座是当年抛弃的儿子伏尔甘铸造的。朱庇特派信使墨丘利去凡间把伏尔甘叫来，谁知伏尔甘竟拿天公的话当耳旁风，并向朱庇特开出了一个条件，就是把爱神维纳斯许配给他。没有办法，为了能把天后从宝座里解脱出来，朱庇特只得答应了伏尔甘的要求。

回到奥林匹斯圣山的伏尔甘并没有放弃他的老本行，他建造了一座比天公的宫殿还华丽的住所，并在金碧辉煌的住所旁边建了一间冶炼作坊，以用来冶制各种金属。伏尔甘几乎把所有的时间都用在了炼制金属上，当然了，他炼出的各种精美的用具让众神们叹为观止。

为了表示自己的孝心，伏尔甘为父亲朱庇特锻造了一个金宝座。除了对父母表示孝心外，伏尔甘对其他众神也毫不吝啬，为太阳神福波斯修建了宫殿，为太阳神和月亮女神狄安娜炼了一批箭头，为谷物女神色列斯打造了一把纯金的镰刀。天宫使用的各种金属器物，如酒杯、各种乐器等都出自伏尔甘的作坊。

除了炼制那些没有生命的物品外，伏尔甘还创造发明了有生命的动物，潘多拉就是他捏制出来的。他用黏土和水捏成了一个具有女人模样的塑像，并赐予了她一颗火星作为灵魂。天公朱庇特给伏尔甘捏成的这个会讲话的美丽女人起名叫潘多拉。智慧女神密涅瓦为她穿上华丽的衣服，爱神维纳斯为她梳理头发，时光女神赫耳为她戴上花冠，潘多拉就这样出现在众神面前。

天公朱庇特递给潘多拉一个盒子，对她说："美丽的姑娘，带上这个盒子到人间上去，你会是那里最美的女人。你到人间的任务是把灾难带到那

◇火与工匠之神伏尔甘

火与工匠之神伏尔甘，手里拿着双刃斧，正在帮助雅典娜出世。传说雅典娜是从朱庇特头顶上生出来的。

◇庞贝城内的一幅壁画

古罗马著名城市庞贝城毁于火山喷发，留给后人的只有废墟。罗马神话传说火山爆发是火神伏尔甘冶炼金属时发出的噪音造成的。

里，以惩罚那个自作聪明的普罗米修斯，记住，盒子的最底层放着‘希望’，在它还没有飞出来之前一定要盖上盒子。”

潘多拉点点头，算是记住了天公的嘱咐。随后，信使墨丘利把潘多拉送到了人间。潘多拉的美受到了人们的称赞，她来到普罗米修斯的弟弟厄庇墨透斯身边，厄庇墨透斯欣然接受了这个女子。潘多拉当着厄庇墨透斯的面打开了朱庇特交给她的那个神秘的盒子，其实连她自己都不知道里面到底装了什么。盒子被打开后，灾难就像闪电一样跑了出来，并迅速向四周扩散，潘多拉按照朱庇特的意思，在盒底的“希望”还没有跑出来时，连忙把盒子重新盖好，结果，最好的“希望”被留在了盒子里面。

正是因为伏尔甘捏造了潘多拉，才使得人间充满了灾难，但人们并没有把这种罪过加于火神身上，因为伏尔甘是一个心地善良的人，而且天公的意愿他很难违背。由于大部分时间伏尔甘都在自己的作坊里冶炼，所以冷落了美丽的妻子维纳斯。维纳斯一直都鄙视伏尔甘的丑陋，所以他们的夫妻生活不尽如人意。当得知妻子与战神玛尔斯偷情后，伏尔甘用一张钢丝网将他们捉住，并把众神都请来观看他们的丑态。事后，维纳斯回到了塞浦路斯，玛尔斯去了色雷斯地区隐居。

在妻子维纳斯走后，伏尔甘更是把心思放在了冶炼上。据说，地上火山口或地面裂口都是火神作坊的大烟囱，地震和火山爆发则是火神作坊冶炼金属时发出的噪音造成的。伏尔甘除了在奥林匹斯山上有冶炼作坊外，还在楞诺斯岛和欧洲的埃特纳山上建造了更大的作坊。

冥王普路托

普路托是萨图恩的儿子，也是天公朱庇特的兄弟。当萨图恩的三个儿子在分配领地时，漂着白色泡沫的大海由尼普顿管辖，阴森恐怖的冥界归普路托管辖，但两人都听命于天空的主宰者——朱庇特。

普路托是一位伸张正义的冥王。在人们的心目中，他手里拿着象征丰收的羊角，头上戴着乌木、蕨类植物或水仙制成的冠冕，长发和胡须遮住了他的脸庞，一个公正严明、铁面无私的冥王被体现得淋漓尽致。

生活在冥界的普路托早已经习惯了那种永无天日的日子，他根本不再向往天国的生活，在他的一生中，他只离开过冥界一次，而且只停留了一刹那就又回到了他的王国。

那唯一的一次离开冥界是为了寻找一个女人做他的王后。当他还在天国的时候，就对谷物女神色列斯年轻漂亮的女儿戈莱倾慕已久，来到冥界后，长时间的孤单寂寞使他更加思念戈莱。但他心里清楚，如果自己上门提亲，色列斯肯定不会把女儿许配给他，那怎样才能得到自己心爱的女人呢？

◇谷物女神色列斯

大地之母色列斯是农业女神和丰产女神。她经常左手握权杖，右手握着金黄的麦穗。

◇诱拐　意大利　圭多·雷尼

冥后珀耳塞福涅是谷物女神色列斯的爱女，冥王普路托用水仙花迷惑了她，把她诱拐入冥府做了自己的王后。

经过一段时间的苦思冥想，普路托终于想出了一个办法，也是唯一的一个办法——抢。

那天，天空万里无云，和煦的春风吹拂着地面，戈莱和她的伙伴们在辽阔的原野上嬉戏着。

“瞧，那里的鲜花多么漂亮啊！旁边还有一汪清泉呢！我们去摘些吧，可以编成精美的花冠。”戈莱穿着宽大的长裙，赤着脚跑在伙伴们的前面，脸上洋溢着快乐的欢笑。

伙伴们一拥而上，采摘着沾满露水的鲜花，一切都淹没在喧闹声中。在众多伙伴当中，戈莱是最美的，她那灿烂的笑脸比盛开的鲜花还要美。突然，眼前的景象使她惊呆了：一株小芽从地下冒了出来，并且迅速成长，转眼间长成了一株香气四溢的水仙花。

“好奇妙啊！那株水仙花像是在对着我笑！它好像早就认识我似的。”戈莱被深深吸引住了，情不自禁地伸手去抚摸水仙花的花瓣。当她刚触到花，地面突然裂开一道巨缝，她感到一阵眩晕便失去了知觉。醒来时，她发现自己正躺在一个昏暗的地方，周围充满了阴森之气。“戈莱，请不要害怕，我是普路托啊，不认识我了吗？你现在是在冥界，已经成为我的冥后了，难道你不愿意吗？要知道，我是多么的爱你啊！”一个男子出现在戈莱的面前，微笑着看着她。

戈莱自然认识普路托，但怎么也没想到会以这种方式成为他的王后，事已至此，她只能顺应天命，何况她对他并不反感。从那以后戈莱改名为珀耳塞福涅，虽然生活在暗无天日的冥界，也过得相当幸福，只是有时会思念母亲色列斯。

一天，信使墨丘利来到冥界，珀耳塞福涅才知道母亲色列斯为了寻找她，已经疯狂地把大地上的作物烧光，人们辛辛苦苦劳作一年却颗粒无收，很多人都为此流浪街头。墨丘利来冥界就是向普路托说情的，希望能让珀耳塞福涅与母亲团聚。珀耳塞福涅也非常希望能见到母亲，她知道母亲的脾气，如果找不到女儿，她肯定会一直让大地没有谷物可收，到那时，地上的人们会被活活饿死。

普路托并不想让珀耳塞福涅离开冥界，但迫于朱庇特的威严，他还是答应让她每年有三分之二的时间与母亲在一起，但另外三分之一必须安分地待在冥界。几近疯狂的色列斯看到女儿珀耳塞福涅，顿时怒气全消，地上重新长出了谷物。

◇冥界之王普路托

普路托手端酒盅，斜卧在床，同他的妻子珀耳塞福涅共度着美妙的时光。据说珀耳塞福涅每年都要在冥国与丈夫一起幽会三个月。

此后，冥王普路托就一直没离开过他的宫殿。他的宫殿处于十八层地狱最底层。那里和天宫一样，有很多神，如命运三女神帕尔卡、复仇三女神厄里尼厄斯、死亡女神普罗塞耳皮娜等，她们帮助普路托管理着冥界。冥界还有一条看门恶狗刻耳柏格斯。在冥界，所有案件都要经过普路托来审理。普路托有双慧眼，对灵魂在人间的所有行为一目了然，想隐瞒罪行只会招来更重的惩罚。

冥界的大门从来都是敞开着的。鬼魂都是由信使墨丘利负责引到冥界，恶狗刻耳柏格斯会笑着迎接这些鬼魂，但在它的警戒之下，进来的灵魂没有一个能出得去。进入冥界之门，将会看见一条叫阿刻戒的河，污浊的河水咆哮着，卷起一阵阵旋涡，即使成了鬼魂也会惊吓不已。

渡过阿刻戒河，鬼魂们便来到一处盛开着阿福花的草地上，这里被叫做真理田园。鬼魂在这里接受审判，犯有罪行的不但会受到复仇三女神的惩罚，还会被分配到塔耳塔洛斯地狱去受刑。那些清白无罪的人的灵魂，则会被送到爱丽舍乐园去。爱丽舍乐园与塔耳塔洛斯地狱有着天壤之别：那里一片宁静，没有纷争，一派祥和，大家都沉浸在幸福之中。

谷物女神色列斯

谷物女神色列斯又称农业女神，性格温和热情。她教人们耕种，赐予大地生机。后来因爱女被冥王普路托劫去而恼怒，便不再赐人间丰收，使人类濒临灭绝的边缘。朱庇特得知此事便让墨丘利传令普路托将珀耳塞福涅交还其母，普路托慑于天公威严，只得放还妻子，但让珀耳塞福涅承诺：每年三分之二时间与母亲团聚，另外三分之一必须待在冥界。每当母女团聚时，谷物女神色列斯便笑逐颜开，让大地万物生长；而女儿不在身边时，女神就忧伤悲痛，大地则一片凋零。

被缚的普罗米修斯

天和地被造出来之后，各种动物集结而居。虽然处处一派朝气蓬勃，但却缺少着一个主宰，即有灵魂和思想的人，而完成这一任务的就是普罗米修斯。

普罗米修斯是地神该亚与天神乌拉诺斯所生的巨人提坦的儿子。萨图恩统治宇宙之后，提坦一族被放逐人间，而普罗米修斯的出现也是应运而生。由于有神的血统，普罗米修斯知道土地是孕育人类的种子，看着宇宙间的万物精灵，他非常希望能造出和天神一样的人在大地上行走。他用河水调和泥土，然后把泥土捏成天神的模样。为了能使捏出的泥人获得生命，他还从动物身上借取了一些善和恶的特征将之装入泥人的胸膛，世界上的第一个有生命的人就这样出现了。

在天宫众神之中，智慧女神密涅瓦非常欣赏普罗米修斯的智慧，要不是普罗米修斯被放逐人间的话，说不定他们会结为夫妻呢。当普罗米修斯的泥人捏好之后，密涅瓦往这个仅有生命的泥人嘴里吹了一口气，泥人便有了灵魂。

普罗米修斯造出了最初的人，人不断繁衍最后遍布大地。人虽然有了，但他们根本不知道如何去运用自己的四肢和头脑，只是在大地上漫无目的地生活着。看到自己造出的人这样浑浑噩噩，普罗米修斯决定帮帮他们。他教人们观察星辰、计算、驾驭牲口。在教授人类同时，普罗米修斯也在逐渐进步。以前有人生病时，作为半神的他也是束手无策，只能眼睁睁地看着病人死去，后来，他调制出能战胜疾病的各种药剂。他还发明了适于航海的船和帆，使人们不至于望洋兴叹；他还给人们解释梦境，引导人勘测矿藏并加以利用。总之，普罗米修斯尽自己一切努力使人类的生活变得更美好。

天公朱庇特掌管宇宙之后，把目光逐步移向了刚刚形成的人类。为了防止人类势力扩大，朱庇特要求人类敬重神灵，并以此为保护人类的条件。他决定在墨科涅举行一次人神聚会，以确定人类对神的义务。普罗米修斯出席了这次会议。会上，他要求众神不要给人类增加过重的义务，显然，他所扮演的是人类的辩护者。

对于普罗米修斯的要求，众神们并未给予认真关注。为了惩罚这些自私的神，普罗米修斯决定愚弄一下众神。他以造物名义杀了一头牛，将之分成两堆，一堆是牛肉、内脏和脂肪，用牛皮遮盖严实，牛皮上放着牛胃；另一堆是牛骨，巧妙地裹在牛油下，显得比另一堆要大得多，且油光发亮，相当诱人。然后，普罗米修斯让众神选择自己喜欢的一堆。他的诡计没有瞒过朱庇特的眼睛，但朱庇特还是沉着地说："尊敬的朋友，你分配得多不公平啊。"普罗米修斯以为他中计了，便让朱庇特做选择。朱庇特故意选了牛骨上盖有牛油的那堆，揭开之后，他又故意气愤地嚷道："可恶的提坦儿子，我看你是永远也改不了骗人的伎俩了。"

为了惩罚普罗米修斯的欺骗行为，天公朱庇特拒绝向人类提供实现文明所必需的火种。面对天公的有意刁难，充满智慧的普罗米修斯想出了一个补救的办法。他找到一根粗壮的大茴香枝，来到天的尽头，等太

◇被缚的普罗米修斯　意大利　米开朗基罗

朱庇特为了惩罚普罗米修斯给人间带去了火，把他吊在高加索山的悬崖上，让一只鹰天天啄食他的肝脏。

阳神福波斯快要落山时便把茴香枝向太阳车上一杵，茴香枝燃起来了，普罗米修斯就带着这个火种回到了人间。看到人间腾腾升起的烈火，朱庇特暴跳如雷，但事已至此，他再也没有办法去剥夺人类使用火的权利，不过，他又想出了另一个办法。

> **人马喀戎**
>
> 人马喀戎是上半身人、下半身马的半兽神，他经常手持弓箭驰骋在山林，性情温和，身怀绝技，精通拳击、摔跤、剑术、赛车、音乐、天文地理和医术，还会预言。少时从学于太阳神阿波罗和月亮女神狄安娜兄妹而拥有了精准箭术。长期隐居山洞，罗马神话中许多英雄均出自他门下，备受众神尊敬。后误死在学生赫丘利箭下。天公朱庇特怜悯其惨死，把它变为天空一个星座，就是我们看到的人马座，又称为射手座。

朱庇特命火神伏尔甘雕出一个少女的石像，取名为潘多拉，意为“获得一切天赐的女人”。此时的密涅瓦也开始对普罗米修斯的智慧产生了嫉妒，她亲自为少女穿上了华丽的衣服，奥林匹斯圣山上众神都对潘多拉加以装饰。美丽的潘多拉被墨丘利带到了人间，并被送往普罗米修斯弟弟厄庇墨透斯之处。普罗米修斯曾警告弟弟不要接受天公的任何礼物，但厄庇墨透斯禁不住潘多拉的诱惑而接受了她。直到灾难降临时他才意识到自己的轻率。潘多拉的魔盒给人类带来了肆虐的疾病，死亡的阴影笼罩着人间。

人类遭受的灾难并没有减轻朱庇特对普罗米修斯的报复之心。他命火神伏尔甘和两个仆人把普罗米修斯押送到中亚细斯库提亚的荒山上，用永远不能开启的铁链把他钉在悬崖峭壁上。虽然伏尔甘非常同情普罗米修斯，但他不得不在天公仆人的督促下完成这一任务。天公的命令是不能违背的，所以众神认为倔强的普罗米修斯的痛苦也应该是没有止境的。但普罗米修斯的意志并没有动摇，大地上的一切生灵都可以为他作证，而且他向朱庇特宣布了一个古老的预言：“新的婚姻将使诸神的主宰者堕落和毁灭。”

为了加重普罗米修斯的痛苦，朱庇特还派一只鹰每天啄他的肝脏，当肝脏的伤口快痊愈时，这只凶猛的鹰会再次把他的肝脏叼走。普罗米修斯的这种痛苦要一直忍受到有人愿意替他受死为止。

数百年过去了，大英雄赫丘利为了寻找金苹果来到了高加索山。当他看到这个可怜的人被吊在悬崖上时，一箭将那只正啄食普罗米修斯的鹰射死了，并解开了普罗米修斯身上的锁链，自愿放弃生命的半人半马喀戎做了普罗米修斯的替身，然后赫丘利带走了普罗米修斯。

酒神巴克斯

天公朱庇特曾与塞墨勒在底比斯生下一个儿子，取名为巴克斯。巴克斯是卡德摩斯的外孙，被人们称为酒神。

刚出生后不久，天公朱庇特就让众女神带巴克斯去了印度。当长成英俊的少年时，巴克斯离开印度去周游世界。巴克斯教给人们种植葡萄的方法，向人们传播他的新教理。很快，他的声名就传遍了整个希腊，包括他的故乡底比斯。当然，供奉他的人们会得到他的爱护，而亵渎神灵的人们则会受到他严厉的惩罚。

◇酒与狂欢之神巴克斯

长久以来，巴克斯都是那些狂乱活动的崇拜对象。酒神的神奇力量至今仍没有被人们忘却。

彭透斯是卡德摩斯的孙子，是泥土所生的厄喀翁与巴克斯母亲的妹妹阿高厄所生的儿子。当巴克斯的声名传到底比斯的时候，卡德摩斯已经把王位传给了彭透斯。彭透斯是一位非常傲慢的国王，他藐视众神，而且很是嫉妒巴克斯，尤其是巴克斯在底比斯的声名极度上升的时候。

彭透斯的嫉妒心越来越强，甚至开始仇恨赞扬或追随神灵的人，并对这些人加以迫害。他对他统治下的人民大声嚷道："笨蛋们，你们是巨龙的子孙，怎能甘心这个自称是神灵的娇生惯养的男孩征服底比斯呢？看来你们都疯了。巴克斯和我——他的堂兄弟一样，只是一个普通的人，根本不是天公朱庇特的儿子，但愿你们还是清醒的，不久以后，我将让你们看到他的真面目。”

愤怒的彭透斯骂完以后，命他的奴仆们把到处宣扬神道的巴克斯带上锁链抓起来。底比斯城里的人们对此都非常吃惊，他的亲戚朋友们尽最大努力劝告彭透斯不要如此傲慢，以免遭到神灵的惩罚。彭透斯却变本加厉，支持巴克斯的人越多，他越是气愤，甚至对反对他的祖父卡德摩斯也大喊大叫。

坐在皇宫里的彭透斯正思考着该如何羞辱巴克斯，他的仆人们回来了。

“巴克斯在哪里呢？你们把他藏在什么地方了呢？快把他带到这里来，我非得让他自己戳破自己的身份不可。”彭透斯欣喜若狂地站起来。

“我们并没有抓到巴克斯，当我们快要抓到他时，他突然不见了，但我们带回

◇酒神的狂欢　意大利　提香

此图描绘的是罗马神话中的酒神巴克斯。他是朱庇特与塞墨勒的儿子，首创用葡萄酿酒。每年春季葡萄发芽和秋收时节，人们都要举行酒神节。

一个他的随从。不过，他好像跟随巴克斯没多长时间。”彭透斯这才注意到仆人们的脸上都沾满了血，他朝仆人们摆摆手，示意把巴克斯的那个仆人带上来。

“可恶的家伙，你叫什么名字？从哪里来的？你为什么要追随愚蠢的巴克斯呢？你必须老实回答，否则的话你将被处死。”彭透斯朝刚被带上来的巴克斯的随从咆哮着。“我叫阿科忒斯，迈俄尼亚人。”被抓的俘虏并没有畏惧之色，而是平静坦然地回答：

> **那克索斯岛**
>
> 面积近400平方公里，位于巴尔干半岛东南，自然资源丰富，有许多天然港口，是基克拉泽斯群岛中面积最大也是最美的一个岛屿。那克索斯岛历史悠久，有许多关于它的传说：上帝在创造世界时将土地平均分给各国，但是却忘记了希腊。希腊向上帝抱怨，于是上帝只好将手中仅存的沙土撒向希腊，这些沙土落到了美丽的爱琴海上立刻化为一个个美丽的岛屿，而那克索斯岛就是其中最亮的一颗珍珠般的石子化成的。人们始终相信酒神巴克斯就居住在这个岛上。直到今天，岛上的居民还在庆祝许多与酒神有关的节日。

“我是一位航海人，遇到巴克斯是在一次航海中。一次，我们的船到达了一个不知名的海岸，我和我的同伴们都到陆地上过夜。第二天，当太阳刺眼的光照醒我时，我看见我的同伴们正拖着一个年轻人上船。那个年轻人喝醉了，两颊绯红，但看他那神态，直觉告诉我，这肯定不是一个凡人，于是我对同伴们说：‘我相信他是一个天神，如果我们厚待他，他一定会保佑我们航行顺利的。’

“听完我的话，同伴们都大笑起来，并大声地嘲笑我：‘你真是一个愚蠢的人，他怎么会是天神呢？我们绝不会向他祷告的。相反，我们会把这个漂亮的家伙卖到另一个地方的。’

“说着，同伴们把那个年轻人拖上船，我的反对差点使我丧了命。可能是因为不习惯海上的颠簸，年轻人很快醒了过来：‘我这是在哪里呢？你们要带我去什么地方？那克索斯岛才是我的故乡啊。’

“‘孩子，别怕，我们正是向那克索斯岛的方向航行啊。’一个同伴假装安慰年轻人。‘不是的，这是与那克索斯岛相反的方向啊。’我同情地望着年轻人喊道。

“‘别听这个疯子的话，他是想把你扔到海里喂鱼的，幸亏我们把你救了下来。’一个同伴一脚把我踢开。

“年轻人冷笑了两声，似乎已经看破了同伴们的诡计。当航行到大海正中的时候，船突然停了下来，同伴们努力地摇着桨，但起不到任何效果。只有那个年轻人笔直地站在甲板上一直微笑着。

“一瞬间的工夫，我的同伴们竟都变成了鱼形，并跳进了海里。看着眼前发生的一切，我惊呆了。

“‘这就是加害我的结果。’然后他转过身对木然的我说，‘你不用害怕，你的虔诚保护了你，将我送到那克索斯岛吧。’到达他的家乡后，他让我在他的圣坛前供奉他的教义。”

阿克忒斯充满虔诚地讲述着，彭透斯早已经不耐烦了：“闭上你的嘴，既然你对巴克斯这么忠诚，我就让你替他受刑一辈子。”他吩咐仆人们把阿克忒斯带到地牢里，用锁链锁在一根大柱子上。但当天晚上，一只神秘的手就把阿克忒斯放了出去。

彭透斯把城里的所有巴克斯的信徒都抓了起来，其中也包括他的母亲和姐妹们。同样，关押这些信徒的门在没有任何人力的作用下敞开了，人们蜂拥而出，回到巴克斯给他们讲道的树林里。

负责追捕巴克斯的仆人们带着自愿被缚的巴克斯回来了，巴克斯充满智慧的眼睛一眨不眨地盯着彭透斯。彭透斯也被眼前这个年轻英俊的小伙子打动了，但冲昏头脑的他还是命人把巴克斯关进一个密封的山洞里。巴克斯并没有任何反抗行为，到了山洞之后，他一声大喊，山洞崩塌了，他却安然无恙地走了出来，回到众多的追随者之中。

“国王啊，你快去看一看吧，那种力量只有神才会有的，如果你到了那里，你一定会改变你的看法的。”一位仆人跑来对彭透斯说。

盛怒之下的彭透斯非常想看个究竟，但由于害怕女信徒们把他撕成碎片，便十分勉强地穿上女人的衣服，跟在巴克斯的身后。这时的彭透斯已经处于神的指挥之下，心里怀着对巴克斯的激情，他是多么希望得到一根酒神杖啊。

走进隐蔽的丛林中，巴克斯的女信徒们都围了过来。通过神力，巴克斯使这个愚蠢的国王坐在了一棵松树的最顶端，然后指着彭透斯对信徒们说：“那就是嘲笑我们神道的人，我们必须对他加以惩罚。”巴克斯的话音刚落，女信徒们就拿起地上的石块向彭透斯投掷。在彭透斯的母亲和姐妹们眼里，彭透斯变成了只凶悍的狮子，她们同样对彭透斯充满了愤怒。彭透斯用双臂拥抱着母亲，想使她认出自己的儿子，但母亲阿高厄却撕掉他的右臂，姐妹们也撕扯着他的左臂和两腿。最后，彭透斯的身体被撕成了很多部分，这就是酒神对亵渎神灵的彭透斯的惩罚。

阿尔戈英雄

伊阿宋是克瑞透斯之子埃宋的儿子，克瑞透斯在忒萨利亚海湾修建了一个城市，取名伊俄尔科斯，称王后的克瑞透斯把王位传给了长子埃宋。不久之后，埃宋的弟弟珀利阿斯篡夺了王位。父亲埃宋被叔父杀死以后，伊阿宋被藏到了喀戎那里。在喀戎的教育下，伊阿宋在一个良好的培养英雄的环境里成长起来。

经过二十年的艰苦训练，伊阿宋决定回到他的故乡伊俄尔科斯，准备从珀利阿斯手里夺回王位继承权。在经过一条宽阔的河时，一个年老的妇人请求他的帮助，心地善良的伊阿宋用双臂把老妇人托过了河，他并没有认出眼前这位老妇人就是天后朱诺。半路上，他的一只鞋子陷入了泥潭中，由于匆忙，伊阿宋只穿着一只鞋赶路。

到达伊俄尔科斯城后，人们都被伊阿宋

◇伊阿宋和金羊毛　丹麦　托瓦尔森

在深爱他的美少女美狄亚的帮助下，伊阿宋拿到了金羊毛。

睡神修普诺斯

修普诺斯是一个带翼的神灵，当他敲打魔棒或是扇动翅膀的时候，人就会入睡，他催眠的力量大于诸神，即使是朱庇特也逃不过他的魔力。科尔喀斯公主美狄亚曾在他的帮助下使看守金羊皮的毒龙睡去，从而让伊阿宋成功拿到金羊毛。

的英俊魁梧所征服，他像太阳神福波斯一样照耀着众人。正在向海神献祭的珀利阿斯惊恐地发现这位年轻人竟穿着一只鞋，他表现出极大的恐慌。因为他曾听到一个神谕，大概意思是让他提防一个穿一只鞋子的人。

伊阿宋走到国王面前，平静地说："亲爱的叔叔，我是埃宋的儿子，虽然你现在所拥有的一切都是我父亲留给我的，但我并不想拿回这些东西，我只需要你把我父亲的王位和王杖归还我。"

珀利阿斯怎么可能把好不容易得来的王位拱手相让呢？但他并没有表现出来，而是亲切地对侄子说："我也一直为我所做过的错事而感到懊悔，也希望能把王位归还你，但你如果能去科尔喀斯的埃厄忒特斯国王那里把金羊毛取回来，我将马上把王位让给你。"

伊阿宋并不知道珀利阿斯是想把他推向死亡，便郑重地接受了这次冒险任务。金羊毛被全世界视为无价之宝，拥有金羊毛的国王埃厄忒斯派了一条毒龙守卫着。当伊阿宋决定去夺取金羊毛时，希腊许多著名的英雄都来报名参加这次活动。在智慧女神密涅瓦的指导下，希腊技术最高的造船工匠阿耳戈斯造了一艘豪华大船，取名为阿尔戈号。航行在即，伊阿宋被任命为全队的总指挥，提费斯负责掌舵，慧眼人林扣斯负责领航。船上的希腊英雄主要有赫丘利、阿喀琉斯的父亲珀琉斯、大埃阿斯的父亲忒拉蒙、天公朱庇特的两个儿子卡斯托尔和波吕丢刻斯、歌手俄耳甫斯、赫丘利的朋友许拉斯，还有雅典后来的国王忒修斯。在起航之前，伊阿宋率所有的人向海神尼普顿举行了隆重的献祭和虔诚的祷告。

是好心地请求国王埃厄忒斯把金羊毛交出来，还是用别的办法呢？经过激烈的讨论之后，英雄们选择了前者。

伊阿宋带着阿耳戈斯等几个人来到埃厄忒斯的王宫里，向埃厄忒斯诉说了他们的遭遇，并希望埃厄忒斯能够把金羊毛交出来让他们带回希腊。埃厄忒斯思考了许久，他相信这些英雄并非凡人，但他还是想测试一下他们的能力，于是，他让这些希腊人去驯服两头凶猛无比的公牛。伊阿宋根本没有选择的余地，只能应承下来。

埃厄忒斯的小女儿美狄亚对年轻俊美的伊阿宋一见钟情，在她的帮助下，伊阿宋驾驭了神牛。当埃厄忒斯发现是自己的女儿在帮助这些外乡人时，顿时火冒三丈，但此时的美狄亚已经逃出了王宫。

美狄亚跑到阿尔戈号停泊的海边，大声呼唤着伊阿宋的名字。

“我们赶快逃命吧，我父亲已经知道了一切，他不会饶恕我的！我去给那条看守金羊毛的毒龙催眠，在它昏睡的时候，你们就去把金羊毛拿到手。不过，亲爱的伊阿宋，你要保证到了你的故乡不会欺负我这个外乡人。”伊阿宋也爱上了这个美丽善良的姑娘，不假思索就答应了美狄亚的请求。

趁着夜色，众英雄们把船划到圣林，美狄亚和伊阿宋下了船，其他人留在船上等候。金羊毛在黑暗中闪闪发光，美狄亚和伊阿宋没有费多少力气就找到了悬挂金羊毛的那棵橡树。橡树旁的毒龙正用锐利的眼睛望着步步走近的美狄亚。毒龙爬行的声音震得树上的叶子纷纷飘落，但美狄亚并没有畏惧，她勇敢地迎上前去，用最甜美的声音祈求着睡神的来临，伊阿宋跟在她的身后。毒龙终于安静下来，弓起的背落下去了，卷曲的身体伸展开了，只有硕大的头还直立着。美狄亚念着咒语，并向毒龙头上喷着魔油，毒龙的头也低了下去。

按照美狄亚的吩咐，伊阿宋迅速地从橡树上拉下金羊毛，然后和美狄亚匆匆离开了圣林，回到了阿尔戈号上。

众英雄们带着美狄亚朝伊俄尔科斯的方向逃跑。在逃跑过程中，他们打败了科尔喀斯人的追击，伊阿宋还正式娶了美狄亚为妻。当阿尔戈号驶进伊俄尔科斯港湾时，伊俄尔科斯的人们以最大的热情来庆祝英雄们的凯旋。

◇愤怒的美狄亚　法国　德拉克洛瓦

美狄亚的性格后来为许多名家研究：爱一个人不惜舍弃尊位、权力甚至牺牲自己的父兄，而恨一个人又能狠心杀死自己的儿女。

英雄赫丘利

赫丘利是天公朱庇特与阿尔克墨涅的儿子，所以赫丘利很小就具有神的力量。当他还躺在摇篮里的时候，就曾毫不费力地掐死过两条毒蛇。希腊著名的占卜家提瑞西阿斯预言，赫丘利将是斩妖除怪的大英雄，而且将与青春女神赫柏结为夫妻。

安菲特律翁为了能让儿子享受最好的教育，招来了各地的英雄。安菲特律翁亲自教授儿子驾车的本领，福波斯的儿子里诺斯教赫丘利读书识字，朱庇特的儿子卡斯托耳教授赫丘利如何在野外战斗，俄卡利亚国王欧律托斯教授赫丘利拉弓射箭。后来，安菲特律翁又把赫丘利送到了乡下加以磨炼。十八岁那年，赫丘利成了希腊最英俊、最强壮的男子。

赫丘利能骑会射，勇敢无比，但他却面临着命运的抉择，他的力量是应该用来造福还是用来造孽呢？在道德女神的指引下，赫丘利最终选择了道德之路。他来到基太隆山脚下，把凶猛的狮子打死，然后又带领底比斯人打败了明叶人的进攻。

为了表彰赫丘利的功绩，底比斯的国王克瑞翁把女儿墨伽拉嫁给了赫丘利。众神的信使墨丘利送来了一把剑，太阳神福波斯送给他一把弓，火神伏尔甘送给他一只金色的箭袋，智慧女神密涅瓦送给他一套崭新的战服。希腊人民都为有这么一位伟大的英雄

刻耳柏洛斯

刻耳柏洛斯是地狱的看门狗，它长有三个头，每个头都以蛇为鬃，还有一条十分长而且有倒刺的尾巴。它被锁链锁在阿刻戎的大门口，看守亡灵不让他们逃出冥国，也不让生人进入冥国。它只有在一次被赫丘利捉去时离开过冥府。

◇**英雄赫丘利**
图为赫丘利杀死尼密阿巨狮并剥下它的皮。

而高兴不已。

后来，欧律斯透斯成了迈肯尼的国王，他看到他的兄弟赫丘利的名声越来越大时，开始产生了恐惧感，便给赫丘利布置了十项困难的任务。赫丘利并不知道欧律斯透斯是想让他在这些任务中丧生，于是勇敢地接受了这些任务。

欧律斯透斯交给赫丘利的十项任务包括：剥下尼密阿巨狮的皮，战胜九头蛇怪许德拉，生擒刻律涅亚上的牝鹿，把厄律曼托斯野猪带回迈肯尼，在一天时间内把奥革阿斯牛圈彻底打扫干净，赶走斯廷法罗斯湖的怪鸟，制服克里特的公牛，把色雷斯人狄俄墨得斯的一群牝马赶回迈肯尼，前往亚马孙女王希波吕忒那里夺取她的腰带并把它交给欧律斯透斯的女儿阿特梅塔，牵回巨人革律翁的一群壮牛。

赫丘利经过了千难万险终于完成了这十项任务，但欧律斯透斯却不承认其中的两项，于是，又让赫丘利前去经历两番冒险：去西海岸从巨龙拉冬身旁摘来赫斯珀里得斯的金苹果，从冥王那里牵回地府的看门狗——刻耳柏洛斯。赫丘利又经过了种种努力，完成了国王欧律斯透斯的任务，终于免除了国王对他的奴役，回到了底比斯。

此前，赫丘利因狂乱曾杀死了自己与妻子墨伽拉所生的几个孩子，所以，他没有再回到妻子的身边，而是把墨伽拉让给了侄子伊俄拉俄斯。后来，赫丘利爱上了俄卡利亚国王欧律托斯的女儿伊俄斯，但欧律托斯却拒绝了赫丘利的求婚。无奈之下，赫丘利打消了娶伊俄斯的念头，在狂乱之中，他又把欧律托斯的儿子、自己的好朋友——伊菲托斯从城墙上推了下去。为此，他带着懊悔的心四处漂流。

虽然赫丘利为这件在发狂时所做的蠢事不断忏悔，但这一罪孽却深深地压在了他的心头，他无数次想摆脱这件事在他心中的阴影，但结果却越来越严重。后来，赫丘利获得了一则神谕：他需要卖身为奴，当三年的苦役，并且把卖身钱交给伊菲托斯的父亲欧律托斯，那样才能解除罪孽。

◇赫丘利和安泰乌斯　意大利　波拉约洛

英雄赫丘利为了阻止大地女神之子安泰乌斯从母亲身上获取力量，奋力将他拖离地面，而安泰乌斯则绝望地作着最后的挣扎，这种使人体脱离底座的形象是西方雕塑史上的首创。

赫丘利来到小亚细亚，把自己卖给了翁法勒为奴。翁法勒是梅俄尼恩的女国王，是伊阿尔达奴斯的女儿。当赫丘利托朋友把三年的卖身钱送给欧律托斯时，欧律托斯拒绝接受，这位朋友只得又把钱转交给了伊菲托斯的儿子。直到这时，赫丘利才又恢复了以前的力量。

在梅俄尼恩，赫丘利不仅充当翁法勒的奴仆，而且为当地人做了很多好事：制服了所有危害和扰乱当地的强盗，参加了围猎卡吕冬公猪的活动等。

翁法勒对赫丘利非常赞赏，当听说他是天公朱庇特的儿子时，立即恢复了他的自由身份，并且与他结为夫妻。从此以后，赫丘利过起了花天酒地般的生活，开始不思进取，连妻子翁法勒后来也瞧不起他了。

突然有一天，赫丘利从沉沦中清醒过来，他用重新获得的自由向他昔日的敌人进行报复。他前往特洛伊，射死了那个暴虐、刚愎自用的国王拉俄墨冬，杀掉了曾食言于他的伊利斯的国王奥革阿斯。由于击败了河神阿刻罗俄，赫丘利娶了俄纽斯的女儿得伊阿尼拉。

赫丘利的结局

俄卡利亚国国王欧律托斯曾亲口答应如果有人在弓箭上能胜过他和他的儿子，便可以娶他的女儿伊俄斯为妻。但赫丘利不仅胜过了他亲手调教出来的儿子，而且还胜过了他本人，欧律托斯却并没有履行他的诺言。赫丘利认为，正是欧律托斯的食言造成了他后来一系列的苦难。所以，欧律托斯成了他必须报复的对象。

赫丘利召集了一支队伍，围攻俄卡利亚，他身先士卒，攻城略地，打死了欧律托斯和他的三个儿子，依然年轻漂亮的伊俄斯成了赫丘利的俘虏。

当丈夫攻打俄卡利亚时，赫丘利的妻子得伊阿尼拉留在家里。得伊阿尼拉深爱着她的丈夫，甚至把丈夫看得比自己还重要，她正焦急地等待着丈夫的消息。此时，宫殿里爆发出一阵欢呼声，得伊阿尼拉知道这是丈夫胜利归来了，她急切地向跑进来的仆人利卡斯询问。

“尊敬的夫人，你的丈夫是多么的勇敢啊，他杀死了欧律托斯，还抓回来一批俘虏，他现在正在攸俾阿对众神进行献祭。不过，你可要好生对待这些人，尤其是那位不幸的年轻姑娘。”利卡斯指着伊俄斯对得伊阿尼拉说道。

善良的得伊阿尼拉拉起扑倒在她脚下的伊俄斯，流露出同情的眼神，她问利卡斯：“她是谁？看上去好像还没有结婚的样子，像是出身于高贵家庭，利卡斯，我说得对吗？”

“夫人，我哪里知道，我只知道她是你丈夫的俘虏。”利卡斯的目光躲躲闪闪，像是隐瞒着一桩秘密，说完马上带着俘虏退了出去。

这时，一个跟随赫丘利已久的仆人悄悄地走了进来：“夫人，你不要相信利卡斯的话，你知道你的丈夫为什么要攻打俄卡利亚吗？就是为了刚才那个女子啊，她就是伊俄斯，欧律托斯的女儿。”

听到仆人的话，得伊阿尼拉像是遭受了一个晴天霹雳，她是那么深爱着丈夫，可丈夫竟背叛她。她命人把利卡斯叫来，说道：“亲爱的利卡斯，我知道你不会骗我的，那位姑娘是多么可怜啊，即使我的丈夫对我不忠我也不会迁怒于她，我只想知道真相，我是多么希望能减轻那位姑娘的痛苦啊。”

利卡斯见夫人如此的通情达理，便把一切都告诉了她。得伊阿尼拉没有责备利卡斯，也没有责备她的丈夫，只是吩咐利卡斯给丈夫捎去一件礼物，以庆祝丈夫的胜利。

得伊阿尼拉从箱子里拿出一件衬衣，把它交给了利卡斯。利卡斯捧着衬衣走出房间之后，得伊阿尼拉茫然地陷入沉思中。

只有得伊阿尼拉知道，在那件衬衣内有一块具有魔力的血膏，那块血膏有着一段不凡的来历。当年赫丘利从卡吕冬来到特拉奇斯去拜访他的朋友刻宇克斯时，中间要经过奥宇埃诺斯河。赫丘利请肯陶洛斯人涅索斯抱着妻子得伊阿尼拉过河，但涅索斯垂涎于得伊阿尼拉的美貌，在河中间对她动手动脚。已经到达岸上的赫丘利见涅索斯这么无礼，弯弓搭箭，射中涅索斯的要害之处。当得伊阿尼拉正朝着岸边游去时，垂死的涅索斯叫住了她：“我侮辱了你，为此我希望能作出补偿，你把我的尸体掩埋掉，把我的伤口流出的最后一滴血保存起来，你把它涂在你丈

◇赫丘利的战斗

英勇善战的赫丘利是人民心中的偶像，为了表示对他的敬仰，人们常会在陶器上绘刻他战斗的场面。

夫的衣服上，他就不会再爱上别的女人，只会爱你一个人了。”

◇青春女神赫柏
青春女神赫柏是天公朱庇特与天后朱诺的小女儿，后嫁与大英雄赫丘利做妻子。

虽然得伊阿尼拉当时并不怀疑丈夫对自己的忠诚，但她还是把涅索斯的最后一滴毒血保存了下来，并制成了血膏，而当丈夫快要背叛她的时候，她想到了涅索斯的话。她把血膏涂在了那件衬衣上，不过她只是为了唤回赫丘利的爱情和忠心。

利卡斯回到攸俾阿，把家乡的消息向赫丘利作了报告，然后把得伊阿尼拉让他捎来的那件衬衣帮赫丘利穿上。赫丘利并没有产生任何怀疑，立刻把它穿在身上。当祭祀的烈火熊熊燃烧的时候，赫丘利开始浑身冒汗，那件衬衣开始变小，赫丘利先是一阵阵战栗，最后在地上翻滚起来。充满悔恨的利卡斯来到主人身边，告知这件衬衣是受夫人委托才交给他的。赫丘利痛苦地咆哮着，让儿子许罗斯赶快把他带回自己的国家，他不想死在这片陌生的国土上。

刚走进宫殿，许罗斯就开始抱怨起母亲，得伊阿尼拉得知丈夫即将因为自己的错误而死去时，充满了绝望。她默默地走到丈夫的房间，拿起一把匕首刺入了自己的胸膛。许罗斯为自己对母亲说了过激的话语懊悔不已，他想找到母亲向她道歉，但他只找到了母亲冰冷的尸体。而此时的赫丘利也忍受着痛苦的煎熬。

神谕曾暗示过赫丘利必将死在俄塔山上，所以，赫丘利不顾身体的疼痛，命人把他抬到了俄塔山顶。坐在一堆木柴上，赫丘利把自己的弓箭送给了好朋友菲罗克忒忒斯，并命他点火。

当木柴被点燃的瞬间，几道闪电迎着火苗扑了过去，赫丘利被迎送到了奥林匹斯圣山上。在天宫里，赫丘利被列为神，天后朱诺还把自己的女儿——青春女神赫柏嫁给了赫丘利。

忒修斯登上雅典王位

忒修斯是埃勾斯和特洛伊国王庇透斯的女儿埃特拉的儿子。埃勾斯是雅典阿提刻国的国王，但却没有子嗣，他兄弟帕拉斯的五十个儿子对他的王位垂涎已久，对这个没有儿子的国王非常轻蔑。为了得到一个儿子，以使自己的王位不落到外人手里，埃勾斯决心再娶一房妻子。他最先把他的这一想法告诉给了他的朋友，也就是特洛伊城的国王庇透斯。

听完埃勾斯的决定，庇透斯吃了一惊："难道这就是神谕中的结果吗？我的朋友，我得到了一个神谕，说我的女儿会缔结一个很不光彩的婚姻，但她的儿子却将声誉卓著。我正不知道如何去解释这一神谕，看来你说的正是时候。"

就这样，庇透斯把自己的女儿秘密地嫁给了埃勾斯。埃勾斯要离开特洛伊时，和妻子埃特拉来到海边，把他的宝剑和鞋藏在了一块巨石底下，对妻子说："我和你结婚，是为了我的家族和王国。如果你生下一个儿子，就把他抚养成人，不要告诉他我是他的父亲。等他有足够的力量搬动这块石头时，你让他穿上这双鞋，拿着这把剑到雅典去找我。"

埃特拉果真生了一个儿子，名叫忒修斯。埃特拉和庇透斯没有对任何人讲过忒修斯的父亲是谁，庇透斯甚至对别人说忒修斯是海神尼普顿的儿子。

◇忒修斯率同伴们弃舟登岸

这是绘制在弗朗索瓦罐上的再现神话英雄人物风采的传世之作。

忒修斯长成英俊少年以后，身体强壮，聪明才智日益显露。埃特拉把儿子带到海边那块巨石旁，告诉他真实的出身，叫他取出埃勾斯留下的证物到雅典去。

不费吹灰之力，忒修斯就搬开了巨石，取出了那双鞋和宝剑。外祖父和母亲都劝忒修斯从海上去雅典，因为当时陆上有很多的强盗出没，但忒修斯坚持要从陆上走："要是我从海上去父亲身边，人家会笑话我是依靠传言中是我父亲的海神的帮助才完成旅行的。如果父亲看到我穿着一尘不染的鞋子，他又会怎么看我呢？我才不充当懦夫。"

对于忒修斯的坚持，外祖父和母亲只能为他祝福。忒修斯非常钦佩英雄赫丘利，一直想有朝一日也能像赫丘利一样做一些惊天动地的大事。

一路上，忒修斯肃清了那些拦路抢劫的强盗，勇敢地与害人的野兽进行搏斗，如他杀死了一头叫菲阿的克罗米俄尼亚猪。最后，他终于来到了雅典，但他看到的并不是一个和平欢乐的雅典，父亲埃勾斯正处于十分危险的境况中。

自从美狄亚离开伊阿宋之后，便来到了雅典，在得到埃勾斯的宠幸之后，美狄亚更是作威作福。依靠魔力知道埃勾斯的儿子到达雅典之后，美狄亚千方百计地陷害忒修斯。在美狄亚的挑拨之下，埃勾斯认为忒修斯是一个来侦察情况的奸细，便宴请忒修斯，想在席间毒死他。当忒修斯想切盘子里的肉时，拿出了父亲留给他的宝剑。埃勾斯一眼就认出了自己留给儿子的信物，立刻把已斟满毒酒的杯子打翻在地，紧紧地拥抱忒修斯，并命人把美狄亚赶出雅典。

忒修斯作为阿提刻的王子和王位继承人是无可非议的，埃勾斯对这个好不容易得来的儿子更是百般地珍爱，但儿子做出的一个决定却让他痛苦不已。原来，雅典人要每年向克里特国王弥诺斯进贡，贡品是七个童男和七个童女。这些童男童女被送到克里特国后，会被关入迷宫，让凶残的怪物弥诺陶洛斯吃掉。进贡的时

◇忒修斯与牛身兽怪物弥诺陶洛斯

在克里特岛上的弥诺斯王宫里，忒修斯与怪兽交手，最后用弥诺斯公主送给他的魔剑杀死了它。

候又要到了，国民们对国王埃勾斯越来越不满。为了使父亲从无限的痛苦中解脱出来，忒修斯毅然地选择了去克里特国。埃勾斯是多么想留住儿子啊，但忒修斯一再向父亲表示，自己一定会把这些童男童女带回来，还要征服弥诺陶洛斯。

在出发之前，忒修斯到太阳神福波斯的神庙里进行祷告。神谕让他选择爱神作为保护神，虽然忒修斯不解其意，但还是向爱神维纳斯献了祭礼。一切准备完毕，忒修斯带着童男童女乘船前往克里特。

当忒修斯出现在王宫里后，弥诺斯的女儿阿里阿德涅顿时被他的英俊潇洒吸引住了。在没有人注意的时候，阿里阿德涅向忒修斯表白了爱慕之心，并给了他一个线团和一把魔剑："你把线的一头拴在迷宫的入口处，带着线团进入迷宫，一直走到弥诺陶洛斯身边，用这把魔剑将它杀死，再顺着线走出迷宫。"

忒修斯一再表示对阿里阿德涅的感激。当他和同伴被送进迷宫后，他按照她的吩咐去做了，杀死了弥诺陶洛斯并安全地走出了迷宫。然后，他带着他的同伴和阿里阿德涅一起逃离了克里特。在归途中，忒修斯和同伴们在狄亚岛休息。忒修斯梦到了神灵让他把阿里阿德涅留在岛上，否则他将遭遇灾祸。为了不惹恼神灵，忒修斯按照神意做了，随后继续航行。当天夜里，阿里阿德涅不知了去向。

对于阿里阿德涅的失踪，忒修斯和他的同伴们都非常悲伤，他们甚至忘了换下表示哀恸的黑帆。坐在海岸上等待儿子归来的埃勾斯看到船上挂着的黑帆，以为忒修斯已死，绝望地跳进了茫茫的大海里。

忒修斯刚上岸就听说父亲跳崖而死，悲痛万分，一路号哭着走进雅典城。忒修斯执政以后，在各个方面都表现出了非凡的领导才能。

忒修斯的结局

忒修斯做了国王以后，废除了各城镇的议会和独立政权，建立了一个共同的议会。他还削弱了王权，使他的权力受到贵族会议和人民大会的约束。这一做法得到了雅典人民的赞同。

忒修斯的妻子希波吕忒是一个阿玛宗女人，当年忒修斯并不是堂堂正正地把波吕忒迎娶回雅典的，而是去阿玛宗进行抢婚。阿玛宗本就是一个好战的女人执政的国家，她们一直在寻找机会进行报复。一天，雅典没有设防，阿玛宗妇女开始了她们蓄谋已久的入侵。希波吕忒在这次战争中牺牲后，双方进行了谈判，才使得双方的矛盾和平解决。

希波吕忒死后，忒修斯好长时间都没有再娶。后来，他听说他以前的情人阿里阿德涅的妹妹淮德拉美丽聪颖，遂打算迎娶淮德拉。这时候，克里特的老国王弥诺斯早已经去世了，新继位的国王——弥诺斯的儿子丢卡利翁并不仇视忒修斯，他高兴地同意了这门亲事。就这样，忒修斯娶回了

◇杀死牛头怪　法国　巴耶

这是法国雕塑家巴耶的青铜质作品，牛头怪每年要吞食雅典的童男童女，忒修斯历尽艰险进入迷宫，杀死了牛头怪。

年轻漂亮的淮德拉。在他们结婚的第一年里，淮德拉就为忒修斯生下了阿卡玛尔斯和得摩福翁两个儿子。

淮德拉并不像她的姐姐阿里阿德涅那样忠贞，她越来越讨厌渐渐老去的忒修斯，喜欢上了忒修斯年轻的儿子希波吕托斯。当淮德拉向希波吕托斯表明自己的爱意时，这位年轻的王子毫不犹豫地回绝了继母。在希波吕托斯看来，哪怕有这种想法都是对父亲的不忠，更不用说推翻父亲的王权了。他开始厌恶在这个家里呆着，父亲不在国内，与继母同住在一个屋檐下，使他感觉浑身不自在。于是，他换上行装，去野外狩猎，避免在父亲回来前与继母独处。

看到自己罪恶的计划不能实行，更加恶毒的阴谋在淮德拉的脑海里闪过，她决定以她的死来实现她的阴谋。当忒修斯从国外归来时，发现淮德拉已经自缢，她的右手里有一封信。读完妻子留下的信后，忒修斯暴跳如雷："天啊，我怎么会有如此的儿子？他竟然想强暴他的继母。尊敬的海神尼普顿，你像爱自己的儿子一样爱我，你答应过我会满足我的三个请求，现在我就请你不要让可恶的希波吕托斯活过今天。"说完，便伏在淮德拉的尸体前恸哭起来。希波吕托斯回来后，忒修斯没等儿子辩解就把他逐出了雅典。

夜幕降临的时候，一名仆人悲伤地来通知忒修斯："陛下，你的儿子希波吕托斯身受重伤，马上要离开人世了，正是你的诅咒害了他啊。"

忒修斯一阵苦笑，好像是在听人讲一个与他无关的人的故事："那你告诉我，他是怎么受伤的呢？"

仆人眼里含着泪继续说道："希波吕托斯从你这里走出去后，命令我们备好出行的马匹和车辆。在出发前，他对天祷告：'仁慈的朱庇特，如果我真的玷污了我的继母，你就把我毁灭了，但你一定要让我的父亲知道他对我的处罚是不公正的。我知道，父亲平静下来之后会相信我的。'随后我们便出发了。当来到荒凉的海岸时，从大海的深处传来了一声巨响，海浪排山倒海般地向我们涌来，紧接着，一头硕大的公牛从海浪的最高处冒了出来。马儿见到这么大一个怪物，惊吓得腾空而起，希波吕托斯便从马背上栽到了岩石上……"

仆人哽咽着再也说不下去了，而忒修斯依然面无表情，他呆呆地望着淮德拉的尸体，若有所思地说："希望我还能见他最后一面，我要亲口问问他是否对自己的行为感到后悔……"

忒修斯的话还没有说完，一个披头散发的老妇人闯进来打断了他："可怜的国王，我实在不想再保持沉默了。你的儿子希波吕托斯并没有错，错的是他的继母，是她想勾引你的儿子。”

忒修斯抬头看去，原来是淮德拉的老奶妈。这一切来得太突然了，还没等他回过神来，仆人们抬着希波吕托斯走了进来。忒修斯扑到儿子身上，又开始痛哭起来。希波吕托斯用仅存的最后一口气问父亲：“你一定知道我的清白了吧，我可怜的父亲，我并不怨你。”说完，闭上了眼睛。

淮德拉和希波吕托斯死后，忒修斯越来越觉得孤独，于是，他与年轻的英雄庇里托伯斯商议去抢一个女人回来。当二人到达巴格达时，被年轻美丽的海伦吸引住了。他们把海伦抢来，通过抓阄的方式，海伦归忒修斯所有。然后二人又继续远征，这次二人决定去冥界劫持冥后珀尔塞福涅。但这次的计划却失败了，不但没能掳走冥后，反而被罚永囚地狱。后来，赫丘利把忒修斯救了出来。庇里托伯斯却永远留在了那里。

在忒修斯囚禁在地狱的时候，海伦的两个哥哥——卡斯托耳和波品丢刻斯进攻雅典，带走了海伦。雅典城内也发生了动乱，珀透斯的儿子墨涅斯透斯企图夺取王位。忒修斯回到雅典后，虽然镇压了墨涅斯透斯的政变，但已经不能使人心得到安抚。最后，他放弃了王位，去了斯库洛斯岛。斯库洛斯的统治者吕科墨得斯一直想除掉这个眼中钉，因为他不想把霸占的忒修斯的财产归还忒修斯。一天，吕科墨得斯带忒修斯来到岛上最高的岩峰上，让忒修斯从这里看忒修斯父亲留在这里的财产，当忒修斯高兴地向远方眺望时，吕科墨得斯从背后把忒修斯推下了万丈悬崖。

伟大的英雄消失了，他的人民很快就把他忘记了，墨涅斯透斯继承了王位。数百年之后，当雅典人在马拉松平原抗击波斯人时，忒修斯的神灵带领他们打败了敌人。这时候，他的子孙才再次对他表示出由衷的感激和崇敬。

马拉松运动

马拉松运动源于希波战争中著名的马拉松战役。公元前490年，希腊和入侵的波斯军队在马拉松平原展开战斗，雅典人用口袋阵以少胜多，打败了不可一世的大流士军队。为了使这个消息尽早让雅典人民知道，希腊军统帅米太亚派长跑能手斐里庇梯斯回雅典报信。已在战斗中受了伤的斐里庇梯斯忍着伤痛日夜兼程地跑了40多公里，终于跑到雅典城中央广场，用最后一口气对正焦急等待的人们说：“我们胜利啦！”说完便一头栽倒在地，再也没有醒来。为了纪念此次战役的胜利和缅怀英雄斐里庇梯斯，雅典人在第一届奥林匹克运动会上，把距离42195米的长跑作为一个竞技项目，定名为马拉松赛。

引起战争的金苹果

一天，天公朱庇特在奥林匹斯圣山举行盛宴。所有的神都被邀请出席，除了一位叫厄里斯的女神。

厄里斯是不和女神，执掌着恶作剧和矛盾，她走到哪里，哪里就会失去太平，天无宁日。厄里斯经常耍一些手段使众神不和，深受众神的厌恶。最后，朱庇特只得将她下放人间改造，但厄里斯不知悔改，在人间四处游荡，频繁地制造战争。

虽然厄里斯被罚下凡，但她的神力并没有减弱，当她听到奥林匹斯圣山传来的欢笑声后，咬牙切齿地自言自语道："看来这些神早忘了我的存在了。哼，等着瞧吧，我会让你们后悔的。"

这时的奥林匹斯山正觥筹交错，突然一阵尖叫声吸引了众神的目光。大家纷纷朝着发声源看去，原来是爱神维纳斯和智慧女神密涅瓦惊慌地叫喊着。维纳斯和密涅瓦紧张地望着天后朱诺，朱诺手里拿着一个金光闪闪的苹果。正是这个金苹果引得维纳斯与密涅瓦惊叫，因为它上面写着几个金光闪闪的大字："献给最美丽的女神"。

"这是有人送我的礼物啊。"天后朱诺紧握着金苹果骄傲地说道。

"是吗？你是不是忘了我也在场啊，若没有我，这个金苹果属于你还行。可惜我正在你面前。"维纳斯趾高气扬地对朱诺说。

智慧女神密涅瓦也不示弱："你们都错了，我才是最美丽的，而且有哪一个有我的聪明才智呢？""可这个金苹果是送给最美的女神的，难道不是我吗？"维纳斯扭过头来反问密涅瓦。

三人各不相让，越吵越激烈。在争辩不下的情况下，三人要朱庇特为她们作出公正的判决。朱庇特也不好对此加以评判，他本来觉得爱神维纳斯最美，但他又不想得罪妻子和密涅瓦。朱庇特看了看海神尼普顿，希望弟弟能帮自己拿个主意，但尼普顿假装没看见哥哥的示意。因为他也比较为难，他虽然也觉得维纳斯是最美的，但天后朱诺是他的姐姐，姐姐的脾气他是知道的，他可不想因这种事而惹恼天后。朱庇特拧紧了眉头，支吾了半天也没有说出个所以然来。

众神议论纷纷，以他们自己的标准评判着谁是最美的女神，有支持朱诺的，有支持维纳斯的，也有支持密涅瓦的。但他们清楚，金苹果只有一个。

“我看这样吧，让我一时说出你们谁最美的确很难，在我眼里，你们都是最美的女神。如果让人类做评判，那才是最公正的。在伊达山有一个英俊的牧羊人，叫帕里斯，我相信他的眼光，就让他作你们的公证人吧。”朱庇特最后说。

三位女神都坚信自己最美，所以停止了争吵，在墨丘利的陪同下来到了伊达山。“亲爱的帕里斯，你是最英俊公正的人，请你为这三位女神作个公证吧。这里有一个金苹果，如果你认为哪位女神最美你就把它交给她。”墨丘利向帕里斯解释说。帕里斯在朱诺、密涅瓦和维纳斯之间来回走动，他每个都端详了好长时间，可就是不知该把金苹果给谁。他觉得三位女神都是世界上最美的人，实在难以取舍。

三位女神非常急切地想知道到底自己是不是最漂亮的女神。

朱诺走近帕里斯，高贵的气质使人动心，她对帕里斯说：“我是天后，如果你把金苹果给了我，我会让你成为世界之王。”

◇帕里斯将金苹果判给爱神维纳斯

帕里斯对权力和智慧不感兴趣，他只希望自己能娶到世界上最美的女人做妻子，因此只有维纳斯的许诺打动了他，于是他把金苹果判给了爱神维纳斯。

◇**帕里斯的审判　德国　老卢卡斯·克拉纳赫**
帕里斯不会想到自己轻率的一个判决给祖国特洛伊带来了亡国的浩劫，而自己也未终生拥有海伦——这个世界上最美的女人。

密涅瓦也不甘示弱，对帕里斯进行利诱："我可是宇宙间最聪明的神，你要是认为我最美丽的话，我会让你成为天下最聪明的人。"

维纳斯甩了甩头发，温柔地说："亲爱的帕里斯，你是世界上最英俊的人，我相信你的眼睛是雪亮的。我是爱神，我不能给你权力，也不能给你智慧，但我能让天下最美丽的海伦嫁给你。"

帕里斯是一个与世无争的人，他并不喜欢权力，更不喜欢智慧，但他希望与天下最漂亮的女人结为夫妻。

在确定好了后，他又在三女神面前转了好久，最后他走到维纳斯跟前，把金苹果给了她。朱诺和密涅瓦虽然不服气，但金苹果只有一个，不可能再夺回来，二人只能悻悻离去。这场纷争到此结束，制造这一事端的不和女神得意地大笑起来。

维纳斯得到金苹果后，决定实践自己的诺言。她让帕里斯漂洋过海，到希腊去做客。斯巴达王墨涅拉俄斯殷勤地接待了他。可帕里斯回家时，却将墨涅拉俄斯的妻子——美丽非凡的海伦拐骗走了。当年海伦在选择夫婿时，所有的求婚者曾经一致立下誓言，不管能否成为海伦的丈夫，在今后的日子里，只要海伦遇到危难，都要竭尽全力保护她。现在海伦被拐，墨涅拉俄斯便向希腊各地的英雄们——他们过去都曾向海伦求过婚——发出呼吁，请求他们出兵支援，夺回海伦，并给帕里斯最严厉的惩罚。

于是，金苹果引发了一场旷日持久的特洛伊战争。

特洛伊城的由来

在爱琴海上有一个名叫萨摩特拉刻的小岛，岛上住着兄弟两人，哥哥伊阿西翁和弟弟达耳达诺斯。他们是天公朱庇特和普勒阿得斯七姐妹之一的厄勒克特拉的儿子。普勒阿得斯七姐妹是阿特拉斯和仙女普勒俄涅的女儿，在猎人俄里翁的围追之下，七姐妹逃亡了五年，最后朱庇特把她们安置在天上，做了七颗闪亮的星星。自持是神的儿子，伊阿西翁竟然热情地追求奥林匹斯山上的谷物女神色列斯。为了惩罚伊阿西翁的胆大妄为，朱庇特用雷电霹死了他。达耳达诺斯对哥哥的死十分悲伤，于是，他离开了萨摩特拉刻岛，穿过亚细亚，来到了密西亚海湾。密西亚海湾是莫伊斯河和斯康曼特尔河的入海口，久而久之这里形成了一个平原，住着土著人克里特人，这个地区的牧民也被称为特拉人。

◇美丽的鸽子镶嵌画

这幅鸽子镶嵌画是在哈德良别墅里找到的。鸽子是和平的象征，然而特洛伊城从它建造的那一天起，就预示了会引起一场战争浩劫，在中古世纪，和平只是人们的一种奢望。

透克洛斯是这个地区的统治者，他非常热情地接待了这位远方来的客人，把一块肥沃的土地赠给了达耳达诺斯，还把自己的女儿嫁他为妻。达耳达诺斯在

> **帕拉斯**
>
> 帕拉斯是海神尼普顿的女儿，智慧女神密涅瓦的好朋友。密涅瓦曾因海神尼普顿放纵情绪整天在海上兴风作浪，屠戮生灵而约战尼普顿，尼普顿不敌女战神即将丧命时，帕拉斯跳了出来，为父亲挡下密涅瓦的剑而被穿胸刺死，临死前她还为其父辩护说，人类的贪得无厌才使得海神发怒以示惩罚。密涅瓦因误杀帕拉斯悲痛欲绝，便把她变成一只兔子留在身边，还为其画像以示纪念。而女儿的死也使得尼普顿决定克制自己的情绪，学会容忍人类，于是大海不再像以前那样有太多的风浪。

这块土地上建立了一块居民地，把分散的居民都迁到了这块居民地上。当时，这块居民地以他的名字命名，叫做达耳达尼亚，居住在这个地区的人遂改叫达耳达尼亚人。后来，人们又把达耳达尼亚依达耳达诺斯孙子特洛斯的名字改为特洛阿斯，它的主要居住地则叫特洛伊。现在，人们把达耳达尼亚人也称为特洛伊人或特洛埃人。

特洛斯的继承人是他的大儿子伊罗斯。一次，伊罗斯到邻国弗里吉亚访问。当时，弗里吉亚国内正在进行一场赛事，伊罗斯也被邀请参加。勇敢的伊罗斯在竞赛中获胜，作为胜利的奖品，伊罗斯得到了五十名男人、五十名女人，还有一头带有花斑的母牛。当伊罗斯要离开时，国王给他讲了一个神谕：跟着这头花斑母牛走，在它躺下休息的地方建立一座城堡。

遵照弗里吉亚国王的吩咐，伊罗斯跟在母牛的后面。进入自己的国家特洛伊后，母牛在一块空地上停了下来，它回头看了看伊罗斯，便躺下来休息。伊罗斯亲吻着脚下的这片土地，激动万分，这就是神赐给他的土地啊。于是，伊罗斯决定在这建立一座城市。城市建成后取名伊利昂，有时也被称为伊利阿斯。这就是特洛伊有众多名称的原因。

在建城之前，伊罗斯对天公朱庇特进行了献祭，请求朱庇特降下神旨，看众神是否同意建立城堡。第二天，伊罗斯在住所门前捡到了一幅智慧女神密涅瓦的圣像，圣像足有六尺高，女神两脚靠拢，右手执一根长矛，左手拿着纺锤。其实，这并不是真正的密涅瓦的像，而是密涅瓦的朋友帕拉斯的像。密涅瓦误杀了好朋友帕拉斯，所以画了这幅像以示纪念。

朱庇特征得了女儿密涅瓦的同意，把这幅圣像降落到伊利昂境内，表示伊利昂将得到智慧女神密涅瓦的佑护。得到神佑护的特洛伊日渐兴盛，疆域也不断地向外扩展着。

伊罗斯死后，他的儿子拉俄墨冬执政。拉俄墨冬是一个生性狡猾的人，而且凶恶、残暴。他刚一继位，就打算把特洛伊城封闭起来，在城的周围修建城墙，以加强他的统治地位。

那个时候，海神尼普顿和太阳神福波斯由于触犯了朱庇特被赶出了天庭。当朱庇特看出拉俄墨冬的意愿后，便派福波斯和尼普顿帮助他修建特洛伊城。在城墙修建前，海神和太阳神与拉俄墨冬达成了协议，协议的内容包括所支付的报酬修建期限是一年。

尼普顿直接参加了城墙的修建。在他的带领下，一道坚不可摧、高大威严的城墙拔地而起，特洛伊人民对此赞不绝口。太阳神福波斯则在爱达山区为拉俄墨冬放牧。

拉俄墨冬非常欣赏这道固若金汤的城墙，但却拒绝支付报酬，还下令将尼普顿和福波斯赶出特洛伊。二神气愤地离开了，他们发誓与拉俄墨冬不共戴天。连智慧女神密涅瓦也对拉俄墨冬的欺骗行为极为不满，不再佑护特洛伊。天公朱庇特对众神的这一行为也给予了默许，刚建好的高大城墙连同它的人民都被神诅咒着，特洛伊的毁灭在这时就已经萌芽了。

◇**战前的特洛伊城**

高大威严的特洛伊城是在太阳神福波斯和海神尼普顿的参与和带领下修建起来的，特洛伊人民对此赞不绝口。

帕里斯和海伦

勒达

勒达是斯巴达王延德尔斯的王后，勒达受到化身为天鹅的朱庇特的引诱，生了两个蛋，每个蛋变成两个小孩。其中一个蛋中便是波吕克斯和海伦。

在拉俄墨冬之后，普里阿摩斯继承了特洛伊的王位。普里阿摩斯第一个妻子死后，又迎娶了弗里吉亚国王底玛的女儿赫卡柏。赫卡柏为普里阿摩斯生下的第一个孩子叫赫克托耳。在生第二个孩子时，赫卡柏做了一个可怕的梦，梦到自己生下了支火炬，它把特洛伊城烧成了一片火海。当她把这个噩梦告诉丈夫时，丈夫也惶恐不安起来。最后，夫妻两个决定把这个可能给特洛依带来灾难的儿子丢到荒山里。

当仆人把孩子丢弃在深山里后，一只母熊哺乳了这个婴儿。过了几天，一个牧羊人发现了这个孩子，便把他抱回家抚养，取名帕里斯。

长大后的帕里斯英俊健壮，他和养父一样以放牧为生。偶然的一次，天公朱庇特让他做天后朱诺、智慧女神密涅瓦和爱神维纳斯的公证人，评判出谁是最美的神。帕里斯选择了爱神维纳斯，因为维纳斯给他的承诺是：把世界上最美丽的女人海伦嫁给他。但爱神对他许下的心愿一直没有得到实现。

一次偶然的机会，帕里斯被他的姐姐卡珊德拉认出，从此他便留在了皇宫里，并与俄诺涅结婚。爱神的承诺早已在帕里斯心里播下了爱情的种子，他朝思暮想着海伦，最后竟决定去海伦的故乡。正好此时，普里阿摩斯希望能把被赫丘利掠走的姐姐赫西俄涅接回来，便派帕里斯率领一只强大的舰队去希腊，如果对方拒绝交出赫西俄涅，那么便用武力征服希腊。

海伦是朱庇特与勒达所生的女儿，长貌美如花，当她还是个少女的时候，就被忒修斯抢走，后来被她哥哥夺了回来。在继父斯巴达国王廷达瑞俄罗的挑选下，海伦嫁给了墨涅拉俄斯，后来墨涅拉俄斯继承了岳父的王位。当帕里斯在斯巴达海岸登陆的时候，墨涅拉俄斯正好不在国内，斯巴达暂由王后海伦主政。

当帕里斯进入斯巴达王宫看见海伦的第一眼，即被吸引住了，他相信这是爱神维纳斯对他的爱情许诺，眼前的海伦比他想象中的要美得多，他已经忘记了父亲交给他的任务，而认为带走海伦是他唯一的目的。同样，海伦也被这个东方男子的美所打动，帕里斯的一头长发、东方式的华丽服装使海伦心中的丈夫墨涅拉俄斯黯然失色。海伦毫不掩饰对帕里斯的好感，当帕里斯提出让海伦和他一起离开斯巴达去特洛伊时，她竟开始动摇了。

帕里斯对当年爱神维纳斯的许诺坚信不已，他命令随从冲入斯巴达的王宫，把墨涅拉俄斯的财产抢劫一空。然后，他带着这些财产和海伦离开了斯巴达。虽然各种现象都表明帕里斯的这一行为必将给特洛伊带来灾难，但帕里斯还是没有认识到自己的错误，他与海伦在克剌奈岛生活了好几年后，才返回了特洛伊。

当墨涅拉俄斯得知妻子海伦被劫走的消息后，与他的弟弟阿伽门农迅速召集了全希腊的君主们，要求他们参加征讨特洛伊的战争。

特洛伊人对一支巨大的希腊舰队的出发一无所知。这期间，帕里斯带着他抢来的海伦回到了特洛伊。对于海伦的到来，国王普里阿摩斯并不高兴，但他的50个孩子们由于收了兄弟帕里斯的礼物而未加以反对。特洛伊人民出于对国王的敬畏也没有激烈地去反对海伦的到来。普里阿摩斯想把海伦交回给希腊人，以和平解决即将爆发的这场战争，但海伦声泪俱下地请求特洛伊人的保护，并声称虽然是被抢劫到这里来的，但现在她已经深深地爱上

◇抢劫海伦　列尼　1631 年

迷人的海伦露出娇羞的神态，特洛伊的王子帕里斯挽着海伦的手，一副志满意得的表情，殊不知这将给特洛伊带来毁灭的灾难。

了帕里斯。

就这样，特洛伊战争不可避免地爆发了，双方损失惨重。最后，在众人的压力之下，帕里斯决定与墨涅拉俄斯单打独斗，由此来决定海伦到底嫁给谁。双方士兵都为这一决定而感到高兴，他们早就盼望着这次灾难性战争快点结束。众神的使者伊里斯化身为普里阿摩斯的女儿拉伯狄刻向海伦报告了这一消息。此时的海伦也充满了对墨涅拉俄斯的愧疚和对儿女们的思念。她匆匆地来到城门口，普里阿摩斯忙招呼海伦坐到他身边。海伦给老国王介绍希腊的诸英雄，如尤利西斯、埃阿斯等。

在爱神维纳斯的保护之下，帕里斯没有在这场战斗中被墨涅拉俄斯杀死，但却败得相当狼狈。帕里斯从战场上逃回了自己的宫殿里。当海伦看到他从战场上逃回来时，对他咆哮着："我宁愿看到你被墨涅拉俄斯杀死，也不希望你活着逃回来。你可是说过你能战胜他的，去！重新回到战场上去。哦，我这是在做什么？你应该留下来，否则你会被他打得更惨。"

帕里斯气愤地回应着海伦："我们是为了你才战斗的，而你却如此对我，墨涅拉俄斯虽然胜利了，但这次是因为密涅瓦帮助了他，我相信下次他就不会有这么好的运气了。"

◇帕里斯和海伦　法国　大卫

帕里斯本应该懂得拐走海伦会给自己的祖国特洛伊带来灭国的灾难，但他不以为然，最终成为特洛伊的罪人。

阿伽门农攻打特洛伊

阿伽门农是斯巴达国王墨涅拉俄斯的兄长。海伦被帕里斯劫走之后，兄弟俩跑遍了希腊所有的国家，用利害关系说服各国元首，使他们同意组成希腊联军。希腊联军组成以后，阿伽门农被选为联军总统帅。

为了缓解战前的压力，阿伽门农经常去奥里斯港口附近的森林里打猎。一天，阿伽门农射中了一只肥壮的梅花鹿，为此，他夸口说，即使是狩猎女神狄安娜也不一定比他箭法好。阿伽门农的这些话被狄安娜听见了，女神一怒之下通过神力使那些停泊在港口的船无法从奥里斯港驶出。

> **迈锡尼**
>
> 迈锡尼是希腊神话中最为人熟知的故事特洛伊战争发生的历史舞台。迈锡尼城传说有两千年，但其是否存在一直是一个谜，19世纪德国考古学家终于在伯罗奔尼撒半岛发掘出这座千年古城，它的璀璨辉煌才得到印证。迈锡尼城是古希腊文明的摇篮，在希腊神话记载的十年人神会战中扮演着关键角色。迈锡尼古迹与半岛上其他丰富的历史遗迹交相辉映，成为希腊的考古探秘之地。

大预言家忒斯托耳的儿子卡尔卡斯对众人说："如果阿伽门农愿意把他的女儿伊菲革涅亚当做狄安娜的供品，狩猎女神就会原谅你们，海面上才会刮起顺风，让希腊战船驶向特洛伊。"阿伽门农为了顾全大局，写信给在迈肯尼的妻子克吕泰涅斯特拉，说珀琉斯的小儿子阿喀琉斯向女儿伊菲革涅亚求婚，让妻子带着女儿到奥里斯来。但这封信刚发出，阿伽门农对女儿的愧疚之感就逼迫他又写了封信，信中他告诉妻子，他已经把女儿订婚的事推迟到了明年春天，让妻子不要带女儿来。但最后这封信却被弟弟墨涅拉俄斯所获，墨涅拉俄斯拿着信与兄长进行了一场激烈的争吵。正当他们争执不下时，克吕泰涅斯特拉带着伊菲革涅亚来到了他们面前。阿伽门农对妻子和女儿都充满了深深的愧疚，却不得不对她们隐瞒真相。

一次偶然的机会，克吕泰涅斯特拉与阿喀琉斯相遇了。克吕泰涅斯特拉谈起女儿与阿喀琉斯的婚事兴奋不已，但阿喀琉斯却一头雾水："你是在说谁的婚姻大事？我可从来没有向你的女儿求过婚啊，我猜想一定是有人在和你开玩笑。"克吕泰涅斯特拉这才知道上了丈夫的当，当她从仆人那里听说阿伽门农是想把自己的女儿当做供品献祭给狩猎女神后，以一个母亲对女儿的爱来请求阿喀琉斯的帮助，英雄阿喀琉斯信誓旦旦地答应克吕泰涅斯特拉一定帮她救出伊菲革涅亚。

克吕泰涅斯特拉来到丈夫面前，疯狂地向丈夫咆哮着，伊菲革涅亚也向父亲哭泣着，她们想以此打动阿伽门农，但同样悲痛的阿伽门农却心如磐石："我并不是向弟弟墨涅拉俄斯让步，而是面对整个希腊人的请求作让步。你们看，我周围有如此大的一支船队。我可怜的孩子，我是那么的爱你，可如果不牺牲你，特洛伊就不能被攻陷。"阿伽门农高昂着头离开了，以使自己的眼泪不至于流下来。

阿伽门农走后，母女俩哭泣着，阿喀琉斯走了进来："你们跟我走吧，我将用生命保护你们。希腊人不会进攻女神的儿子的，我的生命和特洛伊的命运息息相关。"

但伊菲革涅亚却改变了主意，她走到母亲和阿喀琉斯面前，目光炯炯，如同一位女神一样："亲爱的母亲，不要惹父亲生气了，他不能违反命运。我愿意接受死亡，希腊人把目光盯在我身上，如果我不死，战船就不能起航，特洛伊城就不能攻陷。我自愿为我的祖国献身。"说完，她毅然走向了已经搭好的祭台。就在这时，奇迹出现了，祭台上的伊菲革涅瓦突然不见了，取而代之的是一只雄壮的梅花鹿。卡尔卡斯大声说："这是狩猎女神送来的，她不愿意牺牲那位姑娘，宁愿让这头梅花鹿代替。女神已经原谅了我们，我们今天就可以出港了。"整个军队沸腾了，他们看

◇**伊菲革涅亚献祭**

伊菲革涅亚是阿伽门农最喜爱的女儿。他曾许诺将她嫁给一个高贵的男人。但是为了整个希腊联军的利益，阿伽门农不得不忍痛将其送上祭坛。伊菲革涅亚强忍着巨大的悲痛，愿意为希腊、为父亲的错误而牺牲自己。

◇阿伽门农请阿喀琉斯返回战场

阿喀琉斯被阿伽门农当众羞辱后愤而退出战场，导致希腊联军战事不利。阿伽门农不得不亲自登门请求阿喀琉斯返回战场，这时因愤怒而纵情琴瑟的阿喀琉斯已无意沙场。图左人物为阿喀琉斯，其右为挚友帕特洛克罗斯，中为奥德修斯，最右为阿伽门农。

到船只在起伏的洋面上摇动。

当阿伽门农回到自己的住处后，妻子克吕泰涅斯特拉已经离开了，虽然他没能得到妻子的原谅，但女儿获救的事还是让他倍感欣慰。于是，他把全部的心思都放到了征伐特洛伊上。

在阿伽门农的率领下，希腊联军驶出港口，登陆特洛伊岛。强大的希腊人在战车掩护中向前挺进。特洛伊方面的统帅赫克托耳也把特洛伊部队集合起来，迎接希腊联军的进攻。

希腊军和特洛伊人厮杀起来，中午时分，希腊军队突破了特洛伊人的防线，成批的特洛伊人倒下了，鲜血染红了河水。在赫克托耳的指挥下，特洛伊人重整旗鼓，返回来继续和希腊军队作战。正当阿伽门农想打败特洛伊人的反击时，手臂被一支长枪击中，他只好离开战场。没有了主帅的希腊军被特洛伊人打得落花流水，希腊最英勇的英雄尤利西斯、狄俄墨得斯受了伤，医神埃斯科拉庇俄斯的儿子医马卡翁也受了伤。

阿喀琉斯的朋友帕特洛克罗斯来到了先知老人涅斯托耳军帐，听说希腊军伤亡惨重，忙回去向阿喀琉斯报告。

双方的激战仍在进行中，虽然特洛伊人也有死伤，但他们却占领了城墙旁边的一块高地。当特洛伊人在赫克托耳的带领下决定把希腊的舰船烧掉时，阿伽门农带领着乌利西斯、狄俄墨得斯又重新回到了战场上，希腊军队士气大振。这时，埃阿斯抛出的一块大石头正好击中了赫克托耳的头部，赫克托耳生命垂危，然而，太阳神福波斯却使赫克托耳恢复了元气。赫克托耳精神抖擞，在战场上纵横驰骋。希腊人被特洛伊人杀得狂奔逃窜，特洛伊人取得了战争的初步胜利。

英雄阿喀琉斯的愤怒

当帕特洛克罗斯泪流满面地把希腊联军惨败的消息告诉阿喀琉斯后，阿喀琉斯气愤地说："亲爱的帕特洛克罗斯，不要难过，我不会去参加这场战争的，因为那个人夺去我应得的奖赏。你穿上我那身银制的铠甲，保护好我们的船，把回希腊的路堵死，那样我们的军队就只有全力以赴了。"

帕特洛克罗斯穿上阿喀琉斯的铠甲，阿喀琉斯则去召集他的部队，让他们听从帕特洛克罗斯的指挥。

战场上，阿喀琉斯的队伍像饿狼扑食一样向特洛伊人扑去。当特洛伊人看到穿着阿喀琉斯铠甲的帕特洛克罗斯出现在战场上时，都以为是阿喀琉斯，顿时惊慌失措，溃不成军，赫克托耳指挥着特洛伊人边打边退，一直退到特洛伊城的西门处。赫克托耳把残余的战士重新组织起来，反击希腊人的进攻。帕特洛克罗斯两眼冒着寒光，挥舞着他的长矛指挥希腊军进行冲锋。当进行到第四次冲锋时，帕特洛克罗斯的背部被特洛伊人欧福耳玻斯刺了一枪。见帕特洛克罗斯受了伤，欧福耳玻斯扑上去朝他的腹部又是一枪，勇敢的帕特洛克罗斯牺牲了，他身上的阿喀琉斯的珍贵铠甲被特洛伊人剥了下去。

赫克托耳穿上阿喀琉斯的铠甲，大声对特洛伊人喊道："勇敢的特洛伊人，如果谁能把希腊人打败并把帕特洛克罗斯的尸体夺回来，我就把这闪亮的铠甲分一半给他。"赫克托耳的话音刚落，特洛伊人便旋风般地向帕特洛克罗斯冲去。希腊人见状，也一窝蜂似的拥向帕特洛克罗斯的尸体。两军为了争夺帕特洛克罗斯的尸体展开了一场厮杀。

当安提诺俄斯见到阿喀琉斯时，阿喀琉斯正一人站在战船上向战场方向眺望着，他对朋友的死一无所知，他正期待着朋友的凯旋。“安提诺俄斯，你怎么在这里了？你应该在战场上才对啊，难道我们胜利了吗？”阿喀琉斯看到安提诺俄斯时惊奇地问。安提诺俄斯一把扶住阿喀琉斯，眼泪流了下来：“我给你带来一个痛心的消息，你的朋友帕特洛克罗斯不幸阵亡了。我们的队伍正在和特洛伊人争夺他的尸体，你的那套漂亮的铠甲被赫克托耳穿在了自己身上。”

阿喀琉斯坐到地上放声痛哭起来，一边哭一边撕扯着自己的头发。他的哭声惊动了他的母亲忒提斯，忒提斯来到儿子身边。

“母亲，我最好的朋友帕特洛克罗斯被赫克托耳杀死了，他还抢走了我的那套铠甲，你要知道，我爱帕特洛克罗斯胜过了爱自己，对于他的死我真是太悲伤了，我一定要杀死赫克托耳，否则我活下去还有什么意义。”“可是，孩子，如果你杀死了赫克托耳，你的末日也就不远了。”看到儿子眼中的坚毅，忒提斯说道，“如果你执意要去，就等明天吧，明天早上我会给你送来一副新的铠甲。”

此时，双方对帕特洛克罗斯尸体的争夺仍在进行。日落前，希腊人终于把帕特洛克罗斯的尸体抢了过来。阿喀琉斯扑向朋友的尸体，他已经流干了眼泪，眼睛里充满了杀气：“我的朋友，我发誓，一定把赫克托耳带来做你的祭品。”

第二天，忒提斯把火神伏尔甘打造的一副铠甲交给儿子，穿上铠甲的阿喀琉斯顿时精神倍增。

“阿伽门农、墨涅拉俄斯，我们之间的矛盾才使得希腊军连连败退，也导致了我朋友的牺牲。从现在起，我们要一起把特洛伊人从我们的船上赶出去。阿伽门农，下令全体希腊将士进攻吧。”说完以后，阿喀琉斯把他的队伍集合起来，准备

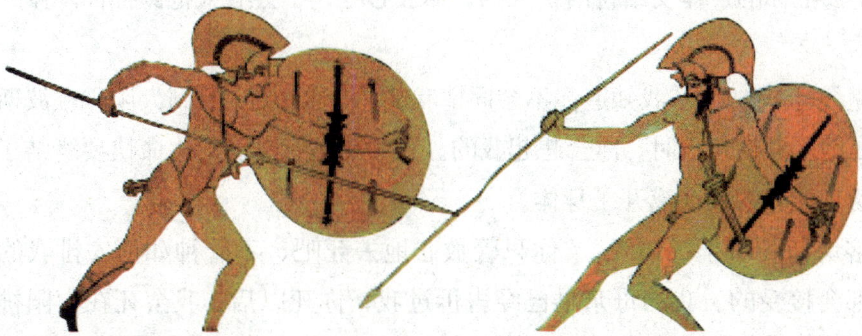

◇阿喀琉斯刺向赫克托耳

赫克托耳是特洛伊英雄，他曾经杀死了阿喀琉斯的挚友帕特洛克罗斯，这引起了阿喀琉斯的极大愤怒，导致他出战并杀死了赫克托耳，也扭转了特洛伊战争的局势，使之向有利于希腊联军的方向发展。

打前锋。见威猛的阿喀琉斯参加到战斗中来，希腊将士备受鼓舞。

阿喀琉斯催动战马，大喝一声，扑向了战场。希腊人由于阿喀琉斯在他们的行列之中，显得信心十足，奋勇杀敌。特洛伊人也看到了英勇的阿喀琉斯，开始畏缩不前，战斗变得激烈、残酷起来。

为了给朋友报仇，阿喀琉斯一边战斗一边寻找赫克托耳，赫克托耳在太阳神福波斯的警告之下，一直拒绝与阿喀琉斯正面交锋，但当他的弟弟——普里阿摩斯的小儿子波吕多洛斯被阿喀琉斯杀死之后，他终于不顾神的警告，径直朝阿喀琉斯奔去。

阿喀琉斯见到杀死朋友的凶手，挥动长矛向赫克托耳刺去，在太阳神福波斯的保护下，阿喀琉斯连刺三次都没有刺中赫克托耳。

希腊人把特洛伊人赶到了城里，任何神和人都阻挡不了阿喀琉斯的进攻。赫克托耳等在特洛伊城下，虽然他想和阿喀琉斯决一死战，但当他看到像战神一样闪着光辉的阿喀琉斯时，心不由自主地颤抖起来，于是，他开始逃跑。阿喀琉斯围着特洛伊城追逐赫克托耳跑了三圈。到第四圈时，在神的安排下，赫克托耳停了下来，毫无惧色地同阿喀琉斯进行决斗。

一想到帕特洛克罗斯的死，阿喀琉斯就把悲痛化成了复仇的力量，他挥舞着长矛与赫克托耳拼杀到一起。最后，赫克托耳终于败在了这个神的儿子的长矛下。

“阿喀琉斯，你胜利了，但我请求你，把我的尸体运回特洛伊城，不要让恶狗撕扯，我父亲会给你无数的黄金和青铜的。”奄奄一息的赫克托耳望着胜利的阿喀琉斯请求道。

阿喀琉斯摇了摇头：“你的哀求不会起到任何效果的，你是杀害我朋友的凶手，我不会把你的尸体交给特洛伊人的，你放心吧，不会有人把撕扯你尸体的野狗赶走的。”

赫克托耳呻吟道：“我知道你不会同情我的，但你知道，等到太阳神福波斯把你击倒在地，濒临死亡时，你会想起我的。我的死也意味着你生命快要终结了。”说完，赫克托耳的灵魂离开了身体。

阿喀琉斯长叹了一口气：“你只管放心地去死吧，不管神如何安排我的命运，我都会接受的。我的母亲早已经告诉过我，你死以后，我会死在太阳神福波斯的箭下，但杀死你我并不后悔。”说着，阿喀琉斯从赫克托耳身上剥下了原本就属于自己的那副铠甲。

木马计和特洛伊城的毁灭

希腊人围困特洛伊城十年不下，双方进行了无数次激烈的战斗，但对战争的结束却没有任何成效。正当希腊人为不能攻占特洛伊城而苦恼不已的时候，他们收到了一则神谕：特洛伊的命运取决于特洛伊城建立时朱庇特赐给特洛伊的那幅帕拉斯圣像。

◇木马计

希腊军队采用了奥德修斯的计策，军士们藏在巨大的木马之中，特洛伊人把木马拖进城，希腊人破马而出，里应外合，攻下了特洛伊城。特洛伊战争中的木马计被广泛传诵，后人通过绘画、建筑等不同的艺术形式对此加以诠释。

虽然尤利西斯和狄俄墨得斯化作乞丐从特洛伊城把帕拉斯圣像偷了出来，但接下来的攻城还是被特洛伊人击退了。

“难道我们偷得了帕拉斯圣像还是不能取胜吗？我们已经在这个地方耽搁了将近二十年，难道我们还要在这个地方待下去吗？”希腊众将士纷纷抱怨着。

预言家卡尔卡斯对骚动的希腊将士们说：“我看到了一则预兆，如果硬攻难以奏效，我们必须想个万全之策进行智取。”大敌当前，特洛伊人会那么容易中计吗？更何况，谁又能想出一个好的计策呢？大家都陷入了沉思之中。

“各位英雄，我倒想出了一个主意，不知你们觉得怎样？”尤利西斯环视着四周开始陈述他的计谋，“我们可以制作一匹木马，在它的腹内装许多的希腊士兵，其余的人离开特洛伊海岸前往忒涅多斯岛，让特洛伊人认为我们已经撤走，可以大胆地出城活动。然后，我们派一个士兵混进特洛伊城，就说是希腊人想用他向智慧女神密涅瓦献祭。我们的人进入特洛伊城就好办了，摧毁特洛伊一定不成问题。”

尤利西斯眉飞色舞地叙述着，众将士们也都听得入了神。虽然阿喀琉斯的儿子和菲罗克忒斯心存异议，因为他俩希望通过光明磊落的拼杀来赢得这场战争。但神命不可违，天意如此，最后两位英雄也不得不表示顺从。

既然已经定下了攻城的计谋，希腊人便开始着手制作木马，在智慧女神密涅瓦的帮助下，希腊人仅用了三天时间就完成了赶制木马的任务。

“勇士们，现在已经到了显示真正力量的时候了。钻进马腹里所需要的勇气远远超过了在战场上作战的勇气，只有最勇敢的人才敢于尝试，其余的人可以退到忒涅多斯岛上去。但我们要留一个胆大机灵的人进入特洛伊，谁愿意完成这项任务呢？”勇敢的西农挺身而出。墨涅拉俄斯、狄俄墨得斯、尤利西斯、埃阿斯等许多英雄都进入了漆黑的马腹中，大家静静地挨坐着，一声不吭。在阿伽门农指挥下，其余的希腊人放火烧掉了帐篷，拔锚起航，朝忒涅多斯岛驶去。

站在城墙上的特洛伊人看到海面上的希腊战船向远方撤退，忙向城内的人们报告了这一情况。他们以为希腊人放弃了对特洛伊的攻打，欢呼雀跃，纷纷跑出城去，当他们看到希腊人留下的巨大的木马时，对木马的去留进行了讨论。最后，特洛伊人在木马的腹下发现了西农，并把他带到了国王普里阿摩斯的面前。

西农按尤利西斯的吩咐编造了一个精彩感人的故事，普里阿摩斯和特洛伊人深信不疑，他们甚至同情起眼前这个希腊人来。特洛伊人把巨大的木马拉进了特洛伊城里。

为了庆祝希腊军队的撤退，特洛伊人在当晚举行盛宴，人们开怀畅饮，载歌载舞，一阵热闹之后，所有的人都沉入了梦乡。

看到特洛伊人都睡着了，假装喝醉了的西农悄悄地摸出了城，点着了火把，向远处的希腊人发出了信号。回到城里后，他又轻轻地敲了敲马腹，示意大家准备出来。

忒涅多斯岛上的希腊人看到西农发出的信号后，便乘疾风驶入了特洛伊港，与城内的希腊英雄们并肩作战。不一会儿，特洛伊城就被希腊人占领了，整座城市成了废墟，特洛伊人的尸体铺满了每一条街道。他们中的很多人虽然手无寸铁，但仍旧顽强抵抗，战斗越来越残酷。

特洛伊国王普里阿摩斯和他的三个儿子都被阿喀琉斯的儿子涅俄普托勒摩斯杀死了，赫克托耳的小儿子阿斯提阿那克斯也被希腊士兵从塔楼上扔了下去。

特洛伊的英雄埃涅阿斯几天前还精神抖擞地率众在城墙上打退了围城的希腊军，但此时的他所能做的，只是扶着年迈的父亲安喀塞斯，背着儿子阿斯卡尼俄斯，在爱神维纳斯的佑护之下逃出特洛伊。

拉奥孔

拉奥孔是古希腊神话人物，是阿波罗和尼普顿的祭司。《荷马史诗》中还未见关于他的记载，他的事迹见于维吉尔的《埃涅阿斯记》。特洛伊战争打了十余年，希腊人未能攻下特洛伊城，后雅典军统帅阿伽门农采纳尤利西斯的计策，将一只藏有希腊士兵的木马扔在城外，而后率希腊人佯装放弃特洛伊城退走。特洛伊人发现城外的木马后，好奇地要将它拖入城内，拉奥孔以民族利益为重而置个人安危于不顾，极力劝阻，指出木马有诈；但神已决定毁灭特洛伊，便派两条巨蛇将拉奥孔及其两个儿子活活缠死。特洛伊人认为这是神要他们把木马拖入城内。然而，当晚在特洛伊人熟睡之时，木马内的希腊士兵纷纷爬出发起攻击，城外的希腊大军也鼓噪而来，在希腊人里应外合下，特洛伊被一举毁灭。拉奥孔以其强悍英勇的形象为后世赞颂。

◇拉奥孔雕塑　阿基桑德罗斯

朱诺的报复

埃涅阿斯带领众人来到克里特岛，在岛上特洛伊的家神们为埃涅阿斯指点了迷津：幸存下来的特洛伊人将在一块古老的土地上——意大利居住下来，并且他们将用武力建立一个强大的国家。但是，家神们也预言，意大利非常遥远，而且寻找的过程也相当艰难。

难民们离开克里特岛后不久，踏上了斯特洛法登岛，在岛上，难民们遇到了半人半鸟的哈尔庇。由于特洛伊人吃了哈尔庇的几只羊，哈尔庇恶狠狠地预言说，只有当特洛伊人桌子上的面包被饥饿的人们一扫而光时，他们才能重建特洛伊。

不得已，难民们又进入了漫长的迷途航行中，又经历了很多的冒险。终于，特洛伊人看到了遥远的海岸线，他们站在船头呐喊起来，挥舞着手里的船桨，一定是到达意大利了。他们看到的的确是意大利海岸，但是，当船靠近海岸之后，他们首先看到的是四匹在海滩旁的草地上放牧的骏马。在特洛伊人眼里，骏马意味着战争，于是，人们惊叫着离开了盼望已久的意大利海岸。

特洛伊人又驶过了很多岛屿，在西西里岛登陆时，埃涅阿斯的父亲安喀塞斯不幸遇难。埃涅阿斯没有时间耽于对父亲的哀悼，神的意志驱使他率领他的臣民继续前行，去寻找祖先生活的土地，他要在那里建立一个新的国家。

埃涅阿斯的船队刚刚离开西西里岛，天后朱诺就急切地从奥林匹斯山上向下俯视。朱诺是特洛伊的宿敌，当她看到埃涅阿斯的船只经过无数次灾难依然在找寻着意大利时，不禁暴跳如雷："难道特洛伊不应该被彻底毁灭吗？普里阿摩斯的女婿和外孙真的要在意大利重建家园吗？那将是多么不幸的事啊，我做了这么多努力却还是没能彻底打败特洛伊人，作为诸神母，我是多么悲哀啊。我应该想个好的办法，把喜好战争的这一族连根铲除才对。”

朱诺知道，丈夫朱庇特宠爱女儿维纳斯，而埃涅阿斯是维纳斯的儿子，自然这个特洛伊人得到了天公朱庇特的庇护，如果真的要消灭特洛伊人肯定需要耗费许多工夫。于是，朱诺决定找各路风神帮忙，她来到各路风神的国王埃洛斯的山洞。

“亲爱的埃洛斯，你是多么的伟大啊，你能驱使所有的风神为你服务，你的威力连海神尼普顿都无法相比。看啊，海面上航行的那些特洛伊人是多么的可恶，他们制造了战争，却从战争中逃脱，他们应该得到惩罚才对，而你应该承担起这一责任。”朱诺软硬兼施，还掺杂着许多诱人的许诺，埃洛斯终于招架不住了，他召来了各路风神，命令他们去执行天后朱诺交给的任务。

顿时，各路飓风一起冲出来。

“终于可以自由地施展我们的威力了，在海神尼普顿的管理下，我们哪里有表现的机会啊，而现在，瞧我们是多么得劲猛，我们可以在宇宙间任意驰骋了。”东风一边骄傲地说着，一边在陆地上卷起一层沙土。

西风和北风更加肆虐，他们把海岸当做跑道，一边跑一边大声叫喊，他们的喊声化作了雷，吓得地面上的动物都躲进了洞穴，海洋里的动物则潜入了海底。

◇怒海上的舟楫

尽管朱诺憎恨特洛伊人，千方百计地想把特洛伊人灭绝，但顽强无畏的特洛伊人在埃涅阿斯的带领下，百折不挠，脱离艰险，把握住了自己命运的主动权。

◇朱诺神庙　公元前460年
奥林匹斯山上的朱诺神庙是多利克式神庙的杰作，朱诺是司婚姻和生育的女神，她的婚姻却因朱庇特习惯性的不忠而显得不幸。

“各路风神们，瞧你们是多么的勇猛，考验你们能力的时刻到了。你们看，在海中航行的那只船队就是特洛伊人的船队，你们尽情地呼啸吧，你们的目标就是让那只船队从海面上消失。”朱诺向各路风神们做着解释。

有了明确的目标，各路风神争先恐后地表现自己，他们从四面八方涌入大海，海面上腾起了万丈狂澜。特洛伊人虽然经历过各种大风大浪，但他们还是被眼前的景象惊呆了，粗大的缆绳被风吹断，船橹也摇断了，船舱里灌进了海水，顿时，哭声、喊声混成一片。南风把一艘满载着粮食的船吹向了岸边的礁石，特洛伊人慌乱地向岸上搬运船上的粮食，但还是损失了大部分。北风卷起一片海水，揉搓成一道巨浪扑向其中的一艘船，船顷刻间化成了碎片，船上的特洛伊人奋力地向岸上游去，没有来得及游上岸的则葬身鱼腹。

海神尼普顿本来正在海底花园散步，突然一阵动荡让他站立不稳，他从汹涌的波涛间伸出头，想看个究竟。海面上，埃涅阿斯的船队支离破碎，各路飓风则洋洋得意地进行着最后的扫荡。尼普顿宠爱特洛伊人，他怎么能让他的宠儿遭受到如此不幸呢。他把各路风神唤到跟前，咆哮着让他们回到各自住所，随后，他用双手把起伏动荡的波浪抚平，把海面上的乌云撕碎赶走，海面上又阳光普照了。

朱诺看到特洛伊人又化险为夷，不由得怒火中烧，但海洋是尼普顿的管辖范围，她这位天后也只能眼睁睁地看着埃涅阿斯和他的船队重整旗鼓。

风平浪静后，特洛伊人登上了陆地，这是非洲的一个海岸，这里的人们善良朴实，像接纳亲人一样接纳了这批特洛伊难民。特洛伊人现在只剩下七艘船了，他们把被水浸湿的粮食搬上岸来，燃起篝火烘干，用石磨磨成粉，然后支起锅灶准备食物。不大一会儿，埃涅阿斯和一批特洛伊猎手扛回了几只被射杀的梅花鹿。

“历经苦难的特洛伊人，准备美酒吧，祭祀完众神后我们便可以喝个痛快。虽然众多的苦难伴随着我们，但总会有一位神帮助我们度过这些苦难。应该相信，我们一定能到达意大利，而且我们将在那里建起第二个繁荣昌盛的特洛伊。”

朱庇特许下诺言

迦太基位于非洲，原是腓尼基农民居住的地方，那里保存着天后朱诺的盔甲和战车，所以朱诺极尽恩惠地保佑着这块土地。后来，腓尼基人茜克奥宇斯的遗孀狄多在那里扩建了新城和迦太基的城堡，统治着利比亚帝国。

当埃涅阿斯登上利比亚海岸的时候，天公朱庇特正站在奥林匹斯山的峰顶。

“高贵的主啊，我的儿子埃涅阿斯已经围着意大利转了一圈，受尽了种种苦难，可就是不能到达目的地，每当他瞅见和平的灯塔便又被推入战争的汪洋大海，请保佑我的孩子吧。你不是亲口告诉过我，说特洛伊祖先的血液会最终凝结形成罗马民族吗？自从特洛伊战争后，我一直担心我的儿子，是你的这番话才使得我放宽了心，可现在埃涅阿斯却面临着更大的困难，难道你又改变主意了吗？”爱神维纳斯眼眶里闪烁着晶莹的泪珠，她走近朱庇特身旁，十分悲伤地对父亲说。

朱庇特抚摸着维纳斯的头，吻去女儿脸上的泪珠：“亲爱的女儿，不要为此担心，埃涅阿斯的命运不会改变的，只不过他需要经过许多磨难。最后，他会在拉丁姆国的大平原上建造一座新城，即拉维尼乌姆，并统治那里三年。埃涅阿斯死后，他的儿子阿斯卡尼俄斯将把国都移上阿尔巴纳山，即阿尔巴·隆伽城。特洛伊的子孙将在那里统治三百余年，直到战神玛尔斯与一位女祭司的儿子洛摩罗斯在台伯河畔的七座山峰间建造新的居住地。洛摩罗斯将成为罗马民族的先祖，罗马则会成为世界的主人。不要为埃涅阿斯眼前遇到的困难而悲伤，当罗马民族强大起来时，连一直折磨你儿子的天后也会和他们和解的。”

维纳斯悲伤的脸上平静了许多，谢过父亲后，她缓缓地走下了奥林匹斯圣山。

迦太基

迦太基源于腓尼基语，意为“新城”。位于非洲北海岸(即今突尼斯)，与意大利隔海相望。迦太基先民善航海，历史上曾拥有庞大船队，兴盛一时，在非洲内地扩张了大片领土后向地中海发展，一度使伊比里亚半岛、撒丁岛、科西嘉岛、西西里岛西部及邻近诸岛处于自己控制之下，成为当时地中海西部最强大的国家。后来在三次布匿战争中均被罗马打败而后灭亡；在数世纪内成为罗马帝国在北非的重要政治、经济、文化和宗教中心。

埃涅阿斯和他的船队被风暴吹到了一片海岸上，天刚蒙蒙亮，埃涅阿斯就带着他的朋友阿赫脱斯动身去考察这块土地。他们在海滩边的树林里漫无目的地走着，正当他们疲惫地坐下来休息时，从树林深处走过来一位姑娘。“你好，姑娘，你的美丽告诉我你是一个仙女，但不管你是谁，请你告诉我们，我们脚下的这个地方是哪里呢？我们被一场风暴送到了这里，我们已经在大海上迷航很久，幸亏有海神尼普顿的佑护，否则真不知道已葬身何处了。”埃涅阿斯一边说着一边陷入了往昔的回忆中。

姑娘朝着两位陌生人笑了笑，盯着埃涅阿斯，说道：“这里是腓尼基人的王国，是泰尔人居住的地方。你们靠岸的这个世界是非洲，这个国家的名字叫利比亚，狄多是这里的女王。本来，狄多是一位富裕的腓尼基人茜克奥宇斯的妻子，她的弟弟皮格马利翁是泰尔国的国王，因贪图茜克奥宇斯的黄金而把姐姐的丈夫杀死了。茜克奥宇斯深爱着他的妻子，他的灵魂出现在狄多的梦里，向她揭露了皮格马利翁的这一罪行，并把他埋藏黄金的秘密地点告诉给她。狄多按丈夫的指示把挖出的黄金装上船，许多因国王的不仁道而愤怒的人也随着狄多的船离开了泰尔国。就这样，狄多带领伙伴们来到了这里，买下了一块叫比尔萨的土地，后来，她凭着自己的财物赢得了越来越多的土地，直到建立了由她统治的强大王国。”

“感谢你告诉我们这么多，但是，我们要去的地方是意大利，这里又离意大利有多远呢？我们是特洛伊人，不知你听说过没有，一个曾经繁荣富饶的地方，却被希腊人毁灭了，只有一些幸运的人逃了出来。我们是多么不幸啊，神谕告诉我们，我们会在意大利重建家园，可是我们的船队经过了众多的苦难，却依然登不上意大利的土地。中途，我们迷失了方向，很多船只也不知了去向……”

姑娘打断了埃涅阿斯的话：“你的一部分伙伴登上了海岸，另一部分则将要到达海岸。你们现在只需要在这块土地上等下去，直到所有的伙伴们到来。”

姑娘说完，转身走向了森林深处。这时候，埃涅阿斯才发现，姑娘的身影、步履和他的母亲维纳斯一模一样，原来是母亲在为儿子指点迷津啊。

埃涅阿斯在迦太基

在母亲维纳斯的指点下，埃涅阿斯又恢复了以往的信心，他沿着树林里的小路信步往前走着。不大一会儿，他来到一座山坡前。埃涅阿斯登高远眺，耸立云天的迦太基城堡就在眼前，气势恢弘的宫殿，宽敞的街道，巨型的城门，无不让人惊叹。

埃涅阿斯带着阿赫脱斯走下山坡，走进了迦太基城。迦太基城还在扩建之中，每个泰尔人都显得非常忙碌，他们或是正在砌造城墙，或是吊运土石，或是丈量土地，或是准备建造房屋。街上的泰尔人更是行色匆匆，没有人注意到两个陌生人正走在他们中间。

迦太基城中心是一片树林，泰尔人曾经在这个树林里挖出一个马头，那是天后朱诺送给迦太基的吉祥物，预示着迦太基将成为一个世界帝国。于是，女王狄多在这里给朱诺立了一座神庙。走进神庙，埃涅阿斯在壁画中看到了有关特洛伊战争的画面，他不禁激动起来，眼睛里闪烁着希望之光，将来的特洛伊城也会像迦太基一样宏伟吗？也会有神的佑护吗？如果有，那么特洛伊人也一定会为众神们建造庙宇。

正当埃涅阿斯想着心事的时候，一位貌美的女子走了进来，女子身上散发着高贵的气息，身后跟着一群随从。女子坐到神庙中心的宝座上，吩咐身边的人传下命令，让建城的工匠们加快速度。

“如此美丽的女子，又具有如此的威仪，那她一定是女王狄多了。”埃涅阿斯心里想道。

利比亚

全称“大阿拉伯利比亚人民社会主义民众国”，全民信仰伊斯兰教。位于非洲北部，北临地中海，人口700余万。利比亚一名非常古老，早在公元前2000年，古埃及象形文字已有记载。其源自希腊语，意为“白种人居住的地方”，以区别撒哈拉(黑种人居住的地方)。利比亚是北非重要的石油生产国，石油是它的经济命脉和主要支柱。

神庙前是一个巨型的广场，很多居民都聚集在这里，等候着女王为新的国家制订新的法令。

正如维纳斯所预言的那样，埃涅阿斯在广场上看到了失散的特洛伊人。埃涅阿斯还注意到，这些特洛伊人都是从各个船上选出的代表，如塞尔盖斯托斯、克洛安托斯等，由于神庙前的人很多，他们并没有注意到他们的首领埃涅阿斯也在这里。

埃涅阿斯欣喜地看着不远处的特洛伊人，想等人少些以后再前去相认。那些特洛伊人也在人群里挤来挤去，好不容易挤到了神庙门前。

“尊敬的女王陛下，我们是特洛伊人，因为与希腊的战争失败而被迫逃亡。我们本是要到意大利去，但经过无数的灾难我们还是没有到达目的地。飓风把我们的船队掀翻，一些特洛伊人葬身海底，而我们则被抛到了暗礁丛中。可你们的民族是怎样一个民族啊，你们不允许我们上岸，还扬言要烧掉我们的船只，对于可怜的特洛伊人来说是多么残忍啊。如果你们见到了我们的首领埃涅阿斯，一定会做出相反的决定的。那是一个多么伟大的英雄啊，只是他与我们失去了联系。高贵的女王，请允许我们靠岸，把我们支离破碎的船只修理好，让我们平安地到达意大利，我们将不胜感激。如果埃涅阿斯不幸被波浪吞没了，那我们的希望也破灭了，请护送我们回到西西里岛，我们会给你们丰厚的报酬。”一个特洛伊人的代表走到女王狄多面前请求道。

狄多看了看眼前的特洛伊人：“外乡人，请原谅我的国民们带给你们的恐慌，他们只是在对国境严加保护。我们一直对特洛伊人心存敬仰，知道特洛伊英雄和他们的赫赫战功，对于你们所遭受的打击，我和我的臣民都深感同情。我们可以满足你们所提出来的要求，只是不能让你们在我们的土地上居住繁衍。至于刚才你所说的首领埃涅阿斯，我会派我的臣民去寻找，如果他还没有上岸，我将同意让你们居住到他到来为止，也许他现在正迷失在迦太基的某个树林里呢。”

狄多的话音刚落，埃涅阿斯就迎着灿烂的阳光走到众人面前。

“尊贵的女王，我就是埃涅阿斯。我代表我的民族感谢你接受了特洛伊的这些不幸难民。不管将来特洛伊人的命运如何，你的恩德我们会铭记在心。让神保佑你们的民族吧。”

虽然历经众多磨难，但埃涅阿斯依然神采奕奕。女王狄多被英俊的埃涅阿斯吸引住了，微张着嘴巴，半天也没有说出话来。

“埃涅阿斯，我从我父亲柏格洛那里听到过许多关于特洛伊的故事，你经历过如此多的苦难，这是怎样的命运啊。和你们一样，我也是被驱逐的人，好不容易才在这里找到了一块宁静的乐土，我尝到了什么是不幸，更知道如何帮助不幸的人们。特洛伊人，大胆地在我们的国家穿行吧，我们会尽我们所能帮助你们。”

说完，狄多命人把特洛伊人引进馆舍，为英雄们摆下盛宴。

盛宴结束后，埃涅阿斯向泰尔人讲述了他的遭遇。狄多目不转睛地盯着她的英雄，心剧烈地跳动着。

天后朱诺看出了狄多对埃涅阿斯火热的爱恋，其实，朱诺并不是想置特洛伊人于死地，她只是不想看到一个强大的特洛伊民族再次崛起。如果能以狄多和埃涅阿斯的结合来使特洛伊民族消失，那样是最好不过的了。

一天，狄多组织了一场狩猎活动，当泰尔人和特洛伊人正竞相追赶着猎物时，天空突然下起雨来。在朱诺的牵引下，狄多和埃涅阿斯来到一个岩洞下避雨。狄多勇敢地向埃涅阿斯表达了自己的爱恋，埃涅阿斯也早已被爱情迷惑得失去了方向。在隆隆的雷声中，两个人立下了山盟海誓，各自的心中都烙下了爱情的印记。

◇三耳瓶外所绘场面

埃涅阿斯走进庄严的迦太基朱诺神庙，领略了女王的威仪，狄多女王为长途跋涉而来疲惫的特洛伊人摆下盛宴，热情款待了他们。

登陆意大利

不知不觉中，冬天到来了，埃涅阿斯早已忘记了神的指示，再也不提航行的事了。

朱庇特在奥林匹斯圣山上看到发生在迦太基的一切，气愤地从宝座上站了起来："墨丘利，你去告诉埃涅阿斯，他还没有到达目的地，必须起航继续前行。当初我从希腊人手里救下他并不是为了让他能够在迦太基娶妻生子。"

墨丘利遵从父亲的吩咐，从奥林匹斯山直奔迦太基。此时的埃涅阿斯正在建造新的宫殿，他身上披着狄多亲手为他缝制的长袍，看上去已经和一个泰尔人没有什么分别了。埃涅阿斯招呼着工匠们加紧工作，根本没有注意到墨丘利的到来。

"埃涅阿斯，难道你忘记了自己的任务和国家了吗？你在陌生的国家建造城市，而把建造罗马的事忘记了吗？看来，你只是一个拜倒在女人裙下的奴隶。朱庇特命令你迅速离开这里。"

埃涅阿斯听到墨丘利的话后心中一阵悸动，他怎么会忘记建造罗马的任务呢？那是神交给他的，他也将因建造罗马而光耀史册，可自己为什么会在这里呢？埃涅阿斯赶忙把特洛伊人召集到一起，吩咐大家做好准备随时出发。

狄多发疯似的摇晃着埃涅阿斯的肩膀，埃涅阿斯咽下了巨大的悲伤，丝毫不为所动。

"只要我的身体里还有一丝气息，我就不会忘掉泰尔人的恩德。神命令我去意大利重建特洛伊，恢复普里阿摩斯家族。我必须离开，这一切都是神的旨意。"

狄多彻底绝望了："离开迦太基吧，去寻找你的意大利吧，但请你不要用神的命令来欺骗我。”

当狄多看到埃涅阿斯的船队准备就绪、升起船帆的时候，她的心都在滴血，她知道，谁也无法改变埃涅阿斯的主意了，而她只能选择自杀的方式来捍卫她的爱情。

晚上，狄多命人用松树和栎树堆砌起柴堆，她宣布要举行一场祭祀仪式。祭祀仪式完毕后，狄多悲伤地回到自己的宫殿，登上屋顶的露台，透过东方的朝霞她看到海滨上特洛伊的船只已经离开。爱情折磨着狄多的心，她痛苦地捶打着自己的身体，再次走到祭祀的地方，那里的柴堆上搁着埃涅阿斯的利剑、衣服和一张肖像。狄多抽出埃涅阿斯的剑，扑倒在柴堆上：“解除我的痛苦吧，结束我的命运吧。我建造了一座美丽的城市，但是，这个特洛伊人却搅乱了我本来的幸福。”说着，她把利剑往胸口刺去。

强烈的爱灼烧着埃涅阿斯的心，但却再也不能动摇他寻找意大利的意志。不过，他没有想到的是，他的离开造成了狄多以死来殉情。埃涅阿斯受着良心的谴责，他只能以再度迷航来抵偿自己的罪孽。

悲伤的埃涅阿斯站在船头，心里忏悔着，茫然地望着远方。远处出现了一片岛屿，埃涅阿斯认出了那是他们曾经到过的西西里岛。船队在西西里岛登了陆，再次受到了岛上居民的热烈欢迎。

天后朱诺看到自己毁灭特洛伊民族的计划又失败后，不由得暴跳如雷。她吩咐她的女使伊里斯去挑拨特洛伊人的关系。特洛伊妇女受到唆使后，对长途航行表示了厌倦，她们暗中烧毁了四艘大船。埃涅阿斯并没有责怪那些妇女们，长期遭受的灾难怎么能不使人灰心丧气呢？最后，埃涅阿斯决定把年龄较大的特洛伊人留在西西里岛上，为此，他专门在西西里岛建造了一座城市，让这批人移居到城里，自己则带着一批年轻力壮的人前往意大利。

> **意大利**
>
> 意大利位于欧洲南部，包括亚平宁半岛以及西西里岛、撒丁岛等岛屿；北与法国、瑞士、奥地利等国接壤，东、西、南三面临地中海。境内有著名的维苏威火山和欧洲最大的活火山——埃特纳火山。94%的居民为意大利人，少数民族有法兰西人、拉丁人、罗马人等；大部分居民信奉天主教。意大利是发达的资本主义国家，文艺复兴时期的文化中心，著名的旅游国家。

埃涅阿斯的这次航行非常顺利，平静的大海没有一点风波，特洛伊人烦躁的心情也变得舒朗起来。远处的海岸越来越清晰了。

“看啊，意大利，意大利，一定是意大

利。”船上的特洛伊人高兴地跳了起来。

埃涅阿斯深情地望着即将停靠的陆地：“真的是意大利吗？你让特洛伊人经历了多少苦难啊，我们要在这片土地上建立起新的特洛伊，保佑我们吧。”

船队驶入俄斯蒂亚港，特洛伊人走上海滩，进入岸边的一片树林里，他们决定先饱餐一顿再进城打听消息。大家把船上所有的食物都搬上岸来，然后席地而坐，在哄笑中，地上的食物被洗劫一空。

“半人半鸟的哈尔庇曾预言说我们把所有食物都吃完后就到达目的地了，这就是我们先祖的故乡，也是我们的新家园。”一个特洛伊人一边说着一边亲吻着这片神圣的土地。

“神预示我们已经到了意大利，但我们仍需要打听清楚，而且还要打听一下这里的居民到底是什么性格。”埃涅阿斯兴奋地吩咐着。

临近天黑，探听消息的人回到岸边：“这儿的确是意大利，但它已经分裂成几个国家了，我们脚下所处的地方叫拉丁姆，是拉丁人生息的地方，现在由国王拉丁奴斯治理。由于拉丁奴斯在劳伦图姆宫殿执政，所以，他的臣民们也称自己为劳伦特人。我们还打听到，这条大河叫台伯河，是一位善神的居所。这块土地上

◇登陆海岸

在一度迷航后，埃涅阿斯率领的特洛伊船队终于找到了目的地——意大利，这里是神给他们安排的重建特洛伊的土地。

还没有过屠杀和战争，拉丁人热情、善良，像招待亲人一样招待了我们。”

埃涅阿斯喜出望外，他带领他的臣民走上了这块陌生而又肥沃的国土，并迅速派出使者团，前去拜见拉丁国王拉丁奴斯。

使者们披着漂亮的衣甲，手中擎着作为和平象征的橄榄枝，在勇敢的伊里俄纽斯率领下来到劳伦图姆。劳伦图姆是个热闹繁荣的城市，人们挤在街道上赛车赛马，投枪射箭，哄笑声不绝于耳。当他们看到排着长队的陌生人时，立即派人去通知拉丁奴斯国王。使者们被引进国王的宫殿大厅，宫殿宽敞华丽，摆设高雅，国王拉丁奴斯正坐在紫金宝座上。

“亲爱的拉丁奴斯国王，我们是特洛伊人，我们的家园被希腊人毁灭了，在天公朱庇特的指引之下，终于来到了意大利。我们的首领埃涅阿斯是女神维纳斯的儿子，我们带来了他的问候。尊贵的国王陛下，请施舍一块地方让可怜的特洛伊人安居吧。朱庇特曾预言，特洛伊人将在意大利的土地上找到自己的归宿。意大利不会后悔把特洛伊人收留在自己的怀抱里的，瞧，这是特洛伊人给你带来的礼物。”说着，伊里俄纽斯从怀里拿出一只金盏，“这只金盏是埃涅阿斯的父亲安喀塞斯祭祀神明的见证。”

拉丁奴斯接过伊里俄纽斯递过来的金盏，友好地对特洛伊人说：“我并不熟悉你们的种族，但我记得你们的先祖达耳达诺斯出生在这个地方。当你们还在大海上漂泊的时候，我已经从神谕中知道了你们的到来。拉丁人衷心地欢迎特洛伊人来到拉丁姆，拉丁人是农神萨图恩的种族，比你们的种族还要古老，我们执掌公平，遵循古老而又虔诚的习俗。”

拉丁奴斯注视着这群特洛伊客人，想起了一则神谕：“特洛伊人，我满足你们的愿望。但我的父亲法乌诺斯曾预言说，我的女儿不能嫁给当地的男子，而应嫁给一个外来者，而我的任务就是把我的王国交给特洛伊国王。回去告诉埃涅阿斯，让他亲自来见我，他将是我女儿拉维尼亚的丈夫。”

说完，拉丁奴斯命人挑选了百余匹良马，配上漂亮的马鞍，作为送给特洛伊人的礼物，他还给埃涅阿斯备下了一辆两匹神种快马拉动的战车。

使者们牵着满载礼物的骏马，神采飞扬地回到了岸边的营房。伊里俄纽斯把拉丁奴斯国王的话向埃涅阿斯进行了汇报，埃涅阿斯激动得半天没有说出话来，特洛伊人马上就要和拉丁人融为一体了，神圣的罗马将要在自己手里崛起，怎么能不让他激动呢？那将是怎样的一座城堡呢？埃涅阿斯憧憬着，久久不能入睡。

朱诺煽动一场战争

埃涅阿斯终于到达了意大利，并且将与拉丁姆国王拉丁奴斯的女儿拉维尼亚喜结良缘。多么幸运的埃涅阿斯啊，不久的将来，一个新的特洛伊将会再次崛起。

在天后朱诺眼里，特洛伊是怎样一个可怕的民族啊，它虽然战败了，但却永不服输，经历了众多苦难，却总是在寻找自己的第二家园。作为天后，朱诺怎能允许自己的敌人有如此的好运呢？

“特洛伊人怎能逃脱我的惩罚？我决不能让维纳斯取得最后的胜利。阿勒克托，你速去拉丁姆地区，在特洛伊人、拉丁人和罗图勒人之间挑起不睦，最好他们之间的战争能使特洛伊民族消失。”朱诺把冥府的复仇女神阿勒克托叫到跟前，恶狠狠地吩咐说。

阿勒克托面目狰狞，她头上盘曲的毒蛇似乎也听懂了朱诺的话，发出了吱吱的响声。阿勒克托驾着乌云先在拉丁姆大地上游荡了一圈，然后潜入拉丁姆王宫。她从头上取下一条毒蛇来，把它变做王后阿玛塔脖子上的金项链和头上的发饰，然后悄悄地把剧毒注入到阿玛塔的皮肤里。

剧毒传遍了阿玛塔的全身，痛得她放声大哭起来。

“拉丁奴斯，你到底是怎么回事？竟然把我们的女儿许配给一个无家可归的难民，你不在乎我，难道也不在乎拉维尼亚吗？难道你忘了图尔奴斯是一个如何英俊的人吗？可怜的女儿啊，快来惩罚你这个残忍的父亲吧。”

阿玛塔向丈夫抱怨着女儿的婚事，但拉丁奴斯丝毫没有动摇自己的决定。

“虽然图尔奴斯具有高贵的血统，但神的意志不可违抗。”

拉丁奴斯试图说服妻子，但妻子哪里听得进去，她身体里的剧毒正发挥着作用。阿玛塔冲上去要撕扯丈夫的衣袍，被众人拉开了，之后，她便在城内大街小巷狂奔乱跑，诅咒着她的丈夫和那些刚来的特洛伊人。

阿勒克托满意地看着这一切，驾起乌云又飞落到阿尔特阿。此时的图尔奴斯正在睡觉，于是，阿勒克托变作一个年老的女人，走近酣睡的少年："勇敢的图尔奴斯，美丽的拉维尼亚本该属于你，强大的拉丁姆也应该属于你，可特洛伊人的到来打破了这一切，难道你真的心甘情愿地把理应属于你的权杖拱手让给特洛伊人吗？你应该武装你的人民，去征讨特洛伊人，把应该属于你的都给夺回来。"

沉睡的图尔奴斯并没有像阿勒克托想象的那样充满仇恨："是朱诺派你来见我的吧，可我并不希望出现你所说的那些是非，我早就知道特洛伊的船队驶进了台伯河，但这些又与我有什么关系呢？拉丁奴斯说了，这一切都是神的安排，难道你让我与神作战吗？"

阿勒克托见简单的几句话并不能煽动起图尔奴斯的仇恨，于是从头上抽出两条毒蛇："我是复仇女神，专给人间制造灾难和死亡，难道你能违背我的意愿吗？"说着，她把两条毒蛇扔向图尔奴斯。

转眼间，刚才那个理性的图尔奴斯不见了，取而代之的是一个发了疯的少年："拿武器来，我要去征服特洛伊人，给拉丁人一些教训，用他们的鲜血来洗刷我的耻辱。"图尔奴斯从床上一跃而起，一股疯狂的战斗欲望在他的胸腔里翻腾着，他甚至等不到天亮就武装起了一支罗图勒人，率领他们朝拉丁姆奔去。

阿勒克托洋洋得意地看着她的杰作，眼前似乎出现了一场战争，而特洛伊人

◇仇恨火焰的燃起

图尔奴斯本是一位理智的王子，但因为天后朱诺对特洛伊人的厌恶，使他成为这场战争的牺牲品。图为阿勒克托把毒蛇扔向图尔奴斯，使他瞬间变成了一个充满对特洛伊人的仇恨的少年，完全丧失了理智。

水蛇许德拉

许德拉是一条长有九个头的大毒蛇，其中一个头长生不死。它以阿密摩涅河七重源头的梧桐树下作洞穴，经常在深不见底的勒尔那泥潭出没。和墨杜萨一样的命运，许德拉最后死于赫丘利剑下，那颗永生不死的头被赫丘利砍下埋在了一块巨石下。赫丘利曾将他的箭头在有剧毒的血中浸过，成为无人可挡的毒箭，人马喀戎就是死在这种毒箭之下。

正是这场战争的牺牲品。这些还不能满足阿勒克托的复仇之心，她又趁着太阳还没有出来之前来到了台伯河畔。

此时的台伯河畔正进行着一场狩猎游戏，埃涅阿斯的儿子阿斯卡尼俄斯追逐着一只雄鹿。这只雄鹿远近闻名，拉丁奴斯的牧场总管蒂耳荷斯让孩子们亲自放牧它，总管的女儿西尔维亚尤其宠爱它。当这头雄鹿发现有人追赶它时，不由得惊慌逃窜，跳进了台伯河。阿斯卡尼俄斯哪里肯放过这么好的猎物，他弯弓搭箭，一箭射中雄鹿的腹部。雄鹿拖着鲜血淋淋的身子回到了主人的屋前，当西尔维亚看到眼前的景象时，禁不住大哭起来，她一边给雄鹿包扎伤口，一边呼唤着周围的农民。

不大一会儿，附近的农民就把西尔维亚的家围了个水泄不通。

“拉丁姆国的所有人都认识这只雄鹿，干出这种勾当的人一定是刚来的特洛伊人，而我们的国王却要把女儿许配给特洛伊人，我们一定要把这群恶毒的人赶出去。”农民们愤怒了。阿勒克托抓准时机，使战斗的号角响遍全国。顿时，拉丁人从四面八方聚集过来，他们手里拿着各式各样的武器。

阿斯卡尼俄斯看到一群拉丁人朝着自己跑过来，不由得大吃一惊，他引弓搭箭，这一箭不偏不倚正中蒂耳荷斯的儿子阿尔摩的咽喉。特洛伊人的暴行使拉丁人更加愤怒了，女人、孩子，连拉丁姆最富有、最年迈的老人伽莱索斯都加入到战斗中来。不幸的是，伽莱索斯也死在了阿斯卡尼俄斯的箭下。

这时，图尔奴斯的部队开进了拉丁姆城，拉丁人与罗图勒人合为一处，一路来到拉丁奴斯的王宫，请求国王批准对特洛伊发动战争。按拉丁人的规矩，当要对外进行战争时，国王应该身穿战争的衣衫，亲自打开亚奴斯神庙的大门。

拉丁奴斯痛苦地在宫殿里走来走去，他可怜他的人民，却又不能违背神意。

“不幸的拉丁人，这一切都是神的安排，如果我们对特洛伊人宣战，将会以自身的鲜血抵偿罪孽，图尔奴斯，你也会难逃上天的惩罚的。”

朱诺早已经等得不耐烦了，她亲自降临到亚奴斯神庙，举手撞击神庙石柱，神庙的铁门轰的一声被打开了，战争的火焰熊熊地燃烧起来。

埃汪特耳的救援

在特洛伊人没有到来之前，意大利众多国家之间没有发生过战争，人们生活在一片宁静、祥和之中。而现在，由于特洛伊人的到来，整个意大利陷于一片动乱。

拉丁姆的各条道路上尘土飞扬，原野中武器林立，各路军队从四面八方向劳伦图姆陆续挺进。

图尔奴斯一马当先，他头盔上饰着狮头羊身蛇尾的吐火女怪，上面镶嵌的三根羽毛迎风招展，好不威风。一批古老英雄族第的杰出代表率领着拉丁姆人、罗图勒人、西卡尼亚人、奥索尼亚人、奥龙克人的军队，他们后面是佛尔西安人的骑兵队。佛尔西安人的骑兵队由年轻的女王卡弥拉率领，卡弥拉是在与粗野的男人的战斗中长大的，她没有爱恋过任何一个男人，没有像其他女人那样蹲在织机前织过布，她喜欢和男人一样驰骋沙场，建功立业。此时的卡弥拉腰间佩着硬弓和箭袋，手上高擎长矛，她的威武一点也不比男人逊色。

早有人把意大利军队云集拉丁姆的消息告给埃涅阿斯，埃涅阿斯忙命人构建工事。但特洛伊人如何能抵抗得了比它多出上百倍的敌人呢？于是，特洛伊人做出逃向大海的准备。

一天，忧心忡忡的埃涅阿斯沿着台伯河散步，他是多么希望占领陆地，建设新的特洛伊啊，可眼下，自身难保又怎能顾得上重建家园呢？要战胜骄傲的意大利人，除了获得援助别无他选，可特洛伊人刚刚到达拉丁姆，要想获得外援是多么困难啊。埃涅阿斯坐在河边休息，想着心事，不知不觉中竟睡着了。

恍恍惚惚中，一位身穿白色衣衫、头顶芦苇圈环的老者从台伯河中升腾而起，他声音洪亮地对埃涅阿斯说："大英雄埃涅阿斯，不要害怕，我是河神台伯律奴斯，朱庇特已经给你安排好了将来，所以你大可不必为意大利人的进攻而烦恼。你一会儿可沿着台伯河向前走，在一丛橡树林中会发现一头大母猪，它生下了三十头小猪，那里将是三十年后你儿子阿斯卡尼俄斯建立罗马之母阿尔巴城的地方。你把母猪和小猪献祭给朱诺，以平息她对你的仇恨，然后接着往前走到一块山地，那里是帕朗图姆城，是亚加狄亚的珀拉斯癸人移居的地方，国王叫埃汪特耳。图斯克人与拉丁人有不共戴天之仇，你将从他们那获得援助。"台伯律奴斯说完就不见了。

埃涅阿斯醒来后，按照河神的指示往前走，果然在一棵橡树底下发现了一窝野猪，献祭给朱诺之后，埃涅阿斯赶忙回到营地，把神的预示对大家说了，然后挑选了两艘大船，率领一部分人沿着台伯河向前航行。

夏天的台伯河像是一面镜子，沿途的绿色丛林给台伯河增添了不少神韵。特洛伊人的船只在台伯河上航行了一天一夜后，远处耸立在山坡上的城堡终于出现了。

这天，亚加狄亚国王埃汪特耳和儿子帕拉斯正忙着给赫丘利准备年祭。亚加狄亚人聚集在祭坛前正要献祭时，突然有人大喊道："看啊，一队陌生人正沿着台伯河朝我们驶来，他们是带来战争的吗？听说拉丁姆上空已战云密布了。"

大家朝台伯河望去，不由得警戒起来。"尊敬的亚加狄亚人，我们是特洛伊人，意大利人正准备用明晃晃的武器击杀我们，可怜的特洛伊人遭受了特洛伊城的毁灭，如今又面临着巨大灾难。所以，在神的指引下，我们特来向亚加狄亚求援。"埃涅阿斯高举着象征和平的橄榄枝站在船头向城堡里问话的守卫高声喊道。

当守卫听到"特洛伊"三个字时，忙向国王埃汪特耳报告。国王的儿子帕拉斯兴奋不已，他一边整理着自己的衣衫一边激动地对父亲说："特洛伊人，特洛伊人来到我们这里了，那是多么勇敢的一个民族啊，能够结识这批闻名天下的英雄是多么的荣幸啊。父亲，我这就把他们接来。"帕拉斯不等父亲作答便走出了城堡来到台伯河岸边。

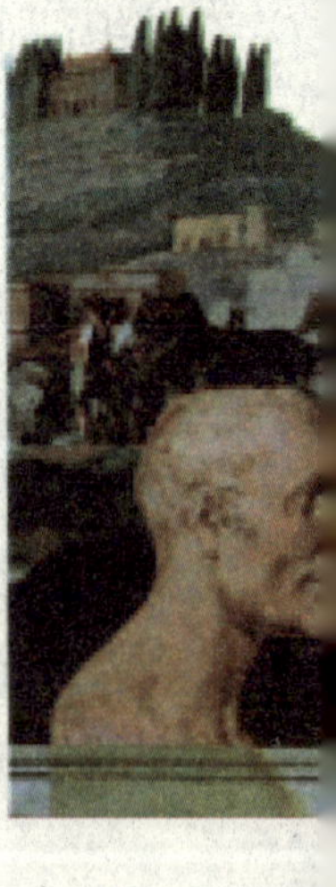

"欢迎你们，勇敢的特洛伊人，我是王子帕拉斯，我带你们去见我的父亲。"埃涅阿斯一行人被带上了岸，来到了国王的宫殿里。国王埃汪特耳的宫殿很简陋，亚加狄亚人是乡村牧民，他们并没有什么贵重的珍宝，所以这里的宫殿像是茅草房，城里居民的住所更不用说了，要多简单有多简单。

埃汪特耳坐在宝座上，仔细打量着陌生的客人。

“埃汪特耳国王，我是安喀塞斯的儿子埃涅阿斯，带领特洛伊人在神的指引下来到意大利，但意大利人像仇敌一样对待我们，我们势孤力单，难以和他们抗衡，不得不来求助友好的亚加狄亚人。”埃涅阿斯向埃汪特耳陈述着自己的意图。

“高贵的特洛伊人，你们的名字我并不陌生。当我还是一名年轻武士时，你的父亲和普里阿摩斯曾路过亚加狄亚。特洛伊人都是英雄，我是怀着无比敬畏的心情迎接他们啊，当然，我更不能忘记你父亲安喀塞斯，因为他临别时曾把利箭赠送给我，他还送给我一件金丝战袍和金辔具。现在这些都由我儿子帕拉斯保管。为了报答你们，我多希望和你们一起作战，可我老了。而我的国家非常穷困，连给你们添置锋利的武器都难以办到，不过，我倒是可以给你们出一些主意。离开这里后，你们可以前往伊特卢利阿的阿格拉城，那里的国王墨策提沃斯前不久被居民们驱逐，但这个被驱逐的国王却在图尔奴斯那里得到了友好的接待，图斯克人和图罗勒两族人因此结了仇恨，在那里，你们将得到一支强大的军队。”

离开了埃汪特耳的宫殿，特洛伊人走进了亚加狄亚人为他们布置的住处，美美地进入了梦乡。

◇**河神**

在埃涅阿斯遭到全意大利当地民族挥戈相向时，台伯河河神台伯律奴斯帮了他，他后来当上意大利新国王后对台伯河十分眷顾，台伯河也成了意大利的母亲河。

埃涅阿斯的盾牌

特洛伊人与意大利各族人的战争一触即发。

一天傍晚，维纳斯走近丈夫火神伏尔甘的身边："亲爱的伏尔甘，瞧你锻造的武器是多么精良啊，恐怕天底下没有一个人能锻造出像你这样的武器吧。父亲朱庇特宠爱的特洛伊人正面临着一场战争，而我的儿子埃涅阿斯正是特洛伊人的首领，他还没有一件像样的武器，你要是能替他打造一件那该多好啊。"维纳斯以少有的柔情对丈夫说。

对于天公朱庇特宠爱特洛伊人，伏尔甘也早有耳闻，而且他也知道特洛伊人埃涅阿斯是爱妻维纳斯的儿子。伏尔甘是多么想取悦父亲和妻子啊，这真是个绝好的机会。

伏尔甘答应了妻子的请求后，迅速动身前往埃得纳火山，那里有他的炼铁作坊。伏尔甘刚一走近埃得纳火山就听到铁锤打在铁砧上的声音，他纵身从火山口跳进去，看到作坊里火花飞舞，库克罗普斯巨人们正率领着无数奴仆们忙着炼铁，已经炼好的各式各样的兵器摆在旁边的兵器架上，其中有天公朱庇特的一把利剑，有战神玛尔斯的战车，还有太阳神福波斯的一把弓箭。

"把你们手里的工作都停下。"伏尔甘站在一个较高的位置上，以使大家都能看到他，"现在我交给你们一项新的任务，我们要给特洛伊人的英雄埃涅阿斯打造一件武器。战争马上就要开始了，我们必须在明天天亮之前完成。"

众奴仆一听要给英雄打造武器，自然高兴得不得了，他们齐心协力，把自己最精的技艺都倾注到这件武器上。不大一会儿，一块巨大的盾牌成形了，那是由七块烧红的铁板锻造而成，最后一层盾面上布满了美丽的花纹，它描述了罗马的历史。此外，伏尔甘还为埃涅阿斯锻造了一把利剑、一条金的护腰带、一套铁铠甲。

在帕朗图姆城，国王埃汪特耳正盛情款待着客人们，亚加狄亚人端上了丰盛的饭菜和飘着清香的葡萄酒。大家围坐在一起，举杯痛饮。埃涅阿斯多么想与这位老国王多待几日，但神命在身，他不得不于第二天清晨来向埃汪特耳国王告别。

“亲爱的埃汪特耳国王，虽然特洛伊人很想在此与亚加狄亚人民共同享受这美好的太平盛世，但是，意大利人正虎视眈眈地准备向特洛伊人发动进攻。我们必须起航了，去图斯克求援，对你给特洛伊人的帮助我们将不胜感激。”

年迈的埃汪特耳国王望着眼前的英雄有些依依不舍：“特洛伊的勇士们，对于不能给予你们更大的帮助我表示遗憾。这些马匹就当我送给特洛伊人的礼物吧，埃涅阿斯，那匹最好的骏马应该属于你，当年你的父亲送给我那么贵重的东西，而

◇维纳斯赠战甲给埃涅阿斯　法国　普桑

维纳斯用往日少有的温情请求丈夫伏尔甘为她和安喀塞斯的儿子埃涅阿斯打了铠甲、利剑和坚盾，趁埃涅阿斯小睡的时候放在他身旁，盾牌上刻着描述古罗马未来历史的神谕。

我却只能以此来回赠你。”

这时，早有人牵过了数匹良马，其中有一匹马皮毛呈黄褐色，状如狮子，马蹄上还裹着黄金。埃涅阿斯对亚加狄亚人一再表示感谢，但神已经在命令特洛伊人加快前行了。

特洛伊人刚离开帕朗图姆城不久，就看到身后有一队人马朝这边跑来，原来是年轻的帕拉斯率领着四百名骑兵奔驰而来。

“埃涅阿斯，我父亲因不能出征，特命我带一队骑兵来支援你们，他还让我转告你，众神会保佑特洛伊人的，他会时刻为特洛伊人祷告的。”帕拉斯向埃涅阿斯陈述着埃汪特耳的话。

埃涅阿斯感动得热泪盈眶，这四百骑兵对特洛伊人是多么重要啊，他紧紧抓住帕拉斯的手，回头望了望渐渐远去的帕朗图姆城，用庄严的肃目礼表示着对国王埃汪特耳的感谢。

这一天，经过紧张的奔波，特洛伊人来到了一个幽静的山谷，山谷四周是一片茂密的树林。埃涅阿斯命令大家坐下来休息，他也在一棵高大的桦树底下打起了盹。

自从埃涅阿斯从帕朗图姆城出来，维纳斯就一直跟着儿子，想找一个合适的机会把伏尔甘锻造的武器交给他，眼下正是个好机会。维纳斯走近埃涅阿斯，呼唤着他的名字，把盾牌、利剑和盔甲放在他脚下。

埃涅阿斯睁开眼，看到母亲维纳斯站在面前，眼里不禁闪着幸福的泪花，张开双臂想要拥抱母亲，但维纳斯已化成一道云雾蓦地不见了，只留下一句话在空中回荡：“孩子，不要害怕，拿起这些武器大胆地去战胜那些骄横野蛮的敌人吧，我会保护你和特洛伊人的。”

这时候，埃涅阿斯才看到放在脚下的闪闪发光的武器，多么精良的武器啊，他忙用这些武器把自己武装起来，走到一条小溪边，对着溪水照了又照，爱怜得都不想脱下来。埃涅阿斯举着手里的盾牌，左看右看，上面布满的文字和图像，到底是什么意思呢？那是伏尔甘根据天公朱庇特的要求画的神谕，是有关罗马未来历史的神谕，只有众神才能看懂，凡人是无论如何也不能知晓的。

图尔奴斯兵临营房

朱诺是个充满仇恨的女神，虽然埃涅阿斯已经用一头母猪和三十头小猪对她进行了祭供，但还是不能消除她对特洛伊人的怒火。朱诺把女使伊里斯叫到身边，眼里充满了凶狠的目光："去告诉图尔奴斯，埃涅阿斯已经到了帕朗图姆，已经得到了埃汪特耳的支援，现在正前去阿格拉城请求图斯克人的支援。愚蠢的图尔奴斯怎么还不开始行动呢？传达我的命令，让图尔奴斯乘虚袭击留在拉丁姆的特洛伊人。埃涅阿斯虽然只带走了少数人，但留下的却是群龙无首，是很容易被制服的。等埃涅阿斯一回来，看到特洛伊的营盘已被夷为平地，你猜他会有什么样的表情呢？"朱诺边说边想，禁不住哈哈大笑起来。

伊里斯把朱诺的旨意向图尔奴斯进行了传达，图尔奴斯立即命部队向特洛伊的营地进发。图斯克前国王墨策堤沃斯领兵先行，图尔奴斯的部队

◇严阵以待的特洛伊将士们

居中，蒂耳荷斯和他的儿子们殿后，意大利军队浩浩荡荡地朝台伯河岸疾奔而来。

“伙伴们，快拿起武器来，意大利人来进攻我们了。”透过飞扬的尘土，特洛伊哨兵看见了庞大的意大利军队。留在营地的所有特洛伊人都集合起来，他们迅速进入战壕，按照埃涅阿斯临走时的吩咐封锁了各座营门。

图尔奴斯是个急性子人，他抛下大队人马，自己先率领一队骑兵，出其不意地出现在特洛伊人的营房前。图尔奴斯围着战壕转了一圈，希望能找到一个缺口冲进对方的阵营，但特洛伊人固守不出。图尔奴斯把手中的标枪朝敌人的方向投去，高声喊道：“怯懦的特洛伊人，你们的勇气到哪里去了？是不是被意大利人的武器吓破胆了？为什么不出来拼杀呢？”但不管图尔奴斯怎么叫嚣，特洛伊人就是不出战壕。

猛然间，图尔奴斯瞥到了停泊在台伯河上的一排排船只，他高兴地命令着他的士兵们：“快去拿火把把那些船烧掉，特洛伊人想从海上逃跑，看来连神都在帮我们，我要让他们逃跑的希望彻底破灭。”

此时，意大利的大部队也来到了台伯河畔，他们听到图尔奴斯的命令，迅速跑到附近找来一些木柴，点燃后扔向了特洛伊人的船只。

当年，埃涅阿斯造这些船只时使用的是爱达山脚下的神木，爱达山上的众神曾祈福朱庇特：“万能的神啊，满足我们的要求吧，我们要把爱达山脚下的一片槭树和松树交给一个特洛伊人造船，可用这些神木造的船也会遭受到风浪的冲击啊，请保佑这些船只让它们免遭各种危险吧。”

朱庇特思考片刻：“不遭遇任何风险是做不到的，但我可以答应你们，当这些船到达目的地后，它们将成为神器，或是成为永远生活在大海上的仙女。”正是朱庇特的许诺保护了这些船只，否则，特洛伊人的船队将会被彻底烧毁。

当意大利人把手里的火把扔到船上的时候，天空突然出现了一道亮光，接着是一阵震耳欲聋的雷声，一个声音从空中传来：“图尔奴斯，除非你先把大海烧着了，否则你是烧不毁这些船只的。特洛伊人，你们不必急着去抢救船只，这些船是烧不毁的，因为朱庇特已经赋予了它们灵性。船只们，你们已经变成了海洋中的女神，去大海中试试你们的威力吧。”那声音一会儿像是对意大利人说，一会儿像是对特洛伊人说，一会儿又像是在对船只说。

雷声消失了，闪电也不见了，但眼前发生的景象让所有的人大吃一惊：船只像有了生命一般，扯断缆绳后潜入水底，冒出水面后竟成了一个个风姿绰约

◇**纯真之泉　法国　古戎**

神赋予了特洛伊人的船只灵性，当图尔奴斯企图把他们的船只烧毁时，这些船只却像有了生命一般，扯断缆绳后潜入水底，冒出水面后竟成了一个个风姿绰约的少女。

的少女。

意大利人开始后退，战马吓得引颈长鸣，台伯河的水也停止了流动。意大利人相信这是神在保佑特洛伊人，人怎么可以与神作对呢？但图尔奴斯却保持着镇静："难道你们真的相信这是神在保佑特洛伊人吗？为什么不相信这是反对特洛伊人的吉兆呢？虽然特洛伊人的船只没有被我们烧掉，但它们已经不存在了，朱庇特已经剥夺了特洛伊人逃出拉丁姆的希望。成千上万的意大利人站在一起，难道还不能把特洛伊人打败吗？你们看啊，他们已经无路可逃了。"在他的安抚下，慌乱的人群稍稍平静了一些。图尔奴斯命令墨萨帕斯把特洛伊的各道营门包围起来，其余的人则在草地上驻营扎寨，等候战机。

特洛伊方面，士兵们通宵达旦地站岗放哨，不敢有丝毫松懈，他们时刻注视着敌人阵营的同时，也不时地眺望着远方的条条大路，埃涅阿斯的队伍怎么还没有归来呢？

埃涅阿斯回到营房

正如亚加狄亚国王埃汪特耳所预言的那样，埃涅阿斯在图斯克国的阿格拉城受到了热情的款待，国王不仅把伊特卢利阿人的部队跟特洛伊人合在一起，还号召所有伊持卢利阿人的同盟城市共同参加到对意大利的战争中来。

埃涅阿斯再三对图斯克国王表示感谢后，便启程返回拉丁姆的营房。他命令亚加狄亚的骑兵和图斯克人的骑兵在陆地上先走，自己则率领一支强大的船队驶入台伯河。

夜已经很深了，埃涅阿斯还是睡不着，他独自坐在船头，望着漆黑的夜幕不禁陷入了深思。

“怎么会出来一队少女呢？难道是在做梦吗？”埃涅阿斯揉了揉眼睛，他并没有看错，一队仙女正围着战船翩翩起舞。

“伟大的埃涅阿斯，我们是特洛伊的旧船啊，罗图勒人想把我们烧毁，由于神的怜悯，我们才得以逃脱，变成了海上仙女涅瑞伊得斯。快些航行吧，你的儿子阿斯卡尼俄斯正被罗图勒人包围着，你应该在天亮前赶到台伯河口，然后迅速投入到战斗中去。”一个长着卷发的仙女向埃涅阿斯诉说着。

埃涅阿斯大吃一惊，看来战争已经开始了，留在营地的特洛伊人一定面临着巨大的危险。埃涅阿斯向仙女们表示感谢，请求她们把船的速度加快些。听到埃涅阿斯的请求后，仙女们沉入水中，每人推动一只大船，船队竟飞驰起来。

当晨曦初现时，船队驶入了台伯河口。埃涅阿斯想起仙女的吩咐，站到甲板上，高举金光闪闪的盾牌。特洛伊人从城墙上看到了航行的船只，看到了像是从大海中升起的闪着万丈光芒的盾牌，发出一阵欢呼声，不由得勇气倍增，纷纷把投枪朝敌人掷去。

罗图勒人诧异特洛伊人为什么会突然变得兴奋起来，当看到台伯河上帆樯林立，倒吸了一口冷气。图尔奴斯倒是镇定自若："你们不是一直在盼望着杀敌的机会吗？争取荣誉的时刻已经到来，战争之神亲自把他们交到你们的手中，相信胜利是属于罗图勒人的。"在图尔奴斯的鼓舞下，罗图勒人一起朝台伯河拥了过去。

此时，准备登陆的特洛伊人和从埃涅阿斯船上下来的同盟兄弟们一部分穿过浮桥来到野外，另一部分拼命摇橹，他们可不想在齐膝深的河道登陆。

埃涅阿斯发现前面有一块平坦的沙地，便命令大家："把船向前划，让我们的船靠岸，随时准备拼杀。"船只长驱直入，一直驶进河湾的碎石堆前。船只刚一靠岸，特洛伊人便呐喊着冲上岸，跟留在拉丁姆的部分士兵聚集在一起，然后准备迎战。

图尔奴斯看到特洛伊人登陆，急忙调集部队，沿着河岸布置防线。处于前后夹击下的罗图勒人已显得非常被动，他们想尽一切办法去重创特洛伊人，但已不如先前那样得心应手了。

亚加狄亚人在帕拉斯的率领下在一条小溪边厮杀。亚加狄亚人是生活在马背

◇古罗马陶绘

充满神话意义的战斗场面，常是艺匠着力表现的题材，部落间的战争，为罗马文明打上一道深深的烙印。

上的民族，不善于陆地作战，因此他们难以抵挡拉丁人和罗图勒人的进攻，四散逃溃开去。

正在混战的帕拉斯看到了人群中的劳素斯，劳素斯是被驱逐了的伊特卢利阿人国王墨策堤沃斯的儿子，也算得上一位少年英雄。好胜心强的帕拉斯大声吆喝着：“劳素斯，你敢和我单独决斗吗？亚加狄亚和伊特卢利阿都是勇敢的民族，让我们彼此都为了自己的族第获得荣誉吧。”

劳素斯也不示弱，提剑便朝帕拉斯奔来。

“住手，劳素斯，帕拉斯应该死在我的手下，可惜埃汪特耳不在，他应该亲眼看到他儿子的下场才对。”正当劳素斯要与帕拉斯交战的时候，图尔奴斯驾着战车飞驰过来。

看着趾高气扬的图尔奴斯，帕拉斯毫无惧色：“我宁愿光荣地死去，也不愿意退后一步，我父亲会为我的死而感到骄傲的。图尔奴斯，拿起你的武器吧。”

图尔奴斯从战车上跳了下来，扑向帕拉斯。当两人相距只有一箭的时候，帕拉斯奋力将手中的投枪掷出，正好击中图尔奴斯的盾牌，只是由于盾牌坚硬，图尔奴斯的身上只被划了一道口子。

“难道你不觉得你还是一个吃奶的孩子吗？瞧，你是那么的没有力气。现在该轮到我了，可惜你看不到你身体被穿透的壮观场面了。”图尔奴斯一边说，一边把帕拉斯投过来的投枪捡起来，在手中掂了掂，然后加快速度向前，朝着帕拉斯投了过去。投枪穿过帕拉斯的盾牌、盔甲和胸膛，从他的后背露出了枪尖。帕拉斯忍着剧痛把投枪从身体上拔出来，然后倒下了。

图尔奴斯走到帕拉斯的尸体前，略带同情地对在一旁大哭的亚加狄亚人说：“为这个年轻人修建一座坟墓吧，把你们的英雄运回到亚加狄亚去。”亚加狄亚人悲号着把帕拉斯的尸体抬离战场。

此时的埃涅阿斯正在另一侧进行激战，当他听到侧翼军队受损和帕拉斯牺牲的消息后，连忙带着勇敢的伙伴们赶了过去。埃涅阿斯像是获得了双倍的力量，手执利剑，在罗图勒人中间杀开一条血路，到处寻找着杀害帕拉斯的凶手图尔奴斯。他的眼前浮现出老国王埃汪特耳盛情款待时的情景，浮现出战前豪情壮志的帕拉斯。泪眼朦胧的埃涅阿斯已经杀红了眼，罗图勒人在他的剑下倒下了一片。他的儿子阿斯卡尼俄斯看到时机已到，率领着被包围的特洛伊人从营房里杀了出来。

埃涅阿斯扭转战局

帕拉斯的死激怒了埃涅阿斯，在他的鏖战下，战场上的幸运天平终于发生了偏移。众神之母朱诺看到她的宠儿受到了威胁，忙去请求朱庇特把图尔奴斯从埃涅阿斯的巨大压力下解救出来。

"如果你只是想延续他的生命的话，那你就去救他吧，但如果你想改变战争的结局，你的希望会落空的。"朱庇特想劝说妻子放弃继续与特洛伊人为敌的做法，但固执的朱诺哪里听得进去，她来到拉丁人的营房，用一把松散的云雾塑造出埃涅阿斯的幻影。朱诺把这个幻影投到战场，并想方设法让幻影与图尔奴斯相遇。幻影朝着图尔奴斯又是射箭又是投枪，图尔奴斯是个好胜的英雄，心中的愤怒像野火一样燃烧起来，他把利剑举过头顶，朝着幻影扑了过去。幻影假意地大吃一惊，夺路而逃。图尔奴斯哪里知道这是朱诺的计谋，毫不犹豫地追了去。

幻影和图尔奴斯一前一后，不大一会儿便离开了战场。幻影跳上一艘停在河边的伊特卢利阿的大船躲藏起来，图尔奴斯紧跟着上了大船。朱诺看到她的宠儿终于中计

埃涅阿斯

作为希腊罗马神话中的著名英雄，埃涅阿斯并非《荷马史诗》中的主要歌颂对象，虽然在赫克托耳阵亡后埃涅阿斯就成为特洛伊方面的主要抵抗力量，但荷马对他的叙述总带着某种轻蔑。荷马认为埃涅阿斯并不是一个为道义而战的英雄，而是贪图特洛伊王位才加入战斗。而在与狄俄墨得斯、阿喀琉斯、图尔奴斯等勇士的交战中，埃涅阿斯只是因有神的佑护才得以不丢掉性命，他逃离特洛伊、在迦太基得到女王的厚爱之后，在同意大利人的战斗中胜出，并最终当上国王，无一不是有诸神的帮助和照顾，所以埃涅阿斯更多的是一个神的宠儿，一个因为负有使命而屡屡逢凶化吉的神使。

了，忙扯断缆绳，让大船漂入大海。

图尔奴斯在船上找了半天，可就是找不到埃涅阿斯，于是他跳入水中，想重新游回战场，但波浪托着他顺流而下，一直把他冲到故乡的阿尔特阿城。朱诺终于成功地让她的宠儿避免了灭顶之灾。

此时，真正的埃涅阿斯正在苦战，他指名道姓要图尔奴斯前来应战，但却不见图尔奴斯出现。眼看罗图勒人败局已定，不料，一直殿后的原伊特卢利阿国王墨策堤沃斯率领部队赶到，罗图勒人不由得喜出望外。墨策提沃斯跃身杀入特洛伊士兵的行列，左冲右突，如入无人之境，顿时，战场上尸横遍野，血流成河。特洛伊人拼杀已久，已相当疲惫，在敌人增援部队到来后更是节节败退。

墨策堤沃斯一边砍杀一边寻找他的对手埃涅阿斯，埃涅阿斯看到墨策堤沃斯便转过身子，大步流星地迎上去。墨策堤沃斯冲着苍天喊道："众神啊，我现在就把这个可恶的特洛伊人送到地府去，而他那身闪闪发光的甲胄应该属于我。"说着，他向埃涅阿斯投出长矛。长矛呼啸着朝埃涅阿斯飞来，但埃涅阿斯只轻轻地用盾牌一挑，长矛便哐啷一声落到地上。墨策堤沃斯看到对方躲过了长矛，竟愣在原地不知如何是好。

埃涅阿斯看准机会，向前猛跑几步，朝墨策堤沃斯投去一根标枪。埃涅阿斯毕竟是神的儿子，标枪在空中划了一道弧线后深深地刺入了墨策堤沃斯的下腹。这位凶狠的国王当场大喊一声倒在地上。"看你还口出狂言，今天应该是你的祭日才对。"埃涅阿斯看到墨策堤沃斯的伤口血流如注，抽出宝剑朝他扑了过去。

◇将军之死

战争是残酷的，在血腥的格斗中，总有一方将领被对方击败甚至杀死。而在那个崇拜英雄的年代，战死是一种无上的荣誉。

眼看着埃涅阿斯就要冲到墨策堤沃斯面前，突然，墨策堤沃斯的儿子劳素斯冲上前来，舍身用盾牌挡住父亲。劳素斯举起手中的长剑朝埃涅阿斯刺去，罗图勒的一些士兵跟在劳素斯身后，纷纷投出长矛。埃涅阿斯只能举起盾牌掩护自己。“你这个疯子，我实在不忍心伤害你，你的孝心让你过高地估计了自己的力量。”埃涅阿斯冒着密如雨下的投枪对劳素斯喊道，他实在不愿伤害年轻的劳素斯。

此时的劳素斯只顾救下父亲，哪里还听得进去敌人的劝告，他怒气冲冲地朝着埃涅斯又是一剑，结果却与埃涅阿斯挥舞着的利剑撞个正着。剑落地了，劳素斯也倒了下来，临死前他的眼睛还在怒视着埃涅阿斯。

“可怜的孩子，像你这样身穿金线衬衣的人应该得到隆重的安葬。你可以和你的祖先们在一起了，你遇到的是一个多么慷慨的敌人啊，而我又是多么希望你不要做这种无谓的牺牲啊。”埃涅阿斯命令对方的士兵们把他们年轻英雄的尸体运送回去。

在儿子的掩护下，身负重伤的墨策堤沃斯一直撤退到台伯河边，他疲倦地躺在堤岸旁的一棵树下，刚想闭上眼睛休息一下，就听到不远处的一群士兵哭泣着。“难道我可怜的儿子被埃涅阿斯杀死了吗？”他实在不敢再想下去，用手撑着脑袋，虚弱地喘着气，向不远处的士兵们招手。士兵们悲伤地走上前来，哽咽着说不上话，墨策堤沃斯终于看清他们抬着的担架上正是儿子劳素斯的尸体。

墨策堤沃斯仰望苍天，欲哭无泪，然后抱住儿子的尸体：“可怜的劳素斯，你的死能救活我吗？虽然我能再次看到阳光和人群，但我更不愿意离开你。善良的太阳神福波斯，请保佑我为我可怜的儿子报仇吧，否则，我愿意和我的儿子一起阵亡。”说完，他强忍剧痛，飞身上马，重新奔向战场。

看到马背上的墨策堤沃斯，埃涅阿斯高兴地大叫起来：“感谢朱庇特，难道你还不自量力吗？”埃涅阿斯一边说着，一边举着长矛冲了过去。

墨策堤沃斯悲愤的表情让人心惊胆寒，他向埃涅阿斯投去一杆投枪，然后是第二杆、第三杆，但是，这一切都是徒劳的，对方闪着金光的盾牌戏弄般地迎接着这些无力的远击。突然，埃涅阿斯风驰电掣般地围着墨策堤沃斯的战马打转，然后一枪击中战马的头部。战马腾空而起，把墨策堤沃斯掀翻在地。埃涅阿斯上前一步，用利剑指着墨策堤沃斯。

倒在地上的墨策堤沃斯叹息了一声：“死在特洛伊人的手上我觉得非常荣幸，但我有一件事求你，把我埋葬在拉丁人的土地上，挨着我儿子的坟墓。如果把我送回我的故乡，图斯克人会把我的尸骨敲碎的。满足我吧，特洛伊英雄。”说完，墨策堤沃斯引颈迎向埃涅阿斯的利剑。

停战

墨策堤沃斯和劳素斯都死在了埃涅阿斯的剑下，罗图勒人和拉丁人都四散溃逃，特洛伊人取得了巨大胜利。埃涅阿斯在一座山坡上竖起了胜利的信号：那是一棵巨大的栎树的树干，枝叶已经全部脱落。埃涅阿斯在树干上挂上墨策堤沃斯的战袍，一根枯枝上挂着沾满鲜血的头盔，另一根枯枝上挂着他的盾牌和宝剑，他那支被盾牌撞碎了的投枪丢在地上。特洛伊人点起了火把，扔向了山坡，这些缴获的物品被充当了献给战神的祭物。

特洛伊人疲惫地回到营房，帕拉斯的尸体停放在中心大营的厅堂里，周围站着一群亚加狄亚和特洛伊人，女人开始大哭起来，男人也抹着眼泪，连他们的头发都悲哀地披散下来。

埃涅阿斯几步跨到停放尸体的担架旁，泪流满面，他抚摸着帕拉斯身上的伤口，哽咽着说："可怜的帕拉斯，你和你的父亲都帮助了特洛伊人。面对强大的敌人你没有后退一步，可你却看不到即将建立的新的特洛伊城，那里也有你的一份功劳啊。你的父亲也许正在为你祷告，希望你能凯旋返乡，而你却躺在这里，对任何人的呼唤都不作答……"埃涅阿斯扭过头，实在说不下去了，眼前又出现了在亚加狄亚临行前老国王埃汪特耳期待的目光。

厅堂里哭声一片，几个亚加狄亚人来到埃涅阿斯面前："伟大的特洛伊英雄，帕拉斯是死在图尔奴斯枪下的。他壮志未酬，我们怎么能就这样把他送回亚加狄亚呢？我们请求伟大的特洛伊英雄为帕拉斯报仇，一定要把图尔奴斯碎尸万段。否则，我们是不会甘心的。"

◇**英雄的归宿**

亚加狄亚王子帕拉斯的尸体被停放在中心大营的厅堂里，周围站着一群亚加狄亚和特洛伊人，女人开始大哭起来，男人也抹着眼泪，连他们的头发都悲哀地披散下来。

埃涅阿斯被亚加狄亚人的言辞所感动，他走到兵器架前，拿过一把长矛："你们大可以护送帕拉斯回帕朗图姆城，这个仇我一定要报，请相信，几日之后我一定让图尔奴斯横尸沙场。"在埃涅阿斯的安慰下，亚加狄亚人才得以安心。

第二天，埃涅阿斯为帕拉斯举行了祭礼，帕拉斯的尸体被安置在长满青草的高坡上，埃涅阿斯把狄多女王为他编织的一件镶着金丝银线的节日盛装盖在帕拉斯的身上，然后向这位少年英雄做最后的道别。一队亚加狄亚人抬起担架，背后跟着一队战俘和缴获的战马，马背上驮着各种武器和盔甲，后面还跟着亚加狄亚人的首领及特洛伊人组成的送葬队。埃涅阿斯依依不舍地望着远去的队伍，直到看不见了才回到营房。

接下来的几天，特洛伊人进行了欢庆活动，埃涅阿斯想借机鼓舞一下士气。一天，正当埃涅阿斯要下达对拉丁姆城发动进攻命令时，一队拉丁奴斯国王派来的使者来到了特洛伊人的营房。

"尊敬的特洛伊国王，虽然我们之间发生了战争，但作为母亲、妻子和孩子的尚还活着的拉丁人是多么希望看到他们死去的儿子、丈夫和父亲啊。所以，拉丁奴斯国王派我们来请求你，让我们把我们死去的士兵的尸体带走，他们的亲人正等着安葬他们呢。”一个拉丁姆使者擎着橄榄枝走上前来对埃涅阿斯说道。

埃涅阿斯脸上并没有出现敌意，他平和地对使者们说：“拉丁人不屑于我们之间的友谊，难道拉丁人制造战争就是想死这么多人吗？这就是你们所谓的和平吗？你们是多么的盲目啊。特洛伊人从一开始就企盼和平，但人已经死了，那就让我们把它提供给还活在世上的人们吧。如果不是命运指示我来到意大利，我决不会踏上你们的土地。回去告诉你们的拉丁奴斯国王，为了避免更大规模的流血牺牲，他应该让他的好女婿图尔奴斯穿上战甲，与我单独决斗。如果图尔奴斯赢了，特洛伊人将继续漂洋过海，忍受流浪生活的巨大煎熬，如果图尔奴斯输了，我们将在这块土地上重建特洛伊。回去吧，把那些可怜的拉丁人和罗图勒人的尸体抬回去。”

使者们并没有想到埃涅阿斯会如此的通情达理，他们相互对望了一会儿，被深深地感动了，临来之前准备好的应对任何被拒绝的言辞都没有派上用场。

“仁慈的特洛伊国王，拉丁人和罗图勒人破坏了和约，而你却以你的宽宏大量来对你的敌人进行惩罚，对此我们非常感激。回到拉丁姆后，我们一定尽力劝说拉丁奴斯国王，使拉丁人与特洛伊人再次缔结和约。”使者中最年长的得朗策斯恭敬地对埃涅阿斯说。其他使者也纷纷表示了感激之情。双方约定，停战十二天，各自处理丧葬事宜。之后，使者们回去向拉丁奴斯国王复命。

劳伦图姆城沉浸在悲哀之中，自从使者们出城以后，人们就走出家门，眼巴巴地看着城门口，希望使者们能把他们亲人的尸体带回来。尸体被带了回来，但失去儿子的母亲、失去丈夫的妻子、失去父亲的儿子，开始整天在劳伦图姆城里转悠，他们已经迷失生活的路标了，他们诅咒战争。

◇殡仪图景的陶绘

这是绘制在古陶器上的古罗马殡葬仪式，古罗马人崇拜英雄，为国家为民族牺牲的人会得到隆重的葬礼。

拉丁姆的民众会议

虽然胜利被众神判给了特洛伊人，多数拉丁人和罗图勒人也厌烦了这场战争，但图尔奴斯却并不甘心失败。被朱诺救走之后，图尔奴斯被海浪推到了家乡阿尔特阿的海岸，他在那里又招兵买马，重新杀回了劳伦图姆。

埃涅阿斯向图尔奴斯一人发起挑战后，一部分拉丁人开始仇恨图尔奴斯，甚至感激起他们的敌人埃涅阿斯来。但是，王后阿玛塔却极力为她中意的女婿作着辩护，这使得图尔奴斯所取得的一些荣誉和胜利在大多数人眼中成了光辉的象征。

为了继续扩大他的队伍，图尔奴斯还派使者前往希腊，请求国王狄俄墨得斯的帮助。使者们沮丧着回来说，狄俄墨得斯拒绝对特洛伊作战。消息传来，刚才还为准备战争忙碌得热火朝天的拉丁人和罗图勒人顿时变得恐慌起来。

◇青铜吐火怪像

在战斗中，图尔奴斯头盔上饰着的就是此形的狮头羊身蛇尾吐火女怪。

没有得到援助对图尔奴斯来说并没有多大影响，但对老国王拉丁奴斯来说，他最后一个希望算是破灭了，拉丁奴斯开始后悔当初答应图尔奴斯动用武力的要求。神谕早已经给他指明了道路，而他却违背神命，这又能怪谁呢？拉丁奴斯左右思量着，最后，他决定召开民众会议，让民众来决定是继续这场

◇拉丁姆的民众会议
在战争不能解决问题时，会议议和成了排解敌对双方矛盾的唯一形式。

战争还是与特洛伊人再次签订和约。

国民会议开始了，拉丁奴斯高高地坐在王位上，周围聚集着他的子民。人们议论纷纷，持什么意见的都有。拉丁奴斯向大家挥了挥手，示意大家安静："市民们，我们已经与特洛伊人进行了一段时间的战争，有胜有负。我们企盼和平，但和平却带给我们灾难。我希望通过召开这个民众会议能把我们今后的目标确定下来，到底是应该放弃战争还是继续战争呢？"

拉丁奴斯国王的话音刚落，罗图勒人维奴鲁斯便走到国王身边，面对看台底下的民众，他曾经是前往希腊的使者："我刚从希腊回来，看到了大英雄狄俄墨得斯和亚各斯人的新城。当我把拉丁姆的名字向这位国王作了通报，并把礼品放在他的面前时，他友好地告诉我：'我知道你来自拉丁姆，也知道你们正和特洛伊人进行着一场战争。你们曾经是多么幸福的人啊，在善良的农神萨图恩的佑护下过着平静的日子，而你们的安宁是怎么被破坏的呢？你们一定知道，我们是战胜特洛伊的人，几乎成了最高贵的人，但是，我们的命运又能怎样呢？洛克里斯人埃阿斯葬身大海，阿伽门农被打死在自己家中，尤利西斯经历千辛万苦才回到了他的故乡，墨涅拉俄斯在埃及四处流浪，看啊，神又给了我们什么呢？如果普里阿摩斯看到我们的遭遇，他也一定会同情他的这些敌人的。还有我，因在战争中伤害了女神维纳斯，失去了幸福。回去告诉你们的国王，我实在不想再参加任何战争了。自从特洛伊城被攻陷以后，我发现自己并不是一个胜利者，更不愿意去回忆这场战争。把我的话转告给你们国王的同时，顺便劝告他，还是和特洛伊人握手言和吧。在特洛伊战争中我与埃涅阿斯交过战，深知他是一个强大的人。'市民们，我并不想发表我的看法，只是把狄俄墨得斯国王的原话向大家作个汇报。"维奴鲁斯表情严肃地又走进了人群。

会场上的气氛沉重起来，市民们开始交头接耳，诉说着这场战争的弊端。国王拉丁奴斯从王位上站了起来："看来，这真的是一场不幸的战争啊，狄俄墨得斯国王曾经是多么伟大的英雄，他带领希腊人战胜了特洛伊人，但却为那场战争而悔恨，让我们也结束这场无谓的战争吧。埃涅阿斯是神的儿子，我们也看到了他的仁慈，难道我们还有必要对这样的人加以仇恨吗？在离台伯河不远的西部地区有一块土地，那里曾经是罗图勒人耕种的地方，我想把这块土地割让给特洛伊人，接纳他们为我们的同盟兄弟。如果他们不愿意留在我们的国家，我们可以为他们的远行提供帮助。"

听着拉丁奴斯的话，广场上的一部分人开始欢呼起来。

"英明的拉丁奴斯，你的这一决定真是好极了。不过，除了对特洛伊人给予帮助外，你还应该送上拉维尼亚的爱情。"人群中有人大声嚷道。

"你们就这样畏惧战争吗？既然埃涅阿斯向我挑战，我有什么理由不答应呢？时代要求战争，任何象征和平的语言都不会起作用了。拉丁人和罗图勒人是尊贵的族第，怎能任凭特洛伊人随便凌辱呢？你们应该紧紧地团结在我的周围，而不是去长敌人的志气。"图尔奴斯的一番话把那些好战的年轻人煽动得热血沸腾。

就这样，民众会议上群情激昂，一部分人主张与特洛伊人签订和约，一部人则主张血战到底。拉丁奴斯的意志也开始左右摇摆，实在不知道该怎么办才好。

卡弥拉之死

正当拉丁姆的民众会议处于胶着状态的时候，守卫劳伦图姆的士兵前来报告：埃涅阿斯已经拔寨起营，朝着劳伦图姆的方向而来。听到消息，图尔奴斯立即命意大利的各族士兵拿起武器，准备与特洛伊人决一死战。战争的号角被可怕地吹响了。

拉维尼亚算是这场战争的起因，为了弥补自己的罪过，她在母亲阿玛塔的陪同之下前往神庙，请求众神保佑这场战争的胜利。

为了伟大的爱情，图尔奴斯是多么希望这场战争能够取得胜利啊，他全副武装地从城堡走了下来，在城门口遇到了女王卡弥拉。卡弥拉正率领着一队佛尔西安骑兵在城墙边巡逻。当看到图尔奴斯朝城门走来时，卡弥拉从马背上一跃而下，友好地向图尔奴斯问候："年轻的罗图勒英雄，你一定听说了特洛伊大军正翻山越岭地朝劳伦图姆而来。依我看，你可以率领罗图勒人和拉丁人到前面的山谷寻找歼敌的机会。敌人的骑兵队全是由精壮的特洛伊人和图斯克人组成的，但佛尔西安的骑兵足可以应付了，你就放心地把他们交给我吧。"

图尔奴斯对卡弥拉的提议表示了赞同，他向这位巾帼英雄鞠了一躬："你完全享有整个族第的荣誉，应该在男人的议团里占有席位和发言权。从现在起，你可以和我共同承担全部的战争事务。我委托你担任城防最高指挥官，我将亲自前往城外的山谷，在空旷之处设下埋伏，占领狭隘山路的两头的出路。"说完，图尔奴斯领兵出发了。

特洛伊的骑兵离劳伦图姆的城墙越来越近，突然，一阵喊杀声划破天空，原来城外不远的战壕里埋伏着墨萨帕斯、卡第鲁斯和库拉斯率领的拉丁姆人的步兵，还有卡弥拉率领的佛尔西安人的骑兵。

两支军队冲撞到一起，顿时尘土飞扬，投枪像雨一样落下，双方的士兵纷纷倒地。不大一会儿，拉丁人有点支撑不住了，他们把盾牌背在背上，掉转头向城门口跑去。特洛伊人以为拉丁人战败，赶紧追赶，当他们眼看要追上拉丁人时，拉丁人猛地又把队列逆转，冲向迎面扑过来的特洛伊人。特洛伊人根本没想到拉丁人的逃跑是伪装的，只得掉转身败逃。就这样，双方拼杀得难解难分，呈现出拉锯状态。

卡弥拉不愧为女中豪杰，她一身亚马孙女人的装扮，一会儿弯弓搭箭，一会儿扔出长矛，一会又手执利斧冲进敌阵砍杀。卡弥拉身后跟着一群勇敢的年轻妇女，她们也都是百里挑一的士兵，像卡弥拉一样，在敌群中肆意冲杀，丝毫不逊色于战场上的男人们。

"佛尔西安女王，你不必去追赶那些逃跑的士兵，你们这些佛尔西安人只会骑在马背上作战，如果有胆量的话为什么不到地面上来跟我们决战呢？"一个图斯克人嘲笑般地对正打算追赶特洛伊人的卡弥拉挑战。

图斯克人的话音刚落，卡弥拉就从马背上跳了下来，她扬扬手里的武器，向仍在马背上的图斯克挑战者示威。图斯克人惊呆了，他没有想到

◇古罗马时期女子雕像

意大利人对女性十分尊重，这与他们从祖先那继承下来的传统是分不开的。从罗马出土的雕塑不乏女性雕像这一现象可见一斑。意大利古老民族罗马人、佛尔西安人都很推崇女性，对女英雄更是顶礼膜拜，卡弥拉就是佛尔西安人的女王，她也得到了罗图勒人的尊敬。

卡弥拉真的会接受他的挑战，不由得害怕起来，牵动马缰绳想逃出卡弥拉的视线。卡弥拉哪里肯放走挑战者，飞身向前，将一把利剑插入了那人的前胸。

> **普罗塞尔皮娜**
>
> 普罗塞尔皮娜即死亡女神，据说是一个黑美人，头上带着佩有白罂粟花和星星的皇冠。她的职责是缉拿亡魂以及亡魂的归领，故又称为地狱女神。她处事相当公正、严谨，不会放过任何一个游魂。丘比特的恋人普赛克受维纳斯的指示借到了“普罗塞尔皮娜的美色”，但出于好奇，她打开了盛着“普罗塞尔皮娜”美色的盒子，结果女死神的美色就是——“死亡”。

看到女王杀死了敌人的一个首领，佛尔西安人欢呼起来，把女王从地上高高举起。

阿尔隆斯是伊特卢利阿人的首领，他看到他的士兵纷纷丧命于这位亚马孙女人之手，不由得怒火中烧，便提着投枪追逐着卡弥拉，寻找着下手的机会。卡弥拉身轻如燕，动作敏捷，疾风闪电般地在敌阵中出没，阿尔隆斯一直没有找到投枪的机会。

卡弥拉终于放慢了速度，原来她看上不远处一个特洛伊人身上的铁甲，那副铁甲上编织着金丝，金光闪闪，就像一件珍贵的羽衣。

卡弥拉目不转睛地盯着：“如果把它挂在家乡的神庙里，那该是一件多么荣耀的事啊。”她似乎已经忘记了自己正身临战场，全然不顾地向穿着那件铁甲的特洛伊人走去，手中的利剑也显得不如先前锋利了。

卡弥拉弯弓搭箭，想把那个特洛伊人射死，然后把那副铁甲占为己有。阿尔隆斯看得真切，他默默地向太阳神福波斯祷告着，举起投枪向卡弥拉掷去。卡弥拉的箭还没有射出去，阿尔隆斯的标枪已经到了，正中她的胸膛，鲜血喷涌而出。卡弥拉扔下手中的箭，痛得翻滚在地。女伴们奔到她的身边，试图把她救走，但卡弥拉没有能够站起来，她凑到一个女伴耳前，用微弱的声音说道：“亲爱的，快去向图尔奴斯报告，让他迅速撤兵，固守城池……”话还没说完，卡弥拉便气绝身亡。

失去女王的佛尔西安人顿时陷入了绝望，她们向劳伦图姆的城门跑去，刚才还英勇陷阵的妇女们为了她们的女王而失声痛哭起来。她们跑到城墙边，却不知道是该进城还是继续战斗。月亮女神狄安娜非常宠爱卡弥拉，虽然卡弥拉的命运已定，但她实在不忍心看到卡弥拉的族第为此遭受不幸，于是，她找到杀害卡弥拉的凶手阿尔隆斯，朝他射出了一只金箭，阿尔隆斯中金箭而死。

双方的战斗仍在进行着。

破坏和约

图尔奴斯听到卡弥拉阵亡的消息后，既悲伤又愤怒，急忙率领罗图勒人朝劳伦图姆城方面疾驰。图尔奴斯刚刚离开埋伏的地点，埃涅阿斯就率领特洛伊人进入了山谷，特洛伊人也为此躲过了一场灾难。

特洛伊的骑兵中队和图斯克人正要催马进城，看到图尔奴斯率领一队人马从城外直冲过来，吓得一时间不知如何是好，竟然呆在原地不敢动弹，图尔奴斯没费吹灰之力便打败了这支队伍。

埃涅阿斯停止了向劳伦图姆发动进攻，他希望与图尔奴斯单独决斗，以此来决定双方的胜败。特洛伊使者来到劳伦图姆，向图尔奴斯重申了埃涅阿斯的建议。

图尔奴斯来到拉丁奴斯的面前："拉维尼亚引起了这场战争，而我对拉维尼亚的爱使我也成为这场战争的主凶。今天，要么我把埃涅阿斯送入地府，要么丧身于他的剑下。拉丁奴斯国王，如果在这次决战中我不幸身亡，美丽的拉维尼亚就只能嫁给埃涅阿斯为妻了。"

拉丁奴斯爱抚地看着这个罗图勒青年："亲爱的图尔奴斯，你从你父亲那里继承了强大的王国，而且王国的范围也越来越大，我实在不忍心让你为此失掉这一切。我告诉过你，神曾经预示过我，拉维尼亚不能嫁给你，她应该嫁给的是外乡人埃涅阿斯。这场战争本来可以避免，结果却使几个族第遭受了不幸。现在的情况对我们很不利，放弃我的女儿吧，你的这种做法会受到众神的惩罚的。"

早有人把图尔奴斯要和埃涅阿斯决斗的事报告给了阿玛塔和拉维尼亚，母女俩急忙跑到宫殿的正厅相劝，但图尔奴斯的决定是没有人能够改变的。他看着心爱的拉维尼亚，抚摸着姑娘的卷发："亲爱的拉维尼亚，正因为爱你我才接受了挑战，请不要用你的爱来干扰我的心绪，我已经别无选择了。如果我不幸牺牲，请也用同样的爱来爱我们的敌人吧。"

拉维尼亚泪流满面，她只能默默地祷告图尔奴斯能凯旋。图尔奴斯深情地望着心爱的姑娘，脑子里一片混乱，他是多么希望能与拉维尼亚长相厮守啊，可为了赢得有尊严的爱情，他必须去与敌人决战。图尔奴斯一狠心，命一名使者前往特洛伊营房："告诉埃涅阿斯，他不需要前来攻打劳伦图姆，明天我将和他进行决斗，拉丁人和罗图勒人是不会向特洛伊人低头的。"

第二天，高大坚实的劳伦图姆城墙前划出了决战的场地，人们在这里设立祭坛，祭祀用的花环、牺牲都摆放齐全。意大利各族人从城内一涌而出，在指定的位置就座。拉丁奴斯坐在华丽的四驾马车上，头顶上镶着十二颗星星的王冠闪闪发光，人们看到受人尊敬的拉丁奴斯时，纷纷弯腰低头。图尔奴斯坐在两匹战马拉动的战车上，两只手各提一根投枪。埃涅阿斯从特洛伊营房走出来，他的盔甲和盾牌闪烁着金光，他的儿子阿斯卡尼俄斯站立一旁，算是给父亲充当助手。

祭祀过众神之后，拉丁奴斯和埃涅阿斯庄严祈祷，订立协议：如果图尔奴斯打败埃涅阿斯，特洛伊人撤出拉丁姆；如果不能取胜，意大利各族人自愿和特洛伊人联合，拉丁奴斯的女儿将嫁给埃涅阿斯为妻。

正在这时，一只金色的山雕从蔚蓝的天空盘旋而下，惊飞了台伯河间的许多飞鸟，山雕趁势抓起正在河里游玩的一只天鹅。当飞鸟们从惊愕中回过神来的时候，遂聚集在一起，朝着山雕远去的方向追去，山雕便扔下天鹅逃走了。

◇刻有隆重祭祀场面的戒指
戒指上所刻为朝拜肥沃与生命之母的仪仗队。

拉丁人被眼前发生的景象惊呆了，忙找到资历最深的占卜师来解释这一预兆是主吉还是主凶。

占卜师激动地对大家说："这是给劳伦图姆城带来幸福的吉兆啊。意大利人可以放心大胆地进行战斗了。"人们并没有理解占卜师的意思，不是已经缔结协议了吗？难道不再是双方首领的决斗了吗？

图尔奴斯的妹妹朱图耳娜是一位仙女，此时，她正不知怎样才能把自己的兄长从这次失意的决斗中救出来。听到占卜师的预言时，朱图耳娜变成英雄迈尔斯的模样，混在罗图勒士兵中，小声地对罗图勒人和拉丁人说："我们怎么能够让我们的首领一个人去面对危险呢？难道我们不感到羞耻吗？我们的军队要比特洛伊人更加强大，为什么要惧怕对方呢？图尔奴斯如果败在埃涅阿斯手中，我们将会遭到压迫，承受命运的灾难。所以，我们决不能袖手旁观，而应该共同战斗。"说着，她用法力使占卜师拿起一根投枪向特洛伊人的阵营掷去。

特洛伊的阵营一阵喧嚣，原来占卜师的投枪正好击中了亚加狄亚人吉里泼九个儿子中的一个，其他八个兄弟哪里能忍受得了这一打击，他们暴跳着提枪执剑朝意大利人冲过去。顿时，祭坛前一片混乱，飞箭在空中呼啸着，投枪如冰雹一样纷纷落下。

埃涅阿斯找了一块高地，挥舞着双手："这是一场误会，请大家不要激动。协议已经签订，现在应该是我和图尔奴斯进行决斗的时候，大家安静，一切都会好起来的。"正说着，不知从哪里飞来一箭，正中埃涅阿斯的手臂。埃涅阿斯只得在儿子阿斯卡尼俄斯的陪同下离开了战场。图尔奴斯把这一切看得真真切切，他挥动长矛，高声命令罗图勒人和拉丁人向特洛伊人发动进攻。

两军厮杀到一起的时候，埃涅阿斯试图把手臂上的箭镞拔出来，可是没有成功，不得已只好求助于医生。众医生们平时都医术了得，可这次却无论怎么努力，也无法把箭镞取出。

维纳斯看到儿子受了箭伤，怜惜得眼泪都快出来了。她忙跑到爱达山上采来神药草，用一片云把自己包裹起来，悄悄地来到特洛伊军营，把神药草的汁往医生煎熬的药罐里挤了几滴。医生们哪知道有神的暗中相助，慌张地把药罐里的药一滴不剩地倒在埃涅阿斯的伤口上。奇迹出现了，伤口处不断向外流淌的鲜血立即止住了，外翻的肉自动地愈合。埃涅阿斯感到浑身上下充满了力量，一骨碌跳起来，稍一用力就把箭镞拔了出来。

"快把我的武器拿来，我要杀回战场。"埃涅阿斯接过士兵递过来的武器，走出营房，朝敌人冲了过去。

媾和前的战斗

在维纳斯的暗助之下，埃涅阿斯的箭伤很快得到了医治，重新恢复健康后的埃涅阿斯披上金甲，戴上头盔，威风凛凛的样子仿如战神玛尔斯。埃涅阿斯激动地拥抱着儿子阿斯卡尼俄斯："孩子，你看，众神是多么的厚待特洛伊人啊，我们应该感谢朱庇特，我马上要奔赴战场。你要从你的父亲身上学会在斗争中变得勇敢，还有你们，所有的特洛伊人，你们应该振作起来，投入到激烈的战斗中去。"

特洛伊人欢呼起来，他们簇拥着他们的英雄来到战场。罗图勒和拉丁人恐慌了，面前的埃涅阿斯怎么越看越像个神呢？难道是太阳神福波斯附在他的身上吗？图尔奴斯也停止战斗，以烈焰般的眼神打量着这位不共戴天的仇敌。

"图尔奴斯，我们还是逃命去吧。"图尔奴斯的妹妹朱图耳娜早已被眼前神一样的特洛伊人吓得面无血色，她极力地劝她的哥哥。

图尔奴斯怒视着朱图耳娜："逃命？我们也是神的子孙，怎么能让我们的族第丢脸？我图尔奴斯宁可战死沙场，也不后撤一步。"埃涅阿斯大笑起来："自负的图尔奴斯，让我们两人的决斗来决定这场战争的胜负吧，你逃到哪里我就追到哪里，今天就是你的死期。"说着，埃涅阿斯挥舞着长矛朝图尔奴斯扑去。

> **死神达拿都斯**
>
> 达拿都斯是地狱的引路人、冥王普路托的得力干将。达拿都斯是夜神之子，睡神修普诺斯的兄弟。作为传说中最令人谈之色变的神，达拿都斯身披黑斗篷，手持致命之剑，他想让谁下地狱，没有人能逃得脱。

图尔奴斯也不示弱，他一闪身，躲开了

埃涅阿斯的长矛，但他身边正在暗中施放投枪的图洛姆奴斯就没有这么幸运了，埃涅阿斯的长矛正中他的要害。

“图尔奴斯，难道你没有看到敌人已经被赋予神力了吗？我们还是赶紧逃命吧。”朱图耳娜颤抖地对她的兄长说。图尔奴斯哪里肯听妹妹的话，他像着了魔一样呆立在战车上，目不转睛地看着埃涅阿斯战斗的场面，甚至对敌人开始赞叹起来：“朱图耳娜，你瞧，特洛伊人多么勇敢啊，他那一身盔甲和盾牌一样是神的杰作。”

朱图耳娜瞪着兄长，气急败坏地从副驾车手手中接过缰绳，催动着战马驾车狂奔而去，不大一会儿就离开了战场。

埃涅阿斯紧追不舍。朱图耳娜不愧是一个驾车能手，战车时而向左，时而向右，时而又风驰电掣一样朝前飞奔。埃涅阿斯好几次都快摸到战车的辕首了，但却总抓不住它。他与图尔奴斯的战车之间的距离越来越远，最后，图尔奴斯的战车消失在他的视野之中。

这场徒劳的追逐使埃涅阿斯消耗了很多体力，他喘着粗气，在一处不是太引人注意的地方坐下来休息。这时候，罗图勒的一名将领墨萨帕斯看到了疲惫的埃

◇攻克劳伦图姆城

尽管劳伦图姆城城墙坚固厚实，但勇敢无畏的特洛伊人并不把它放在眼里，他们来到城墙下一字排开，树起云梯，最后，特洛伊人终于登上城墙，涌入城内攻克了这座坚城。

涅阿斯，举起投枪朝着眼前的特洛伊人扔了过去，可惜敌人闪身躲开了。

埃涅阿斯愤怒地吼道："可恶的罗图勒人，看来你射击的本领还需要练练，快来受死吧。"墨萨帕斯看到埃涅阿斯朝自己奔来，忙转身溜进了士兵队列里。埃涅阿斯哪里肯放过羞辱自己的敌人，冲进罗图勒人中，横砍竖杀，一会儿工夫，这片战场就剩下他一个人了。

用长矛撑地，埃涅阿斯站立着喘着粗气，他抬眼眺望着不远处的劳伦图姆城，不禁陷入了沉思中：一面是图尔奴斯，一面是坚固的劳伦图姆城，该继续追击敌人，还是该攻击城池呢？守城的拉丁士兵和国王拉丁奴斯早已厌战，厚实的城墙应该挡不住特洛伊人的进攻。

想到此，埃涅阿斯紧走几步，来到特洛伊人最集中的地方，他高高地站在人群中间，扫视了许久，然后提高嗓门对他的士兵说道："受朱庇特的佑护，我们终于来到了意大利，但意大利人却像对待仇敌一样对待我们。虽然我们已经和意大利缔结了协议，但他们却违背和约，所以我们要用手中的武器惩罚这些不守信义的恶棍。我们现在就向劳伦图姆城发动进攻，如果拉丁人不向我们投降，我们就把拉丁姆城夷为平地。前进，攻城！"

说完，埃涅阿斯一马当先，率领着特洛伊人朝劳伦图姆方向奔去。来到城墙底下，特洛伊人一字排开，一部分人拿着利斧劈砸城门，一部分人在墙边树起了云梯。最后，特洛伊人终于登上城墙，城门也被他们劈开了。

特洛伊人涌进劳伦图姆城，他们把燃烧着的火把扔进一座座塔楼，把长矛投枪掷向拉丁人。顿时，劳伦图姆一片火海，熊熊的大火烧毁了许多房屋、弄墙，拉丁姆陷入混乱之中。

此时，王后阿玛塔正站在王宫的角楼上，她看到燃烧着的房屋和激烈的混战，听到拉丁人凄惨的哀号声，心里充满了悔恨与自责：劳伦图姆城马上就要陷落了，而造成这一切的罪魁祸首就是自己。为了女儿的婚姻，拉丁人付出了多么大的代价啊。阿玛塔望眼欲穿，希望能看到图尔奴斯前来救援，最后，她只能绝望地悬梁自尽，结束了自己的一生。拉维尼亚也同样忍受着良心的谴责，当听到母后自杀的消息后，她惊叫着昏死过去。国王拉丁奴斯束手无策地望着快要陷落的拉丁姆，哪里还有心情去哀悼死去的妻子。

"众神啊，可怜可怜我吧，可怜可怜我不幸的子民吧。"拉丁奴斯唯一能做的就是仰天作着祈祷。

图尔奴斯与埃涅阿斯的决斗

图尔奴斯一路砍杀，身上沾满了鲜血，但他却越战越勇，没有丝毫劳累的迹象。

“图尔奴斯，快回到王宫里去吧，王后阿玛塔自杀了，可怜的拉维尼亚昏死过去了，国王拉丁奴斯正左右为难，他正打算把拉维尼亚许配给埃涅阿斯为妻，以平息这场罪恶的战争。”一个罗图勒士兵跑过来向图尔奴斯报告说。

听到这个消息，一股钻心的痛楚涌上图尔奴斯的心头，吞噬着他的灵魂，他是那么热烈地爱着拉维尼亚，而且拉维尼亚也对他情有独钟，可为什么特洛伊人会来此制造战争呢？为什么不让美丽的拉维尼亚成为自己的妻子呢？图尔奴斯转过头对和他一起冲杀的罗图勒人说：“幸福正在离我而去，我必须和埃涅阿斯决一死战，以此来赢得罗图勒人的尊严。”说着，图尔奴斯跳下战车，朝着被特洛伊人重重包围的劳伦图姆奔驰而去。

图尔奴斯好不容易才来到城门前：“特洛伊人、拉丁人、罗图勒人，请放下你们的武器吧，请不要让这次战争造成更多人的不幸，如果能由我一个人来承担责任，就不要再让意大利人流血牺牲了。”

复仇三女神

厄里尼俄斯，希腊语意：“愤怒的人”，阿勒克图、得希福涅和墨纪拉的总称，也称复仇三女神。她们是天神乌拉诺斯被阉割后的鲜血生成的，传说她们身材高大，眼睛血红，长着狗的脑袋和蝙蝠的翅膀，一手执火炬，一手执着用蝮蛇扭成的鞭。她们的任务是追捕并惩罚那些犯下重罪的人，无论罪人在哪里，她们总能抓住他，使他的良心忍受痛悔的煎熬。因此只要世上有罪恶，她们就一定存在。古希腊和罗马人对复仇女神十分敬畏，认为直接说出她们的名字会给自己带来厄运。

◇**勇士死去　法国　普桑**

图尔奴斯是罗图勒的勇士，但他的英勇善战为天后朱诺利用，最终神威不再保护他时，等待他的只有被众神佑护的埃涅阿斯的矛。

拉丁人和罗图勒人听到图尔奴斯的吆喝，不由得停止了争斗，埃涅阿斯也命令特洛伊人停止攻城。

“图尔奴斯，你的建议很好，应该由我们两人的决斗来判断胜负，而不是应该以双方流血的多少来判断。我接受你的挑战，拿起你的利剑吧。”说着，埃涅阿斯朝着图尔奴斯扑过来。

图尔奴斯不甘示弱，也高喊着朝埃涅阿斯奔去。两块盾牌撞到一起，发出了巨响，大地颤抖了。双方的士兵为了给自己的首领鼓劲，高声呐喊起来。突然，图尔奴斯从盾牌后面站起，手中的利剑朝着埃涅阿斯的脑袋砍了下去，特洛伊人和图斯克人张大了嘴巴，胆小的甚至闭上了眼睛。结果却出乎人们意料，图尔奴斯的利剑刚碰到埃涅阿斯的衣甲便被折成了几截。图尔奴斯满以为一剑下去会把埃涅阿斯的头砍下来，谁知道自己的剑却断了，这时候他才想起，这把剑只不过是随手从士兵手里拿来的一把普通的剑，而他父亲遗留下来的神剑却因为着急而落在了战车上。

“这不是一个好兆头啊。”图尔奴斯心想。

图尔奴斯虚晃一招，然后夺路而逃，他招呼士兵回到原来的战场上把那把神剑取来，然而士兵们在慌乱的战场上根本没有注意到他在说些什么。埃涅阿斯大步流星地追赶上来，图尔奴斯慌不择路，朝着附近的一片树林逃去。

埃涅阿斯追进树林，突然，前方的一棵树上露出一杆长矛的柄，这根长矛也许是先前战斗时有人留下来的，埃涅阿斯不禁为自己的发现欣喜若狂。他紧跑几步，暂时放弃了对图尔奴斯的追逐，来到那棵树下，奋力把那根长矛向外拔。

图尔奴斯正向树林深处逃去，感觉身后没有了声音，回头一看，原来埃涅阿斯正在拔刺入树里的长矛。图尔奴斯停下脚步：“生活在意大利土地上的众神啊，图尔奴斯是多么虔诚地信奉你们啊，看在我一直给你们祭颂荣誉的份上，让埃涅阿斯手里的那根长矛深陷在树干里吧。”

意大利的诸位保护神果然听从了图尔奴斯的乞求，他们使用法力，尽管埃涅阿斯使出了浑身的力气，长矛还是拔不出来，埃涅阿斯急得满脸通红。

这时候，图尔奴斯的妹妹朱图耳娜也来援助她的哥哥，她扮作哥哥的驾车手的模样，从战场上来到树林，把父亲遗留的神剑递给哥哥。图尔奴斯手握利剑，顿时信心百倍，转身朝着埃涅阿斯奔去。

埃涅阿斯此时还在撼动着刺入树中的长矛，因为过于用力，自己的佩剑不慎摔落到草地上。

埃涅阿斯看到图尔奴斯朝自己奔来，不由得心急如焚，可他越是着急，树上的长矛越是拔不下来。站在半空中的维纳斯更是着急，她怎能坐视儿子的生命受到威胁呢？而且，维纳斯对朱图耳娜的行为也甚是恼怒，一个平凡的仙女怎么敢如此胆大妄为呢？于是，她使用法力让埃涅阿斯很轻松地拔下了长矛。

这时候，图尔奴斯已经到了埃涅阿斯的近前，埃涅阿斯拿着长矛，转过身摆好了迎战的架势。

当图尔奴斯看到埃涅阿斯手里的长矛时，心里慌张起来，看来众神的保护已经离他而去了，难道特洛伊人真的是永远的胜利者吗？

站在奥林匹斯山上的朱庇特和朱诺此时正进行着一场争辩。

“是该结束这场战争的时候了，特洛伊人被你驱逐了，他们翻山越岭，漂洋过海，好不容易到了意大利，你又让他们遭受如此的不幸，现在该让他们稳定下来了。如果你还是一意孤行，那我只好让别人来取代你的位置了。”朱庇特铁青着脸对他的妻子朱诺说。

朱诺定定地看着朱庇特，看到丈夫严肃的表情，她只好让步：“我可以把图尔奴斯的命运交给他自己，但我有一个条件，拉丁姆的名称、语言风俗习惯必须保留，特洛伊人只能融入到拉丁民族中，而不是拉丁民族融入到特洛伊民族中，只有这样我才能忘掉特洛伊这个名字。”

朱庇特向妻子摆摆手，接受了妻子的要求：“图尔奴斯的大限已到，埃涅阿斯却应该活下去，此后，特洛伊人不再保护自己的语言和风俗，将来这里将行使罗马法律，使用的语言都是拉丁语。你觉得这样可以了吧。”

看到妻子没有再提出异议，朱庇特把复仇女神召到眼前：“图尔奴斯死期已到，他今天应该前往冥界，去执行我的命令吧。”

复仇女神驾着风翼来到拉丁姆战场，其中一位骁勇善战的女神变成了一只小鸟，绕着图尔奴斯的头来回打转。图尔奴斯感到眼前昏花，一种不祥的感觉又一次涌上心头，他不得不停止战斗，站在那里喘着粗气。

“你为什么在那里犹豫不决呢？难道你不想打败我吗？是不是已经被特洛伊人吓倒了呢？”埃涅阿斯看到图尔奴斯停止了进攻，也放下了刚要投掷的长矛。

图尔奴斯用利剑抵住地面，勉强直起身体：“你以为我会向特洛伊人屈服吗？我并不畏惧你们，只是天意亡我，难道你没有看到死神的鸟儿在我头顶飞个不停吗？”说着，图尔奴斯从地上搬起一块大石头，准备把它扔向埃涅阿斯，但是，他刚把石头搬起来就感到浑身无力，石头顺着手臂掉落下来。图尔奴斯本能地想逃离此地，但他的腿却怎么也不听使唤，一步也不能挪动。

手里的石头刚刚落地，图尔奴斯还没有从惊愕中回过神来，一只长矛已经穿透他的胸膛，钻心的痛楚传遍全身，他倒在地上无力地挣扎着。埃涅阿斯走到近前，同情地看了看罗图勒的这位英雄，转身带领他的队伍进了劳伦图姆城。

罗图勒人入侵拉丁姆

图尔奴斯阵亡以后，群龙无首的罗图勒人和佛尔西安人纷纷逃回了他们的城市。胜利的特洛伊人并没有欣喜若狂的感觉，因为他们的同盟兄弟，如亚加狄亚人、伊特卢利阿人，也都要回自己的故乡了。

埃涅阿斯眺望着远方："神谕中的罗马城到底在哪里呢？特洛伊人虽然打败了意大利众族群，可真的会像神谕中说的那样，在这块地方上会出现一个新的城市吗？"埃涅阿斯一边想着，一边在台伯河边上踱着步。

正在这时，一个特洛伊士兵跑了过来，兴奋地对埃涅阿斯说："快回去看看吧，拉丁姆国王拉丁奴斯派人向特洛伊人求和来了。"

◇爱琴海锡拉岛上的壁画——决斗的少年

特洛伊人入主意大利，并与当地各民族融合形成了新的民族——古罗马人，特洛伊人好斗的脾性也成为罗马人血液之一部分，注定了罗马人将对外扩张掠夺，建立一个庞大的国家。

埃涅阿斯一听，忙快步走进营房，拉丁姆的使者已经在那里等候了。使者一看到埃涅阿斯进来，忙从座位上站了起来。

“尊敬的特洛伊英雄，国王拉丁奴斯派我们来向特洛伊人求和，你要知道，拉丁奴斯并不赞成这场战争，他一再劝说图尔奴斯，但却没有阻止了这场战争，拉丁奴斯国王让我们代表拉丁人向特洛伊人表示歉意。而且拉丁奴斯决定根据神谕，把女儿拉维尼亚许配给你。”使者向埃涅阿斯陈述着拉丁奴斯国王的指示。

“回去告诉你们国王，这场战争本来就是不可避免的，所以他不必为此自责。很谢谢他能把美丽的女儿嫁给一个外乡人。”埃涅阿斯命人把一部分战利品拿来，让使者转交给拉丁奴斯国王，以作为聘礼。

第二天，拉丁奴斯把埃涅阿斯迎入了劳伦图姆，为女儿举行了一场盛大的婚礼，并指定埃涅阿斯为王位的继承人。

埃涅阿斯执掌拉丁姆之后，在海滨的高坡上建造了一座美丽的城市，并根据妻子拉维尼亚的名字命名为拉维尼乌姆，至此，苦难的特洛伊人终于建立起了新的家园。遵从神的旨意，特洛伊人很快放弃了自己的语言和风俗习惯，与拉丁人打成一片，并尝试着尊奉意大利诸神。

◇**构建新家园**

当上拉丁姆国王的埃涅阿斯在海滨的高坡上建造了一座美丽的城市，并根据妻子拉维尼亚的名字命名为拉维尼乌姆，至此，苦难的特洛伊人终于建立起了新的家园。

埃涅阿斯统治了拉丁姆很长时间，他在位期间，人们倒也是安居乐业，如果没有以后的战争的话，他的一生倒也完美。

在驱逐特洛伊人的战争中战败后，罗图勒人一直耿耿于怀，所以，他们暗暗地招兵买马，希望有一天能血洗当年之耻。终于有一天，罗图勒人觉得自己的军事力量已足以与拉丁姆抗衡了，便大举入侵拉丁姆。

闻听罗图勒人来到拉丁姆边境，埃涅阿斯立即披挂上阵，亲自率领拉丁军队前往迎敌。双方部队在奴弥科斯河前遭遇。

埃涅阿斯威风凛凛地站在拉丁队列前，头盔在阳光下闪着金光，手中的长矛直指罗图勒人。罗图勒人也不甘示弱，他们呐喊着朝拉丁人冲来。拉丁人拿起手中的武器与敌人厮杀到一处，战场上尘土飞扬。

朱庇特在奥林匹斯山上看到了罗图勒人和拉丁人之间爆发了战争，遂亲自介入。为了能消除战场上空的沙尘，朱庇特在半空中晃动雷电棒，一时间电闪雷鸣，大雨倾盆。

“勇敢的拉丁人，你们看啊，这是众神在为我们照亮。我们将在这片土地上繁衍生息，怎么能容忍罗图勒人的入侵呢？我们将永远是这块土地上的主人。”埃涅阿斯举起他的长矛鼓舞他的士兵们。

借着电光，拉丁人横冲直撞，罗图勒人连连倒下。朱庇特还不罢休，他拉开雨水的闸门，奴弥科斯河顿时暴涨，河水咆哮着奔腾起来。罗图勒人似乎看到了神愤怒的身影，阵脚大乱，拉丁人乘胜追击，直追到罗图勒人的首府阿耳特尔。当拉丁人骄傲地举行凯旋仪式的时候，却不见了他们的国王埃涅阿斯，他们到处找寻埃涅阿斯，几乎找遍了拉丁姆国的每一个角落。

后来，有个年轻的士兵向阿斯卡尼俄斯报告说，他看见埃涅阿斯被卷入了奴弥科斯河中。为了纪念伟大的埃涅阿斯，拉丁姆举行了一场盛大的祭祀仪式。

埃涅阿斯之后，阿斯卡尼俄斯登上了王位，这之后，拉丁人习惯把阿斯卡尼俄斯叫做尤鲁斯。尤鲁斯在拉丁平原中部的阿尔巴纳山上建造了一座城市阿尔巴·隆伽，在意大利语中，阿尔巴·隆伽的意思是长长的阿尔巴。阿尔巴·隆伽高高地耸立在陡峭的山峦间，周围是茂密的树林，山间小溪潺潺，一派欣欣向荣的景象。尤鲁斯把拉丁姆的首府迁到了阿尔巴·隆伽，并继续扩张国土。当然，尤鲁斯和他的父亲一样贤明通达，治理有方。

尤鲁斯执政后，埃涅阿斯的妻子拉维尼亚离开了王宫，在劳伦图姆的森林中生活。不久，拉维尼亚生下了一个男孩，取名为西尔维乌斯，这个孩子成了拉丁奴斯的唯一孙子。尤鲁斯死后，拉丁姆国民推举西尔维乌斯为新的君主。西尔维乌斯执政期间，继续兴建城市，开创了一个辉煌的阿尔巴王国，拉丁姆大地上出现了以阿尔巴·隆伽为中心的三十余座城市间的联盟。后来，阿尔巴成了罗马的发祥地。

罗马的建立

拉丁姆在拉丁奴斯、埃涅阿斯、尤鲁斯和西尔维乌斯的统治下过去了三百多年。随着黑铁时代的到来，拉丁姆开始动荡起来。

阿尔巴·隆伽的国王普罗卡斯死后，留下了两个儿子——奴弥陀耳和阿摩利乌斯。按照惯例，长子奴弥陀耳继承了王位，次子阿摩利乌斯继承了大片土地和财产。

阿摩利乌斯发动了一场宫廷政变，推翻了奴弥陀耳。但是，阿摩利乌斯没胆量杀死哥哥，而是把他流放到一片幽寂的树林里，让他过着生不如死的生活。

登上王位的阿摩利乌斯如坐针毡，他害怕哥哥的后辈会前来报复，于是，他残忍地杀死了哥哥的儿子，让哥哥的女儿瑞亚·西尔维亚当祭司，而且立誓永不得生儿育女。在阿摩利乌斯的迫害下，瑞亚·西尔维亚终日跟其他处女们看护着维斯太庙里的圣火。

一个偶然的机会，瑞亚·西尔维亚误闯入战神玛尔斯的圣地，成了玛尔斯的新娘，并生下了两个男孩。女祭司把瑞亚·西尔维亚带到了国王阿摩利乌斯那里，面对曾经的侄女，阿摩利乌斯最关注的不是她的丑闻，而是怕这对尚在襁褓里的兄弟将来会来夺取他的王位。

“难道我要与神作对吗？”但阿摩利乌斯马上又否定了自己这愚蠢的想法，“我怎么能与神作对呢？不过，维斯太女神是完全可以把他们送到死神那里去的。”按照法律，瑞亚·西尔维亚和她的两个孩子被判沉水而死。

在行刑那天，刽子手们把瑞亚·西尔维亚投入台伯河时，河神台伯律奴斯把这个可怜的女人接入了自己的怀里。刽子手们惊慌失措，把装有两个孩子的篮子扔在河岸上便匆忙逃离了台伯河。

◇埃特鲁斯坎母狼青铜雕像

该像铸造于公元前480年，是罗马的象征。传说，罗马城的建立者双胞胎兄弟洛摩罗斯和雷姆斯就是靠吸狼奶获救。

河水冲击着篮子，两个孩子哭了起来。此时，一头母狼经过这里，它打量着篮子里两个可怜的小东西，一种母性的怜悯油然而生，它把两个孩子一一叼回了狼窝，用自己的奶喂养这两个小家伙。

一天，一个叫福斯图鲁斯的牧人从这里经过，当看到狼窝里的两个孩子时，他把两个孩子抱回了家，给他们起名叫洛摩罗斯和雷姆斯。

看到洛摩罗斯和雷姆斯茁壮成长，福斯图鲁斯很是欣慰，但也越来越感觉到这两个孩子并不像凡人，他们的智力超过了他们的伙伴，渐渐成熟的脸上显露出已被废黜的国王奴弥陀耳的影子。当听到瑞亚·西尔维亚与战神玛尔斯生下的两个孩子被扔到台伯河后，他更加坚信洛摩罗斯和雷姆斯是神的儿子。

由于有着健壮的体魄，每次因放牧与其他牧人发生争执时，洛摩罗斯和雷姆斯都会获得胜利。这种胜利对于拉文丁山上的牧羊人来说则是极大的侮辱，牧羊人决定在卢泼卡利恩节上好好惩罚一下这两兄弟。

卢泼卡利恩节很快就到了，年轻人披着狼皮，载歌载舞狂欢着，他们还要围着帕拉丁山赛跑。当然，洛摩罗斯和雷姆斯两兄弟又会在这次赛跑中充当胜利者，这也是牧羊人早已经料到的，所以牧羊人计划趁机向两兄弟发动攻击。

赛跑很快拉开了战势，洛摩罗斯和雷姆斯像一阵旋风一样驰骋在赛道上，他们很快就把其他的人甩在了身后。但他们根本没有想到，一群牧羊人正躲在前面不远处的灌木丛中，伺机攻击他们。

时机已到，牧羊人从灌木丛中窜到赛道中央，洛摩罗斯和雷姆斯被眼前发生的一切惊呆了，尽管他们奋勇反击，但雷姆斯还是被制服了，洛摩罗斯则逃离了危险。

在逃回家的途中，洛摩罗斯遇到了福斯图鲁斯。

“父亲，刚才在赛跑时，雷姆斯被埋伏在路旁的帕拉丁山上的牧羊人抓住了，我怀疑那些人会杀害雷姆斯。”洛摩罗斯向福斯图鲁斯讲述着刚才的遭遇，并建议用武力拯救雷姆斯。“孩子，让我去向他们解释吧，如果那些阿文丁人知道你们的身世，他们一定会顶礼膜拜。我不需要再向你隐瞒了，你们的亲生母亲是瑞亚·西尔维亚，父亲是战神玛尔斯，而你们的祖父则是阿尔巴·隆伽合法的但已被废黜的国王奴弥陀耳。”福斯图鲁斯脸上浮现出对神和君主的崇敬。

福斯图鲁斯带着洛摩罗斯来到帕拉丁山，建议正在不知如何处置雷姆斯的阿文丁人去寻找被流放的国王奴弥陀耳以证实两兄弟的身份。

帕拉丁人和阿文丁人相拥来到森林深处的西尔瓦诺斯庙找到了老国王奴弥陀耳，奴弥陀耳一眼就看出了眼前这两个英俊青年就是自己的继承人，因为他俩的脸庞、身躯与自己年轻时如出一辙。了解了自己的身世，洛摩罗斯和雷姆斯当即立下誓言，进攻阿尔巴·隆伽，为母亲报仇。在两兄弟的带领下，那些痛恨阿摩利乌斯的人纷纷拿起武器，向阿尔巴·隆伽进发。在与国王军队进行的激战中，阿摩利乌斯被洛摩罗斯所杀，群龙无首的国王军大败，奴弥陀耳又重新登上了阿尔巴的王位。奴弥陀耳重新登上阿尔巴王位后，对洛摩罗斯和雷姆斯十分宠爱，他希望两个孩子将来能够替他掌管阿尔巴的命运。正当奴弥陀耳为自己的想法而暗暗高兴的时候，洛摩罗斯和雷姆斯却来向祖父辞行，他们不打算继承祖父的王位，而希望通过自己的努力一展宏图。奴弥陀耳还得知，两个孙儿想在台伯河下游建造一座城市，以纪念他们的母亲瑞亚·西尔维亚。奴弥陀耳被两个孩子的想法感动了，他把大片的土地赠给了两个孩子，帕拉丁和阿文丁牧人则成了这片土地上的第一批居民，此后，各地受迫害者纷纷来到这一地区，使这一地区的人口迅速增长。

洛摩罗斯和雷姆斯的想法得到了很多人的赞同，但是，真的要建造一座城池，到底应该以兄弟俩谁的名字命名呢？而这座城池是应建在帕拉丁山上还是阿文丁山上呢？为此，两兄弟开始起了纷争。最后，他们决定让上天来进行裁决。

一个星光灿烂的深夜，洛摩罗斯登上了帕拉丁山，雷姆斯则登上了阿文丁山。大祭司在他们中间画了一道界线，然后大家都静静地等候着神谕的出现。

拂晓时分，东方飞来了六只雄鹰，它们围着阿文丁山转了几圈后飞出了人们的视野。雷姆斯欢呼着，向对面的洛摩罗斯示意：自己是上天选中来管理这个城市的。正当雷姆斯沾沾自喜的时候，从西方飞来了十二只雄鹰，径直朝着帕拉丁山飞去，鸣叫几声后迎着初升的太阳飞去。

大家清楚，这些雄鹰都是神派来的，但到底该由谁来建造这座城池呢？雷姆斯强调，虽然从东方飞向阿文丁山的六只雄鹰不敌从西方飞向帕拉丁山的十二只多，但却是在先，而洛摩罗斯则要与雷姆斯比雄鹰的数量。最后，双方的争执愈演愈烈。雷姆斯意识到自己的力量不敌洛摩罗斯，不得不做出让步，同意由洛摩罗斯建造城池。

洛摩罗斯把台伯河下游地区的所有青年男子召集到帕拉丁山的周围，给众神摆上祭品，宣布以雄鹰作为这座新城的城徽。紧接着，帕拉丁人和阿文丁人开始建造自己的家园，他们先在地面上挖了一道浅沟，顺着浅沟搭起了低矮的围墙。一天，雷姆斯看到人们建造的低矮的围墙，一边耻笑着这些围墙是多么的不起作用，一边从上面跨了过去。所有的人都惊呆了，看着洋洋得意的雷姆斯，他们不知所措。洛摩罗斯没有想到胞弟竟会以这种方式与自己对抗，他实在忍无可忍，拔刀刺向了雷姆斯。雷姆斯倒地的一刹那，洛摩罗斯虽然有些后悔，但他知道，只有这样才能给那些满怀期待的人们一个交待。在人们诧异的目光中，洛摩罗斯高声喊道："谁敢逾越这些围墙，下场和他一样。"欢呼声中，人们又投入到建城的劳动之中。

不久，城池竣工了。但洛摩罗斯并没有喜悦，为了惩罚洛他杀了自己的兄弟，众神给这座新建的城池带来了灾难：田野上一片枯焦，城里传播着瘟疫。其实，洛摩罗斯也一直为杀死自己的兄弟而感到内疚，他向人们宣布原谅雷姆斯的罪过，还在自己的宝座旁放了另一把宝座，以象征第二个王位，并把自己的权杖和王冠放在空着的宝座上，表示愿意与死去的雷姆斯共同管理这座城池。此后，瘟疫慢慢地在城内消失了，田野里也恢复了以前的绿意。

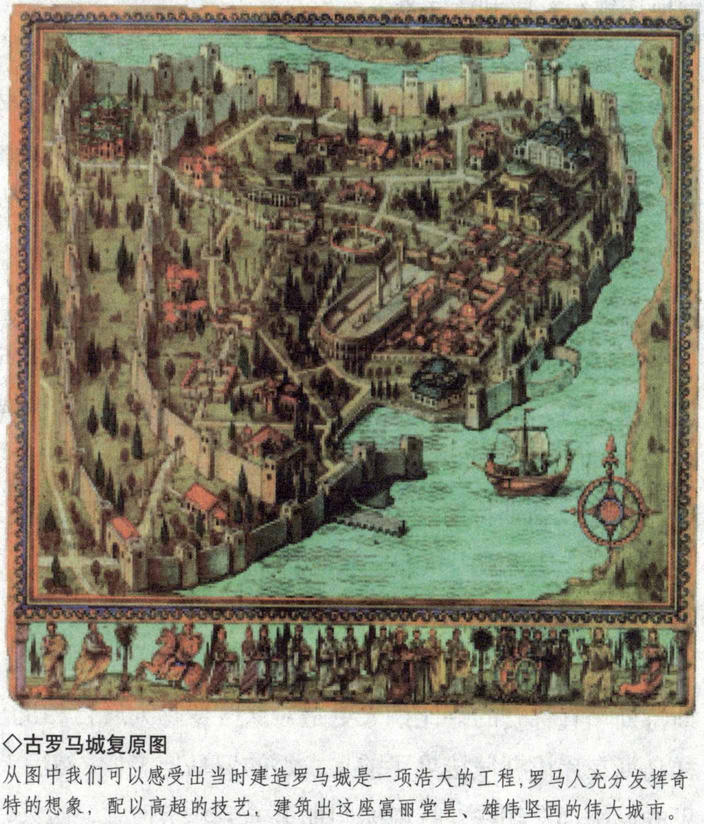

◇古罗马城复原图

从图中我们可以感受出当时建造罗马城是一项浩大的工程，罗马人充分发挥奇特的想象，配以高超的技艺，建筑出这座富丽堂皇、雄伟坚固的伟大城市。

根据自己的名字，洛摩罗斯将这个城市命名为"罗马"。

劫夺萨比纳女人

在洛摩罗斯的经营下，罗马城日益繁荣，初建的小草屋早已经被高大结实的房屋所取代，收获的谷物堆满粮仓。随着手工业和商业的发展，人们把多余的粮食换成铁石，以制造兵器。

尽管罗马城的人们衣丰粮足，然而他们却没有欢乐，终日看不到笑容，听不到歌声。“作为罗马城的国王，我是多么失败啊！”洛摩罗斯这样想着，“可原因出在哪里呢？对，是因为这个城市缺少女人。”最后，洛摩罗斯终于想出了问题所在。是啊，这个城市缺少女人，更缺少孩子，一个男人的世界能有多少欢乐呢？

一天，洛摩罗斯把自己的烦恼告诉了他最宠爱的臣仆——年轻的荷斯特斯·荷斯梯利乌斯：“荷斯特斯，去为罗马求取女人吧。”

“亲爱的国王，你给我的任务比出征打仗还要荣耀，听说萨比纳的女人是世界上最漂亮的，而且她们能纺出纤细、结实的纱线，请让我代表罗马去萨比纳求婚吧。”荷斯特斯高兴得有些忘乎所以。

“可是，荷斯特斯，你还是带上你的盔甲吧，让和你同去的男人也武装起来。萨比纳人应该是骄傲固执的，从他们那突起的前额、鹰钩似的鼻子就能看得出。”洛摩罗斯叮嘱着荷斯特斯。荷斯特斯并没有理会国王的劝告，但很快他就追悔不迭。

路过拉丁国时，拉丁人的嘲笑在他们的背后洒了一路。到了萨比纳大地，荷斯特斯一直称赞的萨比纳人更是对这些罗马人唇舌相讥。萨比纳国王梯拖斯·塔梯乌斯在库埃斯城接见了前来求婚的罗马使者们，然后大笑着对他们说：“我们这里的姑娘都会纺线，听说你们那里羊毛非常便宜，回去告诉你们的国王，我们的姑娘不可能嫁给你们罗马人，但会到罗马去了解你们的市场。”

当洛摩罗斯听完荷斯特斯在萨比纳的遭遇后，年轻的国王暴跳如雷：“骄傲的萨比纳人，我一定会让你们为自己的行为付出代价的。亲爱的罗马男子们，我将邀请萨比纳女人来罗马欢度节日，你们要时刻注意我的举动，在恰当的时候我会暗示你们把这些美丽的萨比纳女人抢回家。”

罗马的使者奔赴拉丁姆的各个城市，散布罗马将在台伯河畔举行游戏和比赛的消息，而且宣扬拉丁姆各城市的商人都会在罗马一展自己的商品，这将是一次空前的盛会。萨比纳的女人们动心了，她们是多么希望能买到价格便宜的好羊毛啊，用那种羊毛纺出来的线会是多么柔软啊，她们似乎已经感觉到了羊毛带来的温暖。女人们的丈夫和父亲拗不过她们的纠缠，答应她们前去罗马参加节日。

集会的第一天，罗马城门庭若市，汇聚了拉丁姆各城市的男男女女，来的最多的是萨比纳人。为了表示罗马人的友好，洛摩罗斯接见了一些显赫的萨比纳人，并命人带领他们挨家挨户地穿堂入室，参观漂亮的房屋。萨比纳人原本鄙视罗马人的心理顿时没有了，这个城市的建筑比他们想象的要好得多，萨比纳人，尤其是萨比纳女人，竟然有些流连忘返了。

第二天，罗马人腰系狼皮裙子，头戴盔甲，用丰盛的祭品祭祀诸神，向客人们炫耀罗马城的富有。然后人们载歌载舞，开始了激烈的比赛和游戏。

第三天是商人们大显身手的日子，他们纷纷摆开货摊，琳琅满目的商品尽显在人们面前。吆喝声、赞叹声、讨价还价声一阵高过一阵，好不热闹。萨比纳女人们穿梭在一堆堆细净洁白的羊毛中任意挑选，可挑到最后竟不知道该买哪种

◇**抢夺萨比纳女人　意大利　波罗纳**

这件巨大的雕像构思巧妙，动感强烈、突出。

好。带有酒香味的橄榄油、浓浓的蜂蜜也赢得了不少女人的青睐，而男人们则在刀剑堆里挪不动脚。

在人们抢购商品的混乱之时，罗马人已经退出了集会，集结在帕拉丁山后的灌木丛中，等候国王洛摩罗斯发号施令，这是罗马人精心策划的阴谋，可惜那些正醉心于采购的外乡人全然不知。洛摩罗斯刚一发出信号，罗马人就挥舞着利剑从灌木丛里冲出来，热闹的集市顿时变得慌乱起来。罗马人每人抓住一个女人，任由女人在如铁箍的手臂中尖叫咒骂，强硬地把她们拖回自己的家中。女人的挣扎是徒劳的，被带进各家各户时她们已经精疲力竭，酸软地任由罗马男人摆布。

集市上摊棚倒翻，货物散得满地都是，但以此为生的外乡人已经顾不了这些了，他们不敢久留，急于离开给他们带来灾难的罗马城。罗马人要的只是萨比纳女人，他们并没有太为难这些远方的客人，但这些人对罗马人却是深恶痛绝，他们回到自己的城市，给亲人或左邻右舍讲起这段经历时甚至还会失魂落魄。至于萨比纳人，他们回到萨比纳后，他们披盔戴甲，准备跟罗马人决一死战。其他的拉丁姆城市也蠢蠢欲动起来。

◇**劫夺萨比纳女人**

好斗、高傲的罗马人信奉暴力即强权，尽管劫夺萨比纳妇女导致了后来两次罗马与萨比纳人的战争，但最终结果是：萨比纳妇女心甘情愿地做罗马人的妻子，而萨比纳人最终也融入了罗马民族。

洛摩罗斯的结局

洛摩罗斯早已经意识到抢夺萨比纳女人会给罗马带来灾难，但他更清楚自己臣民的勇敢和决心。不过为了稳操胜券，洛摩罗斯还是组建了一支三千人的军队，并把这支军队改称军团。

正当罗马人紧急备战的时候，赛尼娜人按捺不住了，在国王阿克隆的率领下向罗马城蜂拥而来。阿克隆本以为罗马人是一些只会袭击手无寸铁女人的家伙，但他很快就意识到自己的无知，赛尼娜人在罗马人的砍杀之下纷纷倒地，幸好洛摩罗斯制止了罗马人的进攻。

“亲爱的阿克隆，我不希望看到赛尼娜人的尸体横躺在罗马的土地上，我和你单独决斗，以决定罗马和赛尼娜的胜负，这样既可以速战速决，还可以不牵连到无辜的生命。”洛摩罗斯的建议得到了阿克隆的赞同，但阿克隆哪里是洛摩罗斯的对手，几个回合就败下阵来。赛尼娜人在家园被毁的情况下不得不迁来罗马。出乎意料的是，他们来到罗马受到了盛情款待，他们和罗马人一样，拥有了自己的居所和土地，甚至还可以从事他们喜爱的手工劳动，这是多么幸福的事啊。于是，罗马人和赛尼娜人变得亲密无间，情同兄弟。

不久，罗马城又面临新的挑战。克里斯蒂尼乌姆人和安忒姆纳人在城下叫嚣，不过，他们同样被打得落花流水。洛摩罗斯下令焚毁了他们的家园，他们也被迫迁到了罗马城，罗马城里的居民人数急剧上升，军队也逐渐壮大起来。

潜伏着危机的和平生活过去了，罗马人面前出现了更大的挑战。最为仇恨罗马人的萨比纳人经过多年的备战对罗马虎视眈眈，战争一触即发。

虽然罗马城与初建时已有天壤之别，但面对强大的萨比纳，洛摩罗斯还是免不了有些担忧。经过勘察，他决定把沿着帕拉丁山向北延伸的萨图尼尼斯山并入城区，并在山上建造了城堡，作为内城的防御堡垒。这座城堡即卡皮托尔，于是，萨图尼尼斯山改名为卡皮托尔山。

正当罗马人为建成这座面临绝壁的城堡而兴奋不已的时候，一队人马来到了罗马城下。罗马人非常紧张，但很快守卫就给罗马人带来了好消息，原来这队人马是由伊特卢利阿人的将军策利乌斯率领的，策利乌斯无法忍受伊特卢利阿国君的残暴无礼，希望能到罗马城避难。洛摩罗斯收留了策利乌斯，并把一座山坡赐给他，从此以后，这座山坡被称为策利乌斯山。

萨比纳人浩浩荡荡地向罗马城开进，罗马人十分恐慌，因为他们看到萨比纳人经过平原时扬起的尘土遮天蔽日，在国王梯拖斯·塔梯乌斯的带领下，萨比纳士兵英姿飒爽，个个都有以一当十的架势。在占绝对优势的萨比纳人面前，洛摩罗斯决定以智取胜：罗马军队全部隐蔽到帕拉丁山后，任由萨比纳人进城，当萨比纳人围攻罗马内城时，罗马军队再从背后袭击他们。

萨比纳人毫无阻挡地进入了罗马城，国王梯拖斯·塔梯乌斯决定第二天再对内城发起进攻。正当萨比纳人休息的时候，从一条羊肠小道上走来了一个姑娘。梯拖斯·塔梯乌斯灵机一动，走上前去和姑娘搭话。原来这个姑娘是卡皮托尔城堡首领司泼利乌斯·塔尔泼尤乌斯的女儿塔尔佩亚。

"美丽的姑娘，如果你能趁天黑把城堡大门打开，你将得到价值连城的珠宝。"

塔尔佩亚被迷惑了，梯拖斯·塔梯乌斯手里捧着的那些珠宝是多么诱人啊，她怎么能不动心呢？卡皮托尔的城门被打开了，当塔尔佩亚向鱼贯而入的萨比纳人索要珠宝时，萨比纳人却把手中的盾牌压到她的身上："女叛徒，这才是给你的报酬。"塔尔佩亚在盾牌重压之下死了。从此以后，这座山坡改名为塔尔佩亚山。

萨比纳人轻而易举地进入了卡皮托尔城堡，罗马人并没有料到会出现如此差错，于是撤到了卡皮托尔山前的平地上。萨比纳人乘胜追击，罗马人溃不成军。在洛摩罗斯的带领下，罗马人依然作着顽强的抵抗，夜幕降临时双方仍相持不下。

萨比纳人被天后朱诺称为库茵律特人。朱诺偏爱意大利，尤其是库茵律特人，她于当天夜里来到梯拖斯·塔梯乌斯面前，鼓励库茵律特人第二天重新开战，并许诺将协助他们取得胜利。

新的一天又开始了，最初，库茵律特人明显不敌罗马人，但不久他们便占了上风，罗马人纷纷溃败。就在这时，意大利的元始尊神亚奴斯显灵了，他让一座山坡裂开了一道缝，库茵律特人被眼前的景象惊呆了，罗马人则备受鼓舞，把库茵律特人赶到了两座山外的平原地区。洛摩罗斯命令弓箭手从两座山上向库茵律特人射箭，如蝗的飞箭中还夹杂着从滚落的石块。库茵律特人损失惨重。

> **元老院**
>
> 元老院是罗马共和时期由第一位王洛摩罗斯设立的议事机构，由一百多个贵族家族头领组成，拥有制定和变革罗马法律的权力，有选举和罢免最高行政长官的权力。元老院以共和为宗旨，防止任意个人专制独裁。由于是贵族地位的人组成的单位，规定私有财产不可侵犯，因而几次激起平民的反抗，到恺撒时其对独裁者的限制已大不如前，到屋大维时元老院把权力赋予屋大维并送他以"奥古斯都"称号，罗马进入帝国时期。

正当双方杀得不可开交的时候，罗马城门打开了，从萨比纳来的女人们冲上战场，对两军撕心裂肺地大喊着："战争因我们而起，也因我们而结束吧，一边是我们的丈夫，一边是我们的父兄，任何一方伤亡，我们都会悲伤的。如果你们谁再动武，就是在残杀我们的爱情或亲情。"

国王梯拖斯·塔梯乌斯本不想原谅这些已经深爱上罗马男人的女人们，但他最后还是被这些女人们的真诚感动了。于是，他带领库茵律特人也迁来了罗马，与洛摩罗斯共同掌管罗马城。但梯拖斯·塔梯乌斯偏好暴政，在不久后的一次祭供节上，被愤怒的人们当场打死，罗马又由洛摩罗斯独自治理了。

洛摩罗斯的确是一位贤明君主，为了能给人们一种稳定的秩序，以使罗马在自己过世后依然欣欣向荣，他把长期以来形成的良好习俗用法律形式确定下来。他还创立了长老会议，即元老院，元老院自身享有豁免权，其成员大多是终身制的。

为了纪念妇女们对创建库茵律特联盟所做的贡献，洛摩罗斯给妇女们提供了更为优越的条件，她们的个人财产不容侵犯；当她们走在街道上时，任何男人都必须向她们问候致意。在罗马，现在还保留着许多关于妇女的重大节日。

贤明而又富有智慧的国王统治了罗马三十七年，随着生命的渐渐老去，洛摩罗斯也开始意识到他的使命的结束。

一天，他把他的臣民召集到帕拉丁和卡皮托尔山间的空地上，自己端坐在黄金宝座上，望着无可匹及的辉煌，他感到了前所未有的欣慰。突然，一阵暴风刮来，乌云蔽日，雷电交加，大地陷入一片漆黑中。等到太阳从乌云背后再露出笑脸时，洛摩罗斯已经不见了，女人们失声痛哭，男人们也默默地落着泪。后来，洛摩罗斯作为库依律奴斯，即罗马的保护神，一直守护着罗马城。

众神的考验

在罗马人沉痛悼念国王洛摩罗斯的时候，又一个问题摆在了他们面前：到底该将罗马王位交给拉丁族人还是库茵律特人呢？一时间，罗马的家族联盟难以统一意见，只能决定暂由双方轮流执政，六个时辰调换一回，这样的轮换整整持续了一年。最后，元老院决定先由库茵律特人执政，然后再由拉丁人执政，可是由谁来先执政呢？萨比纳国王的女婿努马·庞皮利乌斯成了最佳人选。

努马·庞皮利乌斯虽然被众人选中，但他不敢擅自做主登临王位，他决定询问天意。在祭司的陪同下，努马·庞皮利乌斯登上了卡皮托尔山，他用手中的权杖在空中比划着指示方向，严格地按照风俗习惯请示神的旨意。最后，努马·庞皮利乌斯向众人宣布，三大星辰，即朱诺、玛尔斯和库依律奴斯均表善意，人们欢呼雀跃，歌舞庆祝新国王的上台执政。

努马·庞皮利乌斯刚一上台就遇到了考验性的灾难。天空雷声隆隆，电光闪闪，暴雨成灾。人们为了防止雷电灾害，采用了先祖们疯狂的祭祀方式，用人血祭献天公朱庇特。

努马·庞皮利乌斯来到萨比纳山间的一条山涧旁，在这里，他曾认识了山涧女神埃格里亚，并与她结为夫妻。努马·庞皮利乌斯从妻子身上获得了许多天神的智慧，但自从他被选为国王后，埃格里亚就再也没有露过面。他是多么希望妻子能出现替他出出主意啊，可不管他怎么呼唤都是徒劳。

但是，努马·庞皮利乌斯还是希望奇迹能够出现。一天深夜，他满怀忧愁地来到阿文丁山上的橡树林里，在迷雾中徘徊，陷入了深深的沉思。突然，密林深处的一条山溪里腾起了一团白影，埃格里亚出现在努马·庞皮利乌斯面前。踌躇不决的国王顿时从困惑中惊醒，一把揽过心爱的女子，暂时忘记了刚才的烦恼。

“我会继续留在你的附近，你需要我时，可以在圣林或是在狄安娜的圣地上找到我。”埃格里亚早已看出了努马·庞皮利乌斯心中压抑着的问题，“有什么问题尽管问吧，我愿意帮助你。”

努马·庞皮利乌斯的沉重心情又被唤了回来，他低垂着头，像是在对大地提问又像是在问埃格里亚：“为了阻止天火的灾难，人们在祭供的罐子里盛满了人血，这难道真的是神的意愿吗？我是应该以更加严厉的方式为众神服务还是应该对我可怜的臣民负责呢？”

埃格里亚脸色阴沉下来：“朱庇特和玛尔斯都是十分可怕的，他们不会自愿放弃享受人血的祭祀，不过，”埃格里亚停顿了一下，然后接着说，“你可以趁朱庇特变做人的模样来到人间时，设计回绝他的要求，那样你就可以保护你的臣民了。”

说完，埃格里亚告诉丈夫，把朱庇特召唤到眼前的魔咒只有猎人皮库斯和他的儿子法乌诺斯通晓，埃格里亚还告诉丈夫如何才能让他们说出召唤朱庇特魔咒的方法。

在埃格里亚的指引下，努马·庞皮利乌斯终于把朱庇特呼唤到眼前，虽然朱庇特用一层薄雾遮住了脸，但从他那逼人的体气中还是能够让人感觉到神的存在。

◇古罗马壁画：祭献神祇

在古代，由于人们对世界了解得不够深刻，他们往往把很多自然现象归结于神灵的作用，于是为了拥有安静和谐的生活环境，祭祀神灵成了一项隆重的仪式活动。

“聪明的努马·庞皮利乌斯，在你的面前，我的朋友皮库斯和法乌诺斯是那么的愚蠢，现在让我试试你的智慧吧。”

努马·庞皮利乌斯敬慕地仰视着朱庇特：“尊敬的父亲，请告诉我如何才能洗涤罪孽，以阻止天火呢？”

“很简单，只需要一颗头。”

“好的，一颗大蒜头。”聪明的国王立即回答。

朱庇特愣了一下，然后接着说：“还得有活人身上的东西。”

“那我用一缕头发。”努马·庞皮利乌斯不假思索。

朱庇特生气地顿了一会儿，为了能得到活人祭祀，他跺了跺脚说：“必须要有一样活的东西。”

努马·庞皮利乌斯沉着镇定地大声说：“我伟大的父亲，你真是太英明了，我会从水桶里抓一条活鱼的。”

朱庇特瞪着眼睛半天说不出话来，然后消失了，努马·庞皮利乌斯终于改变了罗马人用活人祭祀的习惯。但是，取消祭祀活人仅仅是一系列考验的开始。

不久，一个维斯太女佣因违反了处女贞洁的誓言而被判处死刑。努马·庞皮利乌斯很是同情被惩罚的女子，于是，他开始了一系列的宗教改革，颁布了维斯太圣庙祭祀的新法则。为了鼓励维斯太女佣完成神圣的使命，他赋予她们极高的荣誉，如果死刑犯在行刑途中遇到维斯太女佣，犯人当即可以获得赦免。

努马·庞皮利乌斯还命人为双头双面的始末神亚奴斯造了一座祭坛，颁布改革历法，把始末神置于一年之中的第一个月，并决定让亚奴斯庙的大门始终敞开着，只有战争出现才关闭。

努马·庞皮利乌斯的历法改革触犯了战神玛尔斯。以前，都是由战神来作为一年的开始的，而如今，他只能屈服于始末神的权力之下。于是，战神玛尔斯制造了一场可怕的瘟疫。但在埃格里亚的帮助下，努马·庞皮利乌斯用一块圣牌平息了战神玛尔斯的怒火。

后来，努马·庞皮利乌斯打算把罗马王国的全部土地都转化为私有财产，虽然他知道这并不是一件容易的事，因为人类的自私犹如恶毒的精灵，时刻威胁着新的生活方式。最初的土地改革带来的只是一片狼藉，身陷绝境的国王只好又求助于埃格里亚，于是在法律中规定了私有财产的神圣不可侵犯，罗马城慢慢复苏了。

努马·庞皮利乌斯死后留给后人的是一番秩序井然的事业。

战争欲望和权力欲望

努马·庞皮利乌斯仙逝后，在萨比纳战役中不幸阵亡的荷斯特斯的孙子图卢斯·赫斯梯利乌斯成了国王的接班人。图卢斯是个野心勃勃的人，他希望能成为世界上地位最高的人，而这一切又必须诉诸武力，于是，努马·庞皮利乌斯时代的和平转眼即逝。在图卢斯的挑唆下，罗马人开始向四周不断地扩张，他们甚至敢窜进阿尔巴人的田地上去，流血事件不断发生。

努马·庞皮利乌斯曾谕示过，在爆发战争前必须关掉亚奴斯庙的大门，图卢斯并没有忘记前王的谕示，提早和元老院打了招呼，而且扬言要想方设法进行一场正义的战争。元老院对新国王的决定给予了警告，但却没有起到任何成效。

图卢斯本打算派使者到阿尔巴去，要求对方为边境上的损失进行赔偿，如果罗马人的要求遭到拒绝，罗马人则有理由堂而皇之地进攻阿尔巴。但图卢斯的如意算盘打错了，罗马使者还没离开罗马城，阿尔巴派来的使者已经到了罗马，阿尔巴人也不想成为发动战争的罪魁祸首，而想把这一“荣誉”让给罗马人。

图卢斯倒是显得相当镇静，他热情地接待了阿尔巴的使者，盛宴接二连三，各种赛车、赛马、祭拜活动更是持续不断，每当阿尔巴使者想要开口谈正经事时，图卢斯总是打岔说：“诸位是罗马的贵客，理应受到隆重的欢迎，我们欢庆完再谈正事也不迟。”就这样，阿尔巴人一直被耽搁着。

一天，图卢斯终于盼来了等待已久的消息，罗马的使者在阿尔巴要求赔偿时遭到了粗鲁的拒绝。图卢斯马上召见阿尔巴使者，声色俱厉地让他们滚出罗马城，并正式向阿尔巴宣战。

意大利是个重视习俗的国家，其中一个习俗是赔偿要求遭到拒绝后必须预留30天的期限，之后才能开战。尽管图卢斯急切地想抓住黩武的机会，但他不得不考虑到民众对习俗的遵从。

阿尔巴人已经在30天期限里把军队推进到了罗马城下，但面对固若金汤的罗马城，阿尔巴人不敢轻举妄动。战争的日子终于到了，图卢斯率领罗马军队直扑阿尔巴人。阿尔巴人也不甘示弱，摆开阵式迎敌。

正在大战一触即发的关键时刻，阿尔巴国王不幸死于行军途中，墨陀斯·富弗梯乌斯被临时任命为战时总指挥。而台伯河对岸的伊特卢利阿人也想介入战争，他们不想看到罗马人在阿尔巴·隆伽取得胜利。图卢斯陷入了困境，他怕在罗马人进攻阿尔巴人时，伊特卢利阿人渔翁得利，所以，迟迟没有吹响进军的号角。

墨陀斯·富弗梯乌斯看出了罗马人的顾虑，而且以阿尔巴人的力量，也很难在这场战争中取得胜利。

"亲爱的罗马国王，我们之间的这场战争其实只是因为一些边境上的小问题导致的，难道非得通过杀戮才能解决吗？罗马人和阿尔巴人本就是两个近亲的民族，一旦战争爆发，伊特卢利阿人会乘机削弱我们两方的力量，我建议从罗马人和阿尔巴人中选出几名英勇的武士，由他们来决定是由罗马统治阿尔巴，还是由阿尔巴统治罗马。"墨陀斯·富弗梯乌斯走出阵列向罗马阵营大声喊道。

鉴于形势，图卢斯只能答应了这一建议。经过筛选，这一决定民族命运的使命落到了库里阿梯尔和贺雷梯尔的两家三胞胎上。六青年受宠若惊，心中充满自豪，但这是多么沉

◇罗马亚奴斯庙的大门

努马·庞皮利乌斯曾谕示说，一旦罗马与外邦开战，在战争爆发前必须关掉亚奴斯庙的大门。好战的图卢斯这样做了，他扬言进行的是正义的战争，但疯狂的对外扩张最终使他遭到了严厉的惩罚。

重的任务啊。

一场激烈的战斗开始了，最初，库里阿梯尔兄弟占了上风，贺雷梯尔兄弟中的一人很快便被击中，不久，第二个也倒地身亡。胜利似乎已稳属库里阿梯尔兄弟了，但就在这时，贺雷梯尔兄弟中的老三普泼利乌斯抓住有利时机，转败为胜。罗马人欢呼着走上阵前拥抱为罗马人争得荣誉的英雄。墨陀斯·富弗梯乌斯满怀凄凉地表示愿意服从罗马人的命令。

普泼利乌斯脸上一直阴沉着，要知道，在库里阿梯尔兄弟中，有他妹妹的未婚夫，是他亲手杀害了自己的妹夫，而使妹妹成了寡妇，这是多么不幸的事啊，但是，为了民族的命运，家庭的利益又是多么的渺小啊。

正当罗马人沉浸在庆祝胜利的欢乐中时，不甘忍受丧失特权煎熬的阿尔巴人蠢蠢欲动，他们图谋能恢复在拉丁姆大地上的霸权。墨陀斯·富弗梯乌斯秘密地向周边的其他城市派出了使者，希望联合一切可以联合的力量抗击罗马人。维几人和费特纳两个城市对阿尔巴人的建议做出了响应，并商定由墨陀斯·富弗梯乌斯带领阿尔巴人与罗马人共同作战，等到关键时刻阿尔巴人从罗马人的阵营退出，加入到与罗马人敌对的阵营中来。

图卢斯毕竟是一个熟谙战事的国王，他早已识破了墨陀斯·富弗梯乌斯的阴谋。在与维几人和费特纳人作战时，他冲到阵前，大声叫喊着，像是让自己的军队听到，其实是让对方也能听得清楚：

"瞧啊，墨陀斯·富弗梯乌斯是多么的勇敢，我相信他一定能把敌人打得落花流水，用不了多久敌人就会发现他们上当受骗了。"图卢斯的这一招真是起到了效果，维几人和费特纳人信以为真，于是争相逃跑，阿尔巴人为了掩盖自己的背叛行为则奋起追击。

罗马人又一次取得了胜利，图卢斯像是什么也没有发生过，为了表彰墨陀斯·富弗梯乌斯在这次战争中的功绩，图卢斯专门举行了一场盛大的宴会。墨陀斯·富弗梯乌斯带着将士毫无戒备地参加了宴会，当他们刚到达目的地时，罗马人便蜂拥而上，抓住了这个背叛联盟的人，并把他处以死刑。从此以后，阿尔巴这个城市消失了，阿尔巴人移居到罗马，拉丁姆地区的霸权转到了罗马人手中。

图卢斯的欲望并没有得到满足，他妄想着像努马·庞皮利乌斯那样把天公朱庇特召唤到自己面前，但他始终找不到正确的咒语，尽管他非常努力地去寻找。最后，图卢斯终于在一道闪电中结束了自己的生命。

塔尔库依尼乌斯当上国王

罗马的第三代君主图卢斯被闪电劈死之后，努马·庞皮利乌斯的孙子安库斯·玛尔策乌斯上台执政。这一时期，没有发生过大的战争，拉丁姆大地虽然潜伏着危机，但也相安无事。

塔尔库依尼的卢库摩是在伊特卢利阿生下的半个希腊人，他的名字是自己家乡的名字。在伊特卢利阿，他与美丽的姑娘塔娜库伊尔结了婚。塔娜库伊尔不仅美丽，而且相当有志气，由于她嫁给了外来人的儿子，因此在伊特卢利阿备受欺凌。塔娜库伊尔满怀忧伤地对丈夫说："亲爱的，我们离开这个城市吧，你瞧，这里到处充满着残暴与杀戮。听说罗马是个充满和平的国家，那里的一切都井然有序，你的才华在那里一定能得到施展的，那是一个多么有希望的民族啊。"

卢库摩深爱着妻子，他知道妻子因嫁给他在这个国家所受的委屈，同样，他也急切地想逃出去。自己是希腊人，在台伯河旁一定能寻找到幸福的。

经过长途跋涉，夫妻俩终于到了台伯河一侧的亚尼库罗姆山坡，望着对岸的罗马城，卢库摩深感它的伟大，但是，这个伟大的城市真的能给他们带来幸福吗？卢库摩正想着，一只雄鹰飞了过来，叼走了他头上的帽子。

"亲爱的，你瞧啊，我们刚踏上这片土地，上苍就给我们送来了骄傲的使者。不要去寻找你的帽子了，光着脑袋才是罗马人的习惯，你就这样走向未来吧。"说着，塔娜库伊尔拉起丈夫的手朝台伯河走去。

"依我看，这种情况预示着两种可能，或是我以后逢人必须摘下帽子，或是我将遇到杀头之灾，那可真是不需要帽子了。"卢库摩半开玩笑地对妻子说。塔娜库伊尔也无法理解雄鹰的真正寓意，但探求这些已无多大意义：“卢库摩，我们无须再犹豫。把你的头发按罗马人式样剪短，胡须剃掉，另外，你的名字太希腊化了，从现在开始，你改名叫卢茨乌斯·塔尔库依尼乌斯吧。”

塔娜库伊尔的话不容反驳，以前的卢库摩，现在的塔尔库依尼乌斯不得不承认妻子学识渊博，所以他从来都是把妻子的建议当做命令。

趟过台伯河的塔尔库依尼乌斯和塔娜库伊尔回头张望着。

“伟大的罗马人，竟然连一座桥都没有。不过，我会给你建造的。”塔尔库依尼乌斯自言自语道。

正如塔娜库伊尔预见的那样，罗马给外来人提供了很多发展机会，塔尔库依尼乌斯就是一例，他凭着变卖土地得到了一大笔钱，这笔钱使得夫妻俩能在这个城市体面地生活。塔尔库依尼乌斯帮助罗马人建造了港口、土坝和水塘，他还学会了造三桨船的技术和如何根据太阳和星星的位置穿越大海。

国王安库斯·玛尔策乌斯死后，他的两个儿子中的任何一人都可以继承王位，但此时的罗马人已经把慷慨大方、具有雄图大略的塔尔库依尼乌斯视为君主。元

◇罗马广场

塔尔库依尼乌斯为罗马和平建设事业所作的贡献，足以让他名垂青史，他在罗马建造了巨大的广场、庙宇和市政大厅。

老们也顺应民意，引诱安库斯·玛尔策乌斯的两个儿子外出围猎，而当两个本可以登上王位的王子兴冲冲地打猎归来时，他们已经一无所有了，塔尔库依尼乌斯成了罗马第五代君主。

塔尔库依尼乌斯是个开明的君主，他努力抵制国家事务中的贵族特权，但由于天神的存在，他并没有进行彻底地变更。

在塔尔库依尼乌斯执政期间，罗马人与萨比纳人又进行了一场新的战争，萨比纳人大败。罗马人还取得了和拉丁部分城镇战争的胜利。此外，在库依律奴斯人和伊特卢利阿人的冲突中，罗马人渔翁得利，塔尔库依尼乌斯被任命为台伯河和亚平宁山脉间大帝国的总盟主。

稳定了罗马的局势后，塔尔库依尼乌斯开始着手进行和平建设，这些事业足以让他名垂千史，如修筑了排水渠排干了沼泽地的积水，建造了巨大的广场、庙宇和市政大厅，在阿文丁山和策利乌斯山坡间造起了圆形的赛马场等。

在塔尔库依尼乌斯的王宫里有一个女仆，女仆有个叫图利乌斯的儿子，由于出身低微，女仆和孩子常会招致很多闲言碎语，人们习惯在图利乌斯的名字前加上“赛尔维乌斯”，即奴隶的意思。图利乌斯聪明过人，很得塔尔库依尼乌斯和塔娜库伊尔的喜欢。

一天，图利乌斯在宫殿的卧室里睡着了，有人想把他推醒时，图利乌斯的头上突然燃起了奇异的火焰，王宫里所有的人都惊呆了。当宫廷仆人准备提水灭火时，被赶来的王后塔娜库伊尔制止了：“尘世间没有任何力量或元素可以熄灭精神的火焰的，这个孩子将给罗马带来巨大的荣誉，他将完成你的事业，继承你的王位。”塔娜库伊尔扭头对丈夫说。

从此以后，塔尔库依尼乌斯把图利乌斯当做自己王位的接班人来培养，让他接受各种教育，教给他主持国家事务的种种秘诀，还把许多神秘奇幻的宝物留给了他。

安库斯·玛尔策乌斯的两个儿子看到国王分外厚待图利乌斯，猜想塔尔库依尼乌斯一定是想让图利乌斯继承王位。他们哪里甘心让本应属于自己的王位被剥夺啊，于是，他们设计杀害了国王塔尔库依尼乌斯。王宫里乱作一团，只有王后塔娜库伊尔还保持着清醒。她命令祭司把国王的尸体保存好，封杀国王的死讯，对外只说国王身受重伤，不能亲临朝政，而由图利乌斯接管宫廷事务。玛尔策乌斯的两个儿子以为塔尔库依尼乌斯真的没有被杀死，急忙逃出罗马。

出身低微的赛尔维乌斯·图利乌斯

赛尔维乌斯·图利乌斯是罗马唯一一位没有经过选举而登上王位的君主。塔尔库依尼乌斯刚一去世时，图利乌斯只是奉王后之命执政，而并非真正的国王。后来，人们慢慢地适应了这位新君主，元老们也不得不承认图利乌斯为新国王。

图利乌斯上台后不久便实施了伟大的改革，即颁布“赛尔维乌斯宪法”。“赛尔维乌斯宪法”目的是建立一支强大的平民军队。贵族在军队中的特权被取消了，不过，贵族的其他特权都还保留着。无论贵族还是平民，一律分成具有选举权的六个等级，每个等级都分成百人团，每个百人团在百人团会议中拥有一票。虽然图利乌斯为建立民主政治做了很大努力，但当时真正实现民主的条件尚未成熟，贵族们在实际生活中依旧充当着最重要的阶级。

人们按财产决定地位和划分等级以后，图利乌斯把民众召集到罗马城与台伯河之间的空地上，举行宣布新宪法的仪式。祭供完女神卢阿像以后，图利乌斯向民众宣布：“这样的财产评估与等级的划分每五年举行一次，这将鼓励罗马人自强不息的精神。”图利乌斯环视了一下四周，接着说：“我还将宣布，我将把自己的两个女儿嫁给已故国王塔尔库依尼乌斯的两个儿子，以表达我对

赛尔维乌斯改革

赛尔维乌斯改革是罗马从氏族社会向奴隶占有制社会过渡的一次重要事件。这次改革打破了氏族制的藩篱，按照地域和财产原则划分等级，扩大了罗马城邦公民集体的基础。在新制度下，氏族贵族依然保持特权；但平民和外来人中的有产者得以参加森图里亚会议和军队，并获得一定的权益。改革使“以个人血缘关系为基础的古代社会制度被破坏了，代之而起的是一个新的、以地区划分和财产差别为基础的真正的国家制度”。

◇古罗马元老院议员浮雕

古罗马元老院议员基本由清一色的贵族组成，元老们拥有极大的权力，新国王必须得到元老院的承认才能行使权力。元老院在限制国王独裁上起了积极作用，但它处处为贵族谋福利而漠视平民利益，经常使阶级矛盾激化。

老国王的仰慕。"罗马人对新国王的这一举动给予了热烈的掌声。图利乌斯还进行了一段煽情的演讲："罗马城建在五座山坡上，埃斯库依岭和维弥娜利斯山上则长着树木。这七座山，即阿文丁山、帕拉丁山、策利乌斯山、库依律娃利斯山、埃斯库依岭山、维弥娜利斯山、卡皮托尔山是罗马的全部，七座山城将坚如磐石，彪炳史册。"此后，"七座山城"成了罗马的代名词。

随后，罗马人为新国王图利乌斯的两个女儿与前国王塔尔库依尼乌斯的两个儿子举行了婚礼，但婚姻的不和谐却造成了罪孽的爱情和冷酷的谋杀。

图利乌斯的大女儿图利亚是一个性情粗野、行为放荡的女人，而她的丈夫，塔尔库依尼乌斯的长子却是一位弱不禁风的男人。文静、柔弱的图利亚的妹妹却嫁给了野心勃勃的卢茨乌斯。命运使然，卢茨乌斯和图利亚对不如意的婚姻充满了抱怨，他们相信他们俩才是天造地设的一对，于是，他们经常偷偷地约会，做一些伤风败俗的勾当，最后，这两个阴险恶毒的男女开始设计谋害自己的配偶。当婚姻的障碍被除掉后，他们便恬不知耻地结婚了。虽然这消息在罗马的七座山城很快传开了，但由于卢茨乌斯组建了一支忠实于自己的卫队，使国王和外界失去了直接联系，图利乌斯依然被蒙在鼓里。

卢茨乌斯与图利亚的野心并没有就此结束，而是越发膨胀，卢茨乌斯打起了罗马王位的主意。当一批因受到图利乌斯法律约束的人来投奔卢茨乌斯时，卢茨乌斯认为时机已经成熟。他本打算通过元老院使国王让位，但图利亚却恶狠狠地对他说："如果你重视我们的爱情，你就应该推翻我父亲，把他送到极乐世界，只要我父亲还活着，罗马人就会把他视为君主，他们会助他夺回王位的。"女儿对父亲已经没有一丝的留恋，听了妻子的这番话，卢茨乌斯更坚定了信心，他带领他的卫队发动了一场宫廷政变，稍有抵抗或是提出异议的大臣都惨死在了卢茨乌斯的利剑下。一路上边砍边杀，卢茨乌斯来到了元老院的会议大厅，一个健步坐到了象牙宝座上。图利乌斯也来到元老院会议大厅，他被眼前的一切惊呆了，他怎么也不会想到自己的女婿竟坐到了象征王位的宝座上。

图利乌斯试图召呼大臣们把篡位的女婿赶下去，但却没有一个人援助他。图利乌斯彻底绝望了，他猛地朝象牙宝座冲过去，伸出那双曾经为罗马带来辉煌的瘦弱的手，想把卢茨乌斯拽下来，但他反而被女婿推下了台阶。图利乌斯挣扎着从地上爬起，望了一眼洛摩罗斯曾经坐过的象牙宝座，转过身走出了大厅。

卢茨乌斯用武力夺取了政权，他环顾大厅，向元老们宣布："从现在起，洛摩罗斯的法典取消，赛尔维乌斯宪法也被取消，我将成为全罗马至高无上的国王。"卢茨乌斯忠实的卫士们欢呼着。出了元老院大厅的图利乌斯踉踉跄跄地走进狭窄的塞泼律斯胡同，那里有他在成为罗马国王之前的住宅，胡同里的人们都退避三舍，他们害怕篡权者的陷害。当图利乌斯刚看到自己的房子时，卢茨乌斯派来的密探从背后向这位可怜的国王刺了一剑，图利乌斯就这样被自己的女儿和女婿害死了。

为了纪念图利乌斯为罗马作出的贡献，罗马人在幸运女神庙内建造了图利乌斯的巨大雕像。图利亚害怕父亲的阴魂会缠着自己不放，决定把雕像投到祭祀的火焰中烧掉。当她面无表情地来到父亲的雕像前时，雕像抬起一只手遮住了自己的眼睛，图利亚被吓得瘫倒在地，忙命人用布把雕像遮盖起来。从此以后，罗马进入了一段恐怖的历史时期。

布鲁图之死

◇百人团执政官布鲁图青铜雕像

古罗马人经常在公共场所或圣所为他们的首领塑像，以此来抒发敬仰之情。百人团第一任执政官布鲁图，在推翻卢茨乌斯专制统治中功不可没，古罗马人为了表示对这位贵族的敬意特制作了此雕像来纪念他。

当罗马暴君卢茨乌斯·塔尔库依尼乌斯被推翻时，罗马人对国王性命并没有加害，使得他能够顺利逃脱。然而，卢茨乌斯并没有对罗马人民的宽容产生感激，相反，他在栖身国伊特卢利阿的克罗西乌姆城时刻都在关注着罗马国内的情况，甚至急切地想着复仇，想再次登上罗马王国的宝座。

受自尊心的驱使，卢茨乌斯并没有煽动伊特卢利阿对罗马发动战争，尽管克罗西乌姆的国王泼尔塞纳对他非常支持，但他希望凭着自己的力量逐步实现自己的复仇大业。

卢茨乌斯虽然是个暴君，但在罗马国内他也有相当一部分追随者，这其中就包括布鲁图的儿子和卡拉梯奴斯的侄子们。卢茨乌斯正是想凭借这批力量来实施自己的计划。

一切都按着卢茨乌斯的计划进行着，卢茨乌斯派使者到罗马城索要自己的财产。罗马人民和行政长官答应了归还国王的财产，甚至愿意尊重他的王国体制，把罗马王国还给他。

但是，使者来到罗马城的任务并不只是这些，这些只不过是表面假象而已，卢茨乌斯交给他们的实际任务是暗地里进行密谋，以推翻行政长官的统治。

国王的使者很快与罗马城里的那些王国体制的拥护者取得了联系，并相约在一个拥护者的家里聚会议事。那天，那家的其他人都被安排到田地里劳动去了。追随卢茨乌斯的势力计划聚在一起，事也凑巧，去田地里劳动的一个奴隶发现自己忘带了工具，当他回到家里取了工具刚要出门时，发现包括他的主人在内的一群人正要进屋。那个奴隶怕主人会因自己的疏忽而责备自己，忙躲进了一个衣橱里。

"大家都是国王的拥护者，我们的国王在奸人的陷害下背井离乡，但他却时刻关心着大家，希望我们共同努力，恢复罗马以前的辉煌。"奴隶从衣橱的缝隙里把这一切看得真真切切，布鲁图的几个儿子正把一些信件递到一些人的手上，这些人之中有卡拉梯奴斯的几个侄子，事后他们滴血为盟。那个奴隶马上明白了这些人的企图，他们是想颠覆罗马共和国啊。

当那群人走了以后，那个奴隶在衣橱里发呆了好一阵子，怎么办呢？该不该把主人的这一计划说出去呢？最后，他走进了普泼利乌斯·法莱利乌斯的家。普泼利乌斯是一个律师，由于为民众赢得了很多官司，深得民众的爱戴，他的客厅里常常是聚集着一群罗马的无产者。那个奴隶把自己看到的一切都告诉了普泼利乌斯，希望普泼利乌斯能够为自己拿个主意。这个穷人的律师立即把这一消息向罗马最高行政长官作了报告。

得到消息的布鲁图立即派人搜查了国王使者的住所，在那里搜到了相关罪证。布鲁图大为震惊，他没有料到自己的儿子竟会卷到背叛自己的事件中去。对国王的使者，罗马人没有裁决的权力，因为他们享有特别优待权，但布鲁图将如何对待自己的儿子们和背叛罗马共和国的罗马人呢？

第二天，谋反案件由两个最高行政长官——布鲁图和卡拉梯奴斯在罗马广场公开审理，罗马人很早就来到了广场，广场被围得水泄不通，叫喊声、咒骂声、口哨声响成了一片。

布鲁图的脸阴沉着，面对两个儿子，他实在无法想象他们竟会背叛自己。他高高地举着作为罪证的信件，高声对他的两个儿子说：

◇"法西斯"战斧

这是一把圆柄、带銮双刃斧，并无实际功用，是一种权力的象征。持斧人应该在政治、军事等领域拥有至高无上的地位。

"梯拖斯和台伯里乌斯，告诉你们的人民，你们是自愿参与谋反的吗？"

没有听到任何回应，布鲁图的脸更加阴暗了，他直视着两个儿子，片刻之后才缓缓地说：

"沉默即代表你们承认你们的罪行了，梯拖斯和台伯里乌斯，你们虽然是我的儿子，但我不能因为你们而对不起罗马的人民。你们将被判处斧劈刑，处死前先行鞭刑。请执行命令吧。"

台下的人们嘘声一片，但他们并没有在布鲁图眼里看到悲伤，作为父亲的布鲁图瞪着双眼，如同一尊僵硬的雕像。当他的两个孩子的脑袋滚落到石板上时，他没有低头看一眼。多么无情的一个父亲啊，可又是多么伟大的一个父亲啊。

接着，布鲁图转过身，对其他的谋反分子说："你们知罪了吗？"

又是一阵沉默。

人们已经意识到下面要发生的事，都垂下目光，等待那一刻的到来。

卡拉梯奴斯并没有布鲁图那么公正严明，他是多么希望能救下自己的侄子们啊，那可是他姐姐的孩子啊，如果他们有个三长两短，他将如何面对自己的姐姐啊。

"我希望能动用向全民请示的权利，请求最高行政长官宽恕我的侄子们，他们只是一时受卢茨乌斯的迷惑，被卢茨乌斯的花言巧语打动了，他们还只是孩子，无能力辨别是非。而且，我们答应过归还卢茨乌斯的财产，这正好误导了他们，亲爱的布鲁图，请考虑到这一切，饶恕这些孩子们吧。"

但是，关于宽恕的请求遭到了拒绝，谋反的叛徒得到了应得的下场。

一直如雕塑般的布鲁图终于抑制不住内心的悲痛，大滴大滴的眼泪顺颊而下，为了重新赢得罗马人的支持，他失去了仅有的两个儿子，在布鲁图看来，这又是必须割舍的。而卡拉梯奴斯则惭愧地辞去了最高行政长官的职务。普泼利乌斯作为罗马的有功之臣，接替了卡拉梯奴斯的职务，还被元老院接纳为平民委员。为了区别贵族委员，平民委员被称为“写上去的人”。

经过这一事件，国王的财产被民众瓜分了，土地归于国家，憎恨国王的人们再也不打算宽恕卢茨乌斯了。

卢茨乌斯也同样被罗马人激怒了，他不想求助于强大的泼尔塞纳，而是想方设法地说服塔尔库依尼人对罗马进行征讨。维儿人曾数次输给罗马人，经过挑唆，便组成军队与卢茨乌斯招募来的军队汇合一处，浩浩荡荡地向罗马推进。

布鲁图率罗马军队迎战，然而，当他冲锋陷阵时，被卢茨乌斯的一个儿子杀害了。罗马人在普泼利乌斯的率领下继续战斗。夜幕降临的时候，双方还是不分胜负。

夜深了，一个洪亮的声音在战场附近的树林里回荡着：“胜利是属于罗马的！”卢茨乌斯派人到树林里找寻声源，却怎么也找不到。

难道这是神的声音吗？难道又是神在保护着罗马吗？

卢茨乌斯的士兵们惊恐万分，他们不敢再上战场，怕触犯神威。图斯克人则趁着黑夜撤回了本国。

罗马人虽然再次取得了胜利，但却付出了巨大的代价，为了纪念罗马的第一任最高行政长官布鲁图，罗马妇女们穿了整整一年的孝服。

◇元老院百人团会议

阿比乌斯·克劳迪乌斯

一天，一名叫西策尼乌斯·丹塔图斯的老兵来到平民聚居地，对围观的平民们高声说道："罗马的平民们，我曾是一名参加过120场战役的军官，我的身上留下了光荣的伤疤，为此我曾获得过很多荣誉与桂冠。但是，当我从战场上回来后，却发现自己竟然不能获得一块耕地，我冒死夺取来的全部土地都被贵族们占领了，多么可悲啊。平民们，我们应该遏制贵族们的傲慢，使罗马重返公正的时代。"

越听越激动的平民们随声附和着，他们要求颁布耕地法，但他们也意识到眼前最紧要的事就是把迄今为止的所有法律以文字形式全部记载下来，以往的法律都是口头相传的，很容易被任意扭曲，平民则成为其最大的受害者。

贵族出身的阿比乌斯·克劳迪乌斯为了满足自己疯狂的统治欲，以友好的姿态迎合平民们的要求。他提出建议，由十人团制定十二铜表法，十人团被授予全权，团中有五个平民的席位，以显示出民主自由。正巧，有三个罗马法律学者从雅典立法家梭伦处学成归来，也投入到制定十二铜表法当中。

最初，平民寄托在十人团身上的各种期望都基本实现了，虽然土地没有按平民的要求重新调整，贵族和平民间禁止通婚的条文又被列入法律当中，但大多数内容还是有利于低等阶级的。于是，平民们期待着十人团能够把职权交还给平民，并重新选举最高行政长官。

但平民们的计划最后都落空了，阿比乌斯·克劳迪乌斯利用职权把一切权力都抢占过来，使自己凌驾于一切权力之上，俨然成了罗马王制下的国王。

平民们愤怒了，要求阿比乌斯·克劳迪乌斯下台的呼声越来越高。但是早已权欲熏心的贵族首领撕下仁慈的假面具，把所有表示不满的人投入了监狱。在这种高压的统治下，平民们敢怒而不敢言。

老兵西策尼乌斯·丹塔图斯看到对平民越来越不利的局势，实在忍无可忍，他勇敢地站出来，对阿比乌斯·克劳迪乌斯展开尖锐的批评。

◇阴谋下的审判

暴虐成性的罗马最高执政者阿比乌斯·克劳迪乌斯利用权力，滥施淫威，操纵审判，严重践踏了罗马法律，平民成为最大的受害者。

阿比乌斯·克劳迪乌斯对这个自恃有一身光荣伤疤的老兵非常痛恨，但却无可奈何。他不能像对待其他平民一样把西策尼乌斯·丹塔图斯交给他的执法者们，那样做的结果不堪设想。怎样才能消除眼前这个障碍呢？事出凑巧，跟埃库尔人作战的兵团需要一个久经沙场的老兵当参谋，十人团便把西策尼乌斯·丹塔图斯送到战地大营，然后命令不知内情的将士们悄悄地把他杀害了。

西策尼乌斯·丹塔图斯被杀害的消息很快在罗马传开了，但没有人敢公开控告阿比乌斯·克劳迪乌斯，于是，这位独裁者更加肆无忌惮起来。

一天，阿比乌斯·克劳迪乌斯遇到了一个叫维尔吉尼亚的美丽姑娘，他心中的欲火顿时燃烧起来，姑娘的一举一动都会使这位暴君魂牵梦萦。当他向维尔吉尼亚表达爱意时，姑娘礼貌地拒绝了他。

“阿比乌斯·克劳迪乌斯，我非常感激你的爱情，但我已经订了婚，而且我父亲是平民营兵团的首领维尔吉奴斯，罗马法律规定，平民与贵族是不能通婚的。更何况，你已经是结过婚的人，当你和你的妻子共同吃下一个面包时，已经标志着你们是一个共同的整体了。”

阿比乌斯·克劳迪乌斯的爱散发着火热的力量：“在罗马还没有离婚的先例，但法律对离婚并没有禁止过，我将成为第一个用行动尝试新法的人。”说完，他来到广场上的十二块铜表前，想亲自把一些有阻于他与维尔吉尼亚结合的条文抹去，但他此时才意识到他虽然拥有最高权力，但并不能实现一切愿望。连支持他的贵族们都扬言，如果他实现贵族和平民间的通婚，就要对他实施血的报复。

从广场上悻悻而回的阿比乌斯·克劳迪乌斯对维尔吉尼亚的爱丝毫没有减弱，反而更加痴狂。他唤来一名心腹：“你去控告维尔吉奴斯，说他的女儿是你的女奴所生。不久之后，维尔吉尼亚将乖乖地属于我。”

心腹依计行事，早已经被阿比乌斯·克劳迪乌斯收买的十人团充当审判的法官，阿比乌斯·克劳迪乌斯则作为旁听。维尔吉尼亚在父亲和未婚夫陪同下来到法庭。维尔吉奴斯以无可辩驳的证据来谴责原告纯属诬告，可是法官却颐指气使地宣布说：“任何一个明眼人都能看出，你的女儿维尔吉尼亚本是人家女奴的孩子，罗马法律是公正的，现在我宣布，维尔吉尼亚为原告女奴。”

任何辩护都是无用的，维尔吉尼亚的未婚夫愤怒地拔出宝剑，冲向坐在法官旁边的阿比乌斯·克劳迪乌斯，贵族们蜂拥而上，将他捆住。

维尔吉奴斯镇静地看了一眼被交给原告的女儿，似乎对判决的公正深信不疑，他请求阿比乌斯·克劳迪乌斯，希望能再和自己的女儿说上几句话。

维尔吉奴斯把悲伤的女儿拉到一边，平静地说：“我可怜的孩子，你的父亲要拯救你的自由和贞洁，不要怪我，这也是我唯一的选择。”他一边说着，一边将一把匕首刺向维尔吉尼亚的胸口。女儿倒下的那一刻，维尔吉奴斯飞身跳上拴在一旁的战马，他摆脱了贵族和官员们的围追，回到了兵团大营。

听到维尔吉奴斯从罗马带来的消息，士兵们义愤填膺，他们决定，如果不撤销十人团，便拒绝接受任何作战命令。这一拒命的行为在罗马整个军队中迅速蔓延开来。

迫于形势，十人团决定采取新的妥协以安抚平民，恢复稳定。十人团命两个与平民稍有交往的元老——贺雷梯乌斯和法莱律乌斯起草和解协议，这一协议被称为贺雷梯－法莱律法。新选举出的最高行政长官下令逮捕阿比乌斯·克劳迪乌斯和他的追随者，但在开庭审判的前几天，深感罪恶深重的阿比乌斯·克劳迪乌斯在监狱中自杀身亡。

卡弥罗斯凯旋

罗马和维儿是同时发展起来的两个城市，之间的摩擦不断加剧，双方不惜一切代价地兵戎相见。

在战争初期，维儿人首先夺取了费特纳城，罗马人也不甘示弱，出兵费特纳城，彻底摧毁了这个城市，把维儿的势力逼退到台伯河大后方。随后，双方进入了二十年的短暂和平时期。这时，罗马的宿敌——罗图勒人和佛尔西安人由于受到萨姆尼特尔人和高卢的威胁，改变了对罗马的敌视态度。维

◇凯旋者雕像

罗马和维儿为了各自的利益展开了十几年的攻斗，双方两败俱伤，却都不能彻底征服对方，卡弥罗斯的出现使罗马人最终成了胜利方，作为凯旋者，他一度被罗马人视为英雄。

高卢

高卢是古代西欧地名（拉丁语叫法），高卢地区即现今法国、荷兰、比利时、德国莱茵河北部及意大利西北一带；在英语中高卢通常指古时在那里居住的凯尔特人。古罗马时代高卢人曾经广阔地分布在西欧，后分成两族：一部与北面的日耳曼人融合，后来逐渐形成现在的法兰西民族；一部进入意大利并最终融入当地民族。公元前6世纪时，高卢的主要居民为凯尔特人，罗马人称之为高卢人。高卢的西南部住有伊比利亚人，东南部住有利古里亚人。公元前1世纪，高卢人仍处于原始公社的晚期，部落的氏族贵族拥有大片土地和许多牲畜，破产的平民则依附于氏族贵族。

几人却未能获得图斯克联盟城市的援助，罗马人抓住这一机会，对维几发动进攻。

战争并没有像罗马人想象的那样顺利，而是一直持续了十年。罗马人与维几人艰难地迈入了战争的第十个年头，战争还没有结束的迹象，天地间的灾异现象使双方民众十分害怕，双方都徘徊于希望和恐惧之间。

那年的春天非常干旱，阿尔巴纳湖的湖水却暴涨，当湖水快要溢出湖岸时，罗马人决定派人到特尔斐神庙向福波斯求神谕。神谕显示，阿尔巴纳湖的湖水必须引进耕地，不能入海，一旦湖水漫溢，立即发动对维几的进攻。罗马人按照神的指示积极行动，还未到盛夏时，引湖水入田的工程已经全部完成了。

接下来，罗马最高行政长官任命玛尔库斯·富里乌斯·卡弥罗斯担任独裁官和围城指挥。卡弥罗斯是一个富有指挥艺术的人，在罗马士兵大营，他把各项任务布置完毕，并让大家明确地意识到冬天前必须攻陷维几城。在卡弥罗斯的指挥下，罗马士兵的情绪空前高涨。夏天结束的时候，对维几城发起攻击的各项准备都结束了。卡弥罗斯对胜利满怀信心，他甚至命令罗马人骑马推车来到大营，准备在战争胜利后搬运从敌人那里缴获的财物。

战争的号角终于吹响了，罗马士兵暴风骤雨般地向维几城发起进攻。卡弥罗斯率领一支队伍从地道直通维几市中心的朱诺神庙，并把牲口的内脏祭供在众神的面前。罗马士兵们从地道口相拥而出，他们迅速地占领了维几城的大街小巷，内外交困的维几城很快就放弃了抵抗，维几人的尸体铺满了每一条街道，只有很少一部分人主动投降才幸免于难。战争的喧嚣沉寂了，罗马人和士兵在维几城开始了大肆抢掠，他们把维几人的财物源源不断地运回罗马，把俘虏高价卖掉，把朱诺像也由维几运往罗马的阿文丁山。

罗马人为迎接独裁官玛尔库斯·富里乌斯·卡弥罗斯所举行的凯旋仪式也是空前的，当载着卡弥罗斯的战车出现在卡尔帕尼城门前时，人群立即爆发出了巨大欢呼声。卡弥罗斯沿着铺满鲜花的地毯驾车一路驶向卡皮托尔山，在那里摆下感谢朱庇特的供品。

随后，罗马又和法莱利城发生边界冲突，法莱利城的居民自称是法利斯克人。他们的城墙和维几城一样位于陡峭的巴萨尔特山顶。元老院任命卡弥罗斯率领罗马军队攻占法莱利城。卡弥罗斯命令士兵迅速包围法莱利城，然后挖地道直通城内。但攻打法莱利城并没有像攻打维几城那样大动干戈，一个小小的插曲化解了这场战争。

法利斯克人请了一个老师给孩子们上课。虽然战争在即，但那个老师还是习惯性地把他的学生们带到草地上嬉戏。城外的罗马士兵对此也不加干涉。一天，那个老师要求见罗马最高指挥官。

“尊敬的罗马独裁官，几乎所有法利斯克人的孩子都是我的学生，如果把这些孩子们交给罗马，也就等于把城市交给了罗马。我早已厌倦了教学的生活，我把孩子都交你，只是希望你能赏赐我一点掠夺的财物。”老师唯唯诺诺地对卡弥罗斯说道。

卡弥罗斯是个正直的人，他对法莱利城的背叛者大喝道：“罗马人是同法莱利士兵们作战，而不是跟手无寸铁的孩子们作战，你的礼物我们拒绝接受，哪怕法莱利战败了，罗马人也不会接受你的这种礼物。”

最后，那个老师被他的学生用树枝抽打着赶回了法莱利城。

法利斯克人被卡弥罗斯的义举惊呆了，他们对城门外敌人的仇恨立刻变成钦佩和敬畏，甚至希望同这些罗马人生活在一起。不久，连法莱利城元老院也接受了居民们的提议，在罗马人保证法利斯克人生命安全的前提下，他们主动交出了城市。

罗马崛起的最危险障碍都被清除了，而罗马内部却出现了动荡。为了给特尔斐太阳神置办一件大宗的祭祀品，卡弥罗斯要求罗马居民每人拿出十分之一的缴获品。而罗马居民认为，卡弥罗斯给自己留下的缴获物最多，祭祀品应该由他自己出资置办。其实，卡弥罗斯只留下了两扇铜门。

护民官要求元老院批准传讯卡弥罗斯，在他缺席的情况下，护民官还是对他进行了宣判，卡弥罗斯被判处罚交一万五千阿斯。卡弥罗斯愤怒了，他决定离开他的祖国，自由流放到阿尔特尔去。

在出发之前，卡弥罗斯朝着罗马城的方向举起双手：“不朽的神灵，让罗马人为他们的忘恩负义付出代价吧。他们马上会感到迫切需要我的，渴望得到我的帮助。”当然，他的这一愿望很快便实现了，因为高卢人不久后便来攻打罗马。

高卢人在罗马

在卡弥罗斯离开罗马几个月后，有消息称“高卢人快要到罗马了”，罗马人不知就里，元老院召集的会议也争执不出个结果来。这时，又有消息传来：“克罗西乌姆的使者来到罗马。”

罗马元老们立即接见了克罗西乌姆的使团。

“尊敬的罗马元老们，请接受我们的请求，然后再让我们马不停蹄地把消息带回去。高卢人的部队正像一群蝗虫一样进入我们神圣的国土，这些野蛮人一直前进到克罗西乌姆的城门前才停下来。”克罗西乌姆使者们一见到罗马元老便陈述他们的请求，“以我们自己的力量已经无法打退他们的进攻了，所以，我们的国王派我们来向强大的罗马发出请求，请你们派出罗马军队前去援助。”

元老们听完使者们的请求后兴奋不已，克罗西乌姆人在赞颂罗马的强大。经元老院协商，决定先派出三个法比尔兄弟前往高卢人的大营进行谈判。

进入高卢人大营的三个法比尔人惊呆了，他们眼前的营帐杂乱无章，士兵蓬乱的长发一直披到肩膀处，给人肮脏和可怕的印象。“如果这群士兵与罗马人交战的话，肯定必输无疑。”三个法比尔人轻蔑地想。

◇高卢人的礼仪徽章和项圈

法比尔人被带到了高卢国王不莱奴斯面前，这位野蛮的君主正摇晃着挂在脖子上的抢来的金链子哈哈大笑。等不莱奴斯安静下来，法比尔人向他陈述了罗马元老院的意思，希望高卢人立即撤出伊特卢利阿地区。

不莱奴斯看着眼前的来自罗马的文明人，回答说："既然克罗西乌姆请求你们的帮助，那就证明罗马人都是英勇的武士。我可以答应你们放弃攻打这座城市，但我会把克罗西乌姆抢劫一空，直到喝完最后一滴甜酒。"

法比尔人哪里见过如此张狂的人，他们愤怒地指着野蛮的君主："这里是意大利的土地，你有什么权利占领不属于你的土地？"

不莱奴斯也从来没有见过对自己如此无礼的人，他大声咆哮着："回去告诉你们的国王，世界属于勇敢的人。"

法比尔人怒气冲冲地离开了高卢人的大营，他们没有回罗马，而是去了克罗西乌姆，率领克罗西乌姆人直扑高卢人。虽然法比尔人英勇无畏，但他们阻挡不住高卢人的野蛮进攻，伊特卢利阿的大部分城市被攻陷了，三个法比尔人逃回了罗马。

高卢人马不停蹄地赶往罗马。听到高卢人迫近的消息后，罗马最高行政长官率领罗马兵团前来迎战。在拉丁姆地区，罗马是至高无上的霸主，一次又一次的胜利使罗马人沾沾自喜，所以根本没有把高卢人当一回事。罗马人没有建立稳固的后方大营，也没有组建后备队，甚至轻率地把中心大营驻扎在阿利阿河岸。

在高卢人的进攻下，罗马军队惨败。高卢人并没有立刻向毫无抵抗能力的罗马推进，两天后，这批胜利的野蛮人才开始朝着七座山城进发。

第一支高卢人的部队试探着进入了罗马城的大街小巷，看到没有任何抵抗后，发出一声呐喊，让等在外面的大队人马急流般地拥进来。高卢人从来没有看到过像罗马城这样多的财宝，他们用数辆马车将无法估价的财宝运回高卢，但仍觉得无法运走的比运走的要多得多，于是，他们放火烧城，可怜经历七代国王和二百多个最高行政长官经营起来的城市毁于一旦。

高卢人沿着卡皮托尔山往上攀登，不莱奴斯国王决定对山城进行包围。但罗马人在玛尔库斯·曼利乌斯的率领下，轻而易举地把高卢从山上打退下来。

转眼秋天到来了，高卢军营里瘟疫流行，大批大批的高卢士兵死于非命，粮食也急缺起来。不莱奴斯决定把抢劫的范围扩大到拉丁姆地区，于是，高卢人又发动了对罗图勒人的进攻。

当高卢人迫近罗图勒首都阿尔特阿时，生活在阿尔特阿的卡弥罗斯又被重新委

◇波尔勾之火　意大利　拉菲尔

野蛮的高卢人在罗马进行了疯狂的掠夺，最后又放火烧城，曾经有着荣耀历史的罗马城被毁于一旦，直到恺撒时期才重新振兴。

以重任。卡弥罗斯率领一支训练有素的罗图勒部队打了场漂亮的夜战，高卢人在伊特利阿地区第一次被打败。

消息传到维几，此时的维几正聚集着一批被高卢人打败的罗马人，他们迫切地需要卡弥罗斯回到罗马。不过，任命独裁官需要最高行政长官做出决定，而最高行政长官们都被围困在卡皮托尔山上。经过商议，留在维几的人决定派人到卡皮托尔山上去带回任命状。人们把任务交给了一个年轻的士兵。年轻人从一条秘密的小道直达卡皮托尔山顶，带回了最高行政长官任命卡弥罗斯为独裁官的密令。

不幸的是，年轻人攀登山岩的足印被高卢人发现了。喜出望外的不莱奴斯马上命令高卢人当夜从小路直奔山顶，打算一举攻克卡皮托尔。

朱诺神庙里圣鹅的叫声惊醒了玛尔库斯·曼利乌斯，他一跃而起，发现高卢人已经登上了悬崖，便随手抓起武器，把冲在前面的高卢人推下了山崖。

高卢人立刻往山下退去，罗马人紧追不舍。在挫败了高卢人的进攻以后，卡皮托尔山上的情况并没有得到多大改善，粮食奇缺，而卡弥罗斯的救援部队却迟迟没有音信。最后，走投无路的罗马人决定拿出全部珠宝，希望以此为条件让高卢人撤兵。高卢方面，不莱奴斯也早已获知卡弥罗斯在维几进行战争准备，同时他也感到指挥作战有些力不从心。最后，不莱奴斯同意了以一千磅黄金作为撤兵的条件。

但是，狡猾的高卢人在称黄金的秤上作了手脚，他们使用了假砝码。当罗马人发现时，不莱奴斯脸上露出一丝讥讽："战败者还有什么条件可言呢？"

他的话音刚落，卡弥罗斯率领的一队士兵骤然而至："罗马人不会用黄金赎买自由，而是用武器。我可以现在就杀死你，但罗马人不屑与一支没有首领的军队作战。"不莱奴斯被威风凛凛的卡弥罗斯吓得脸色煞白，忙召集军队，朝卡弥罗斯扑了过去，这次高卢人是彻底失败了，不莱奴斯被罗马人活捉后判处死刑。

第一次萨姆尼特尔人战争

最初，萨姆尼特尔人沿着阿伯鲁泽恩山谷往下迁移、扩张，当它的人口越来越多时，人们纷纷脱离族群，迁往富饶的康帕尼阿平原。迁入平原的萨姆尼特尔人夺取了图斯克人的领地卡波阿，萨姆尼特尔人与图斯克人在长久的融合中又组成了一个新的民族，康姆帕尼民族。

一百多年后，萨姆尼特尔人再一次涌入康帕尼阿平原。康姆帕尼人早已经忘记了他们的萨姆尼特尔人血统，奋起抵抗这些入侵者。但是，康姆帕尼人没有足够的力量击败萨姆尼特尔人。于是，他们向声誉已传遍整个意大利的罗马求援。

康帕尼阿平原远离罗马，接到康姆帕尼人的请求后，元老院以罗马不能向陌生城市提供援助为由拒绝了康姆帕尼使者。康姆帕尼使者跪倒在地上，请求罗马把

◇马背上的骑士　意大利　达芬奇作坊

从罗马皇帝马尔库斯·奥雷里乌的骑马像开始，这种表现方式即指向了伟大、威武、英勇。

卡波阿收为附属国。元老们犹豫不决。

“罗马不能阻止任何人自愿成为罗马的属下，世界应该通行罗马法律，拥有罗马的习俗。如果我们拒绝了康姆帕尼人的请求，将会被世人取笑的。”有人向元老们建议。最后，卡波阿成了罗马的附属国，出于义务，罗马元老院派使者前往萨姆尼特尔人的首都萨姆尼欧姆。起初，罗马人受到了热情的款待，但当罗马人要求萨姆尼特尔人停止对卡波阿的敌对行动时，萨姆尼特尔人却愤怒地立刻对康姆帕尼人开战。

罗马人也积极备战，军事首领科尔纳利乌斯·库素斯指挥一支军队直接向萨姆尼欧姆推进，最高行政长官法莱律乌斯·柯尔乌斯则率领另一支军队前往康帕尼阿平原，在距离库麦城不远的高卢斯山地扎下大营。

萨姆尼特尔人看到罗马的军队已经进驻康帕尼阿平原，遂骄傲地朝罗马人冲过来。身经百战的法莱律乌斯哪里会把萨姆尼特尔人放在眼里，他望着远方扬起的尘土，回头对士兵们说：“你们看，这些山民和羊倌们竟敢如此嚣张，他们的头盔和盾牌闪烁着金光，俨然一副胜利者的姿态，你们听过这些人取得过什么成就吗？他们怎么能战胜由萨比纳人、拉丁人、佛尔西安人、埃库尔人、赫尔尼人克组建起来的罗马军队呢？”

士兵们跟着最高行政长官哈哈大笑起来，挥动着手中的长矛，眼睛里喷吐出怒火，斗志昂扬地高呼着：“罗马人是用坚硬的石头镂刻出来的硬汉子，马上他们就会领教我们的厉害了。”

罗马人太过于轻敌了，萨姆尼特尔人并不是只知道挤牛奶的家伙，他们的士兵训练有素，骁勇善战。罗马的骑兵们旋风般地扑向敌人，可萨姆尼特尔人的阵营坚若磐石，他们把长矛和短剑刺向罗马骑兵的战马，被刺中的战马痛得前蹄腾空而起，罗马士兵纷纷跌落。战马在狭窄的战场上嘶鸣，乱作一团。

法莱律乌斯想不到骑兵在这里失去了用武之地，他率先从马背上跳下来，一边指挥着骑兵撤出中心地带，一边高呼着：“勇敢的罗马士兵，我们不能依赖马，只能依赖自己的双脚了，跟着我冲向敌人吧，敌人的刀剑下正是我们的丰收之地，胜利离我们只有一剑之隔。”

在法莱律乌斯的率领下，罗马士兵冲向敌人的阵地，萨姆尼特尔人纷纷倒下，但他们并没有退却，而是顽强地抵抗着。

萨姆尼特尔人终于有些支撑不住了，罗马人看准时机，冲入对方的阵营，猛

◇**山间的交战**

萨姆尼特尔人把滚木、山石等从两侧的山上向罗马人投掷，使得罗马军队处于一片混乱之中。

砍猛杀。萨姆尼特尔人在一瞬间误认为是和神在战斗，不由得向后撤退，罗马人紧追不舍，直到把敌人彻底击垮。萨姆尼特尔人从康帕尼阿平原上退出了。

在另一战场上，罗马人就没有如此幸运了。当罗马军队穿林越谷向前推进时，遭到了一队萨姆尼特尔士兵的袭击。萨姆尼特尔人把滚木、山石等从两侧的山上向罗马人投掷，罗马军队被截成两段。首领们大喊着“撤退”、“前进”的矛盾口令，更使得罗马军队处于一片混乱之中。

此时，夜幕降临了，一个叫普泼利乌斯·特策乌斯·摩斯的战时首领还镇定自若。通过观察，他发现了一块还没有被敌人占领的高地。特策乌斯·摩斯向科尔纳利乌斯·库素斯汇报了这一情况，并要求带领一支重武装部队去抢占高地，以吸引敌人的注意力。

“当敌人主力朝高地的方向进攻的时候，你赶快带着大部队脱离险境。”特策乌斯·摩斯对最高行政长官说道。

特策乌斯·摩斯趁拂晓对分散在山上的萨姆尼特尔人发起进攻。此时的萨姆尼特尔人还在睡梦之中，他们怎么也没有想到，白天还在驰骋疆场此时却成了罗马人的刀下之鬼。

夜袭成功了，罗马人在萨姆尼欧姆本土打败了萨姆尼特尔人，但经过了在素埃素拉的第三次战斗之后，萨姆尼特尔人才接受了罗马的和平建议。

从那时候起，世界上许多的民族才开始知道了在台伯河流域有一个叫做罗马的城市。

血战之后的一场滑稽剧

打败萨姆尼特尔人后，罗马与萨姆尼特尔人签订了合约，很长时间没有发生战争。康姆帕尼人把卡波阿交给了罗马人，留在卡波阿的罗马部队很快就过起了康姆帕尼人的生活：吃海鲜、蜗牛、鲜肉饼和夹心球糖，饱食终日。当罗马的最高行政长官要求军队撤回的消息传到卡波阿时，这些罗马士兵极不情愿地发起了牢骚，有些人背地里商量着不离开卡波阿的对策，甚至打算宣布城市独立。

最高行政长官得知留在卡波阿的士兵起了反叛心理，并没有大肆渲染地前去讨伐，而是悄悄地来到卡波阿召开军官会议。

“你们都是勇敢的人，为了使你们能够继续承担光荣的任务，元老院决定给你们放一些探亲假，你们可以马上出发，也可以带着你们的士兵回去。”最高行政长官语气中并没有责备的意思，像是不知道将士们的反叛行动。

军官们被迫离开了，士兵们全部留在了卡波阿，群龙无首。

一天，一个士兵来到队列前，对他的兄弟们说：“离开的时刻越来越近了，我们必须实现从前的计划了。”

“可是，我们没有指挥官，即使我们成功地接管了卡波阿的权力，我们还是不能占领它啊，而且，那样的话，我们将会受到罗马人民的惩罚。”一个士兵信心不足地说道。

“如果我们真的要实施行动，一定要委派一个指挥官。我听说在图斯库罗姆有一个年老的残疾老兵，叫做梯拖斯·库茵克梯乌斯，他曾在与高卢人的作战中受了重伤，战争结束后离开部队，我们可以去请他担任我们的首领。”

“会有人担任一批谋反者的首领吗？他一定深爱着神圣的罗马。”有人表示了怀疑，而且顾虑重重。

“如果你们同意，我可以带几个人去试试看，我相信一定能把他请来。”提出建议的人坚持道。

最后，士兵们同意了这个计划，并选派了几个人前去图斯库罗姆。

在图斯库罗姆，被选派的士兵找到了伤残老兵梯拖斯·库茵克梯乌斯的家，他们在拂晓时分包围了整个房子，然后使劲地敲门。

梯拖斯·库茵克梯乌斯不知缘由，从睡梦中惊醒，打开门刚想问个究竟，一群士兵蜂拥而上，把他围在中间。

提出建议的那个罗马士兵走近梯拖斯·库茵克梯乌斯，礼貌地对他说：“我们想宣布卡波阿独立，却缺少一个首领，因此我们选中了你。在你面前的选择只有两个，要么死在这里，要么和我们到卡波阿一起造反。”

◇血战之后的士兵们

打败萨姆尼特尔人后，罗马士兵难得几天和谐愉悦的生活，脸上显露出舒心的笑容。

梯拖斯·库茵克梯乌斯在对高卢人的战争中曾作为战时首领率领一个兵团，他虽然离开了部队，放弃了罗马人民给他的荣誉，但他深爱着他的祖国，他怎么能够背叛他的祖国呢？可是，在这种情况之下，他还有什么选择吗？最后，梯拖斯·库茵克梯乌斯只能违心地跟着那些士兵来到了卡波阿，虽然他表面上答应会率领士兵们进攻罗马，以使最高行政长官同意让他们继续留在卡波阿，但他打算在恰当的时机规劝这些同胞们回心转意。

不久以后，梯拖斯·库茵克梯乌

◇士兵胸甲
罗马人制造的盔甲外形雄伟，质地坚固，有此种盔甲的士兵在战场上冲锋陷阵，奋不顾身，无所畏惧。

斯果真率领谋反的士兵们朝着罗马浩浩荡荡地进发了。

早有消息传到了罗马，最高行政长官立即组建了一支强大的军队，迎战造反的罗马士兵。梯拖斯·库茵克梯乌斯曾是罗马人民所熟知的英雄，最高行政长官不相信这位英雄会反叛他的祖国。

两部罗马军队摆开了阵势，战争一触即发。这时候，最高行政长官走到两军阵前，他高声地对反叛的罗马士兵喊道："我知道你们不愿意回家，都希望留在前方作战，你们是多么英勇啊，可我们已经和萨姆尼欧姆缔结了和约，不能继续留在那里了。经元老院商定，为了表彰你们，你们将获得双份的饷金。如果你们还有什么不满意，可以直接提出来。"

梯拖斯·库茵克梯乌斯本来就没有造反之心，听到最高行政长官的承诺，激动地热泪盈眶，他身后的士兵也十分感动。

"我们是多么愚蠢啊，罗马对我们这么仁慈，而我们却想着要离开它，多么不孝的子孙啊。幸亏我们的行为还没有危害到罗马的尊严，否则将会受到惩罚的。"大家纷纷扔下武器，与兄弟队伍相拥而泣。

全罗马都为聪明的最高行政长官化解了一场流血冲突而高兴。

拉丁之战

结束了与萨姆尼特尔人第一次战斗之后，拉丁姆大地出现短暂的和平时期。没多久，罗马统治下的拉丁人的城镇试图作最后的挣扎，以取得对外的独立，于是，“拉丁之战”爆发了。

为了平息拉丁城镇的反叛，最高行政长官普泼利乌斯·特策乌斯·摩斯和梯拖斯·曼利乌斯·拖尔库阿图斯率领罗马军队穿过康帕尼阿平原急速前进，但却在维苏威山脚下遇到了敌人。罗马军队与拉丁军队隔营相望。

梯拖斯·曼利乌斯被称为“戴项链的人”，他的儿子有和他一样的名字。年轻的梯拖斯·曼利乌斯在军队里率领一支骑兵，他经常外出执行任务，最初，他也时刻遵守着首领们的戒律，即没有命令不能进行战斗。作为最高行政长官的父亲也一再提醒他，拉丁人与罗马人之间有许多亲缘关系，这场战争最好能够化解，或是以最轻的代价结束，一旦发生战争，七座山城与它的近邻之间就会增添更多的仇恨。

但是，年轻的梯拖斯·曼利乌斯还是忘记了父亲的教诲。一次，他在外出侦察途中遇到了拉丁的骑兵巡哨。领头的骑兵对他说:“罗马人号称是天底下最勇敢的人，可他们却害怕与我们拉丁人相遇，罗马人，你一定记得勒基罗斯湖吧，那是拉丁人战胜罗马人的地方。”说完，骑兵们哈哈大笑起来。

梯拖斯·曼利乌斯哪里受过这种窝囊气，他勃然大怒，对拉丁骑兵们说：“先别得意，我们避免和你们冲撞并不是怕你们，而是罗马士兵要服从最高行政长官的命令。”

“是吗？不要找如此幼稚的理由了，你的父亲是个勇敢的人，难道你希望将来被叫做懦弱的梯掩斯 · 曼利乌斯吗？我现在就向你挑战，你不会被吓破胆了吧。”领头的骑兵耀武扬威地向梯掩斯 · 曼利乌斯挑战。

年轻人生怕辱没了他族第的名声，而且他已经被挑拨得怒火中烧，他抖了抖长矛，催马朝拉丁骑兵冲去，一场决斗开始了。两个回合后，那个领头的拉丁骑兵被挑下马，其他的拉丁骑兵逃回了拉丁军营。

年轻的梯掩斯·曼利乌斯满以为自己的勇敢会得到父亲的夸奖，但父亲只冷冷地对儿子说：“虽然你今天在决斗中杀掉了拉丁人，但你的行动和我曾经的行动有个巨大的区别：你是擅自行动的，而我是奉命战斗的。”事情并没有就此结束。

梯掩斯 · 曼利乌斯 · 掩尔库阿图斯把全体部队集合到营帐前，然后转身对儿子说：“你斩杀了拉丁人，现在我作为罗马最高行政长官授予你最高的荣誉。”说着，他把一顶桂冠亲手戴在儿子头上。士兵们欢呼起来，为罗马有如此勇敢的少年而高兴。

“但是，我的儿子，你也同样违背了必须服从的命令，所以，作为罗马最高行政长官的父亲必须把你的桂冠浸在你自己的血泊里。所有的罗马士兵都要记住，

◇**战争**

看到像幽灵一般的罗马将士们，拉丁人慌不择路，四散溃逃，拉丁士兵的勇气和战斗意志彻底瓦解了。

没有命令的行动即使再辉煌，也会带来无比残酷的结果。”所有的人都听出了梯拖斯·曼利乌斯·拖尔库阿图斯话里的意思，他们屏住呼吸，本想大喊，但罗马军队铁一般的纪律使他们只能眼睁睁地等着即将发生的可怕事情。

队列前面的空地上竖起了一根木桩，年轻的梯拖斯·曼利乌斯被绑在木桩上，他的父亲面无表情地向拿着斧头的刽子手打了个手势。此后，罗马的年轻士兵都拒绝与这位铁石心肠的最高行政长官一起行军。

战争并没有就此而完结，罗马人面临着更大的牺牲。

在维苏威湖战斗的前一天，一位神曾向梯拖斯·曼利乌斯·拖尔库阿图斯和普泼利乌斯·特策乌斯·摩斯宣布：两支对立的军队中，一方的首领如果愿意自我牺牲，那么他会把对方的部队引向失败。而且祭司解释，需要牺牲的必须是左翼部队的首领。按照原定的作战计划，罗马左翼部队由普泼利乌斯·特策乌斯·摩斯率领。

勇敢的普泼利乌斯·特策乌斯·摩斯脸上并没有太多的悲伤，为了换取胜利，他随时准备服从众神的意志。

战争开始了，普泼利乌斯提着一根投枪立下了誓死的决心:“为了保证祖国的胜利，我愿意把自己祭献给大地母亲和阴司之神。从现在起，我已经不再是一个寻常人，而是一个死去的人，是一件祭供死神的祭品。勇敢的罗马人，在这里垒起一座坟墓吧，战争结束后，把我安葬在这里。”

进军的号角吹响了，普泼利乌斯率领罗马兵团发疯似的朝着拉丁人的军队扑过去。看到像阴灵一般的罗马将士们，拉丁人慌不择路，四散溃逃，拉丁士兵的勇气和战斗意志彻底瓦解了。

罗马人取得了辉煌的胜利，人们在堆积如山的拉丁人的尸体中找到了满身飞矢的普泼利乌斯·特策乌斯·摩斯的尸体。

素埃素拉战役结束了罗马和拉丁姆其他国家的公开战争，除少数几个城市还在抵抗外，大部分城市都与罗马签订了和平条约。

独裁官和他的副手

自从罗马与萨姆尼特尔人签订和约后，双方在和平中度过了一段时间，但好景不长，倔强的萨姆尼特尔人从失败中崛起后，又开始表现出反抗的一面。经元老会商议，罗马决定派出军队再次征伐萨姆尼特尔人。

战争总指挥是独裁官卢茨乌斯·帕比里乌斯，这是一个与卡弥罗斯同样英勇的罗马人，他身材高大，行走如飞，人们给他起了个绰号“库尔索尔”，即会走路的人。帕比里乌斯对士兵要求严格，他的命令要无条件服从，如果敢有人违抗，那么一定会让他痛苦不堪。帕比里乌斯还有一个叫库茵拖斯·法比乌斯的副手，这是一个曾自愿为罗马献身的法比尔族的子孙，如他的前辈们一样，法比乌斯英勇善战，深得士兵们爱戴。

罗马军队在萨姆尼欧姆扎下大营，与萨姆尼特尔人的营房遥遥相对。这时，从罗马方面传来消息，国内人民认为不该选帕比里乌斯当独裁官，认为他的当选会触怒众神，所以元老院希望独裁官能暂时回罗马安抚民心。帕比里乌斯临走前，命令法比乌斯坚守大营，在他没有回来前不能向敌人出击。

起初，法比乌斯对独裁官的命令并没有违背，他每天率领士兵外出侦察，然后在自己的营地里进行军事训练。一天，法比乌斯像平常一样外出侦察敌情，他发现，萨姆尼特尔人的一支部队在人数上处于劣势，而且防守也相当松弛，如果出其不意地袭击，一定会取得胜利。这个时候的法比乌斯早已经忘了独裁官的命令，吸引着他的是至高的荣誉。

法比乌斯率领步兵离开营地，前去偷袭敌人。此时的萨姆尼特尔人哪里会料到罗马人会出现在他们面前，顿时慌作一团。罗马的骑兵也趁机冲杀过来，萨姆尼特尔人惨败。法比乌斯命人将胜利的喜报送回罗马，然后把缴获的武器和物品送回罗马军营。

当帕比里乌斯看到法比乌斯派人送来的喜报后，并没有惊喜之色，而是冲出元老院会议厅，愤怒地咆哮着："法比乌斯，你竟敢违抗独裁官的命令，虽然你取得了胜利，但如果大家都来效法你，罗马的法律制度还会存在吗？你一定会为此付出代价的。"帕比里乌斯搁下还没有举行完的元老院会议，一刻也不耽搁地奔向萨姆尼欧姆，他现在像一头发了疯的狮子。

这时候，早有人把这一消息告诉了法比乌斯。法比乌斯大吃一惊，他很了解帕比里乌斯，独裁官的命令如磐石一样坚不可摧，而且独裁官拥有生杀大权，怎么才能从暴怒的权力下救出自己呢？

◇英雄的卢茨乌斯·帕比里乌斯雕像

"士兵们，我们擅自对敌作战，虽然取得了无限的荣誉，但独裁官正满腔怒火地向萨姆尼欧姆赶来。大家都知道，这位独裁官的脾气暴躁，他一定会用我的鲜血来惩罚我的过错。"法比乌斯把部队召集起来，向大家表明了自己的危险处境，希望跟他一起夺取胜利的士兵保护他。

"不用害怕，勇敢的法比乌斯，只要罗马兵团在，没有任何人敢伤害你，我们带给罗马的是多么光荣的胜利啊。"士兵们齐声高喊着。

士兵们对他们苛刻的独裁官向来怀有怨言，而对法比乌斯则显得亲善。尤其是一些年轻的士兵，他们喜欢和年轻的副手打成一片，而对那位战争总指挥更多的是畏惧。

帕比里乌斯来到中心大营，命传令官吹起集合的号角。士兵们很快聚集到一起，他们屏住呼吸，等待着预料的场面的发生。

帕比里乌斯坐到审判的椅子上，把法比

乌斯叫到眼前。

“法比乌斯，你只需要回答一个问题，是我命令你和敌人交战的吗？”独裁官眼睛里似乎已迸出了火焰。

法比乌斯不愧为光荣的法比尔人的后代，他脸色苍白，但目光坚定，以平静的口气回答了独裁官的问话：“这个问题你比我更清楚。我打败了敌人，你可夺取我的生命，但夺不走我的荣誉。”

本以为法比乌斯能认识到自己的错误，没想到他却坚硬的像块顽石，帕比里乌斯更加愤怒了：“看来你真的是需要尝尝苦头才对，来人！扒掉法比乌斯的衣服，用树枝鞭打。”

看到审判官员拥上前来，法比乌斯急忙向士兵们呼救，顺势逃到他们中间去了。士兵们保护着他们的英雄，对独裁官的怨声越来越大，军官们甚至绞着自己的双手请求独裁官开恩，但铁石心肠的独裁官无动于衷。士兵们做出威胁的举动，可帕比里乌斯丝毫反应都没有，铁青着脸命审判官员去执行他的命令。

法比乌斯害怕士兵们会保护不了自己，便趁着夜幕潜回了罗马。第二天，当他站在元老院的会议厅里陈述独裁官的残暴时，帕比里乌斯出现在大家面前，并立刻下令逮捕法比乌斯。

“帕比里乌斯，我的儿子打败了罗马的敌人，而你却拒不接受任何劝说和请求，不肯赦免你英勇的副手。在此，请求全体人民，为我的儿子伸张正义。”法比乌斯的父亲，玛尔库斯·法比乌斯，一个受罗马人尊敬的法比尔人，阻止了独裁官残暴的命令。

帕比里乌斯沉默了许久，然后他平静地注视着眼前这个严厉的父亲：“玛尔库斯·法比乌斯，你的行为违反了法律，因为独裁官是位于人民之上的，但是，我愿意听听你的意见。”

一行人来到罗马广场，不大一会儿，聚集的人们就把广场围得水泄不通。玛尔库斯·法比乌斯和儿子一起来到台前，父亲向人们夸耀儿子的荣誉，并诚恳地请全体人民宽恕他年幼的儿子。罗马人被玛尔库斯·法比乌斯的陈词感动了。

但是，独裁官的话让在场的人哑口无言，且心悦诚服。

“于情，法比乌斯值得原谅，可是于理，独裁官的权力不能受到任何践踏。如果都像法比乌斯一样，士兵不听军官的话，军官不听最高行政长官的话，最高行政长官不听独裁官的话，罗马还有什么希望可言？到时罗马只有灭亡。”

所有的人都不知道该如何处置这件事了，审判官坐在那里左右为难起来。

这时，一部分罗马人跪倒在独裁官脚下："帕比里乌斯，法比乌斯的确是做错了，他已经受到了惩罚，胜利的喜悦已彻底化作了折磨和畏惧，所以你的人民请求你饶他一命。"玛尔库斯·法比乌斯和儿子也跪倒在地。

帕比里乌斯脸上的怒气早已不见了，取而代之的是脉脉温情："勇敢而善良的罗马人，你们不曾向敌人低过头，而为了你们的孩子却向独裁官低头，你们胜利了。法比乌斯，我将不再追究你的责任，你要感谢全体人民，以后千万记住，无论在战时还是在和平时期，罗马士兵都要服从罗马的法律。"

广场上响起雷鸣般的掌声，人们从地上一跃而起，把赦免的法比乌斯和慷慨的独裁官举过了头顶。

◇**公正的审判　法国　普桑**

宽容明智的帕比里乌斯不固执于死板的法律教条，他顺应民意，不再追究法比乌斯擅自出战的责任。

考迪乌姆的枷锁和报应

在第二次与萨姆尼特尔人的战争中，罗马人连战连捷。萨姆尼特尔人企图与罗马人签订友好条约，但罗马元老院却拒绝了萨姆尼特尔使者的请求。绝望的萨姆尼特尔人只能困兽犹斗，作垂死的挣扎。

罗马军队在最高行政长官弗拖里乌斯·卡尔维奴斯和斯波律乌斯·帕斯拖弥乌斯的率领下向康帕尼阿平原挺进，封锁了从山区进入平原的重要通道。

一天，罗马士兵看到十几个牧民赶着羊群从军营附近经过。牧民们主动上前与罗马士兵攀谈。

“不知你们听说没有，卢策里亚城被萨姆尼特尔人包围了，你们怎么还在此按兵不动呢？”

罗马士兵赶忙把得到的消息向最高行政长官报告，两个最高行政长官根本没有考虑这则消息的可靠性，忙率部队赶往卢策里亚城。萨姆尼特尔境内山路居多，罗马人只能排着长队前行，再加上他们带着辎重，行军不便，很难进行遭遇战。

这一日，骄阳似火，罗马人进入了考迪乌姆关隘，精疲力竭的士兵到处寻找着树阴纳凉。傍晚时分，当罗马的前沿部队通过第一座关口进入第二座关口后，大块的山石和粗大的树木挡住了行军的去路，此时的后续部队也进入了关隘地带。罗马人正打算清除障碍，大批的萨姆尼特尔人突然出现在两侧的山坡上。罗马最高行政长官忙命部队后撤，可后路也已经被萨姆尼特尔人切断了，前不能进，后不能退，罗马人陷入了困境之中。

当罗马人等待萨姆尼特尔人毁灭性的攻击时，却迟迟不见他们的动静。一连几天，萨姆尼特尔人始终没有采取任何行动。

“萨姆尼特尔人是想把我们活活饿死，可是我们宁愿战死。”被围困的罗马士兵饥饿难忍。

其实，萨姆尼特尔方面的军事首领伽奴斯·彭梯乌斯正进行着激烈的思想斗争：“即使把这里的罗马人全部杀掉，这场战争我们还是输掉了，萨姆尼特尔人已完全陷于罗马人的包围中，就如我们包围这支罗马军队一样。我们不能通过残杀来赢得这次战斗的胜利，而应抓住形势，通过谈判来争取我们的利益。”于是，彭梯乌斯派人到罗马军营邀请罗马最高行政长官进行谈判。

“尊敬的罗马首领，你们已经看到，你们的这支军队没有办法逃出包围圈了，我们完全可以消灭你们，但我们希望通过一个慷慨的举动促成双方的和解。只要罗马人和我们签订条约，和我们和平相处，归还掠夺的土地，你们就可以自由地撤走了。”彭梯乌斯向罗马方面阐明了自己的意图。

◇战场

罗马人和萨姆尼特尔人进行了长年的战争，在第二次战争中，罗马人连战连捷，但顽强的萨姆尼特尔人拒绝屈服，进行了坚决的反击，一度使罗马陷入全军覆没的境地。

罗马最高行政长官脸色苍白地回答："难道你们不觉得对困在这里的几个人提出的要求过多了吗？我们等待着与你们做最后的战斗，哪怕是全军覆没。"

彭梯乌斯进一步对罗马人施加压力："这是你们的想法，可你们的士兵会同意吗？我们可以把你们从塔尔佩几山上推下去，但你们的士兵一定更愿意活着回到罗马城。这样吧，作为对你们战败的惩罚，你们必须钻过枷锁往回撤，你们有一天的考虑时间。"

◇堕落的"光荣"雕塑

象征"光荣"的青年男子手执断剑，因失败而受伤，有翼的天使护着他，帮他恢复力量。

罗马最高行政长官的脸上满是愤怒，在那个年代，屈服于枷锁是最大的耻辱。虽然两个最高行政长官在萨姆尼特尔人面前异口同声地表示了反对，但是，当他们看到被困在峡谷里的士兵时，他们的心紧缩到一起，他们怎么忍心看到这支部队浮尸他乡呢？如果能把它完好无损交还给罗马那该多好啊。

罗马的中心大营里，最高行政长官把萨姆尼特尔人的要求向全体士兵们进行了宣布。

"勇敢的罗马人怎么能忍受如此的屈辱？我们并没有想过要活着走出这里，让我们去战斗吧，我们要用鲜血证明罗马人的骄傲。"全体士兵跪倒在最高行政长官脚下。

然而，两个最高行政长官还是违背了士兵的意愿，他们向彭梯乌斯表示愿意接受萨姆尼特尔人的要求，甚至接受了对方提出的最高行政长官和六百名出身贵族的士兵当人质的要求。

萨姆尼特尔人在关隘中心搭建了两座门，中间横着大梁，搁着枷锁。罗马士兵们只穿着内衣内裤排着队从门下经过。稍有迟疑，屁股上就会挨上一脚。而萨姆尼特尔士兵在旁边像是看一场闹剧，肆意地侮辱呼喊着。

所有的罗马士兵都重新获得了自由，但却像是从地狱里钻出来一样，他们不愿意回头看上一眼，不知道该何去何从，是人不知鬼不觉地回到罗马，还是逃到没有人认识的地方去呢？他们不发一言，互不搭理，只是耷拉着脑袋往前走，好像背着沉重的枷锁，那是他们再也摆脱不了的耻辱。

但是，正是罗马士兵这种无言的愤怒透露出了一种烈火燃烧般的不能忍辱含垢的决心，这种决心必将爆发出巨大的冲击力，事实也证明了。

这批罗马士兵偷偷地进入罗马城，钻进家中后再也不敢外出露面，两个最高行政长官的家更是安静的像坟墓一样。

守城的罗马人对从前线传来的消息痛不欲生，他们义愤填膺，重新选举了最高行政长官。

一天，两个已经被罢黜的最高行政长官和所有戴罪的军官来到元老院，他们提出愿意用自己的生命为自己的耻辱承担责任："用我们的生命去赎回紧急之中接受的可耻条约吧，摆脱了条约的羁绊，罗马人又可以派部队挺进萨姆尼欧姆了。"

于是，元老院派祭司们把这些军官捆绑着送到萨姆尼特尔人的手里，但是，彭梯乌斯并没有接受这批自愿的牺牲者，而是把他们又送回了罗马。

愤怒的罗马人立即组织了两支部队，由两个新选出来的最高行政长官率领直奔萨姆尼欧姆。

怀着报仇雪恨的决心，两支罗马军队誓死要夺回失去的荣誉。当萨姆尼特尔人被打得落花流水时，罗马人的心中才微微感到有些快意。

"萨姆尼特尔人，你们必须放下武器，光着上身　从城门出来，列队从枷锁架下穿行而过，尤其是你们的首领。"最高行政长官对战败的萨姆尼特尔人派来的使者说。

考迪乌姆的耻辱终于被洗刷了，罗马人又重新恢复了昔日的荣誉。

仁梯努姆会战

卢卡尼亚是从萨比纳族发展起来的一个国家，统治着意大利亚得里亚海南部海岸，虽然是一个小国，但地理位置优越，一直是兵家抢夺的重地。

萨姆尼特尔是个骄傲的民族，在三次对罗马的作战中，虽均遭失败，但萨姆尼特尔人并不甘心，时刻寻找着崛起的机会。

萨姆尼特尔人重新拿起武器，曾试图占领卢卡尼亚，但没有成功。后来卢卡尼亚与罗马签订了联盟条约，对卢卡尼亚的宣战等于对罗马的宣战。罗马沉浸在战争胜利的喜悦之中，罗马的雄鹰已经占据了地中海，它盘旋在亚得里亚上空，罗马人为自己疆域的广阔而倍感自豪。

萨姆尼特尔人又开始到处行动了，他们试图去说服伊特卢利阿人和高卢人："难道你们忘记了你们的族人是怎么败在罗马人的长剑下的了吗？这种耻辱将会作为枷锁让你们背负一辈子。我们应该团结起来，用罗马人的鲜血去见证我们的勇敢。"最后，萨姆尼特尔人、伊特卢利阿人和高卢人联合起来一起进攻罗马。

起初，罗马人并没有把这支联盟军放在眼里。现在的罗马最高行政长官是特策乌斯·摩斯和法比乌斯·马克西摩斯。特策乌斯·摩斯与父亲同名，在拉丁之战的维苏威湖战役中，他的父亲曾以身献祭，换回了罗马辉煌的胜利。儿子不但继承了父亲的名字，也继承了父亲的勇敢。

当萨姆尼特尔人和高卢人浩浩荡荡地向罗马挺进时，罗马方面迅速组建了一支约六万人的强大的部队，两位最高行政长官担任战争最高指挥官。

"勇敢的罗马人，我们虽然取得了无数次的胜利，享受了无数的荣誉，但是，

◇战前誓师　法国　普桑

我们还有很多的敌人，他们正伺机打败我们，就连我们的属国也可能正存在着反叛之心，所以，我们要时刻提高警惕，再也不能只顾得享受了。”在出发之前，特策乌斯 · 摩斯在誓师大会上对他的士兵们高喊着。

罗马人欢呼着，发誓要给来犯的敌人血的惩罚。

罗马人与萨姆尼特尔人和高卢人在仁梯奴姆相遇了，列阵对峙。特策乌斯 · 摩斯和法比乌斯 · 马克西摩斯骑着高头大马威风凛凛地位于队列的最前方，两人观察着对方的动静，打算随时发动进攻。

就在这时，奇怪的事出现了。一只母鹿从附近的山林里跳了出来，后面紧跟着一匹灰狼。母鹿与灰狼在众目睽睽之下穿过战场，然后分道而行：母鹿朝萨姆尼特尔人和高卢人奔去，灰狼朝罗马人跑来。

高卢人向来被称为野蛮人，当看到跑过来的母鹿时，高卢人首领举起手里的长矛，朝母鹿的咽喉戳去，母鹿惨死在高卢人队列之前，鲜血染红了一地，而高卢和萨姆尼特尔的士兵们却像是看一场游戏一样，没有任何人阻止这一暴行。

另一边，当灰狼奔到罗马的队列前时，罗马士兵们左右一分，一条大道出现在灰狼面前，灰狼穿过罗马人的队列向远方跑去。

罗马祭司看到这里，闭上眼睛自言自语道：“母鹿是月亮女神狄安娜的圣兽，而高卢人却把它残忍地打死，月亮女神一定会让这个地方堆满尸体的。灰狼是战

卢卡尼亚

卢卡尼亚是古罗马帝国形成前活跃在亚平宁半岛中南部的一个古老民族居住的地区。卢卡尼亚在历史上先后受希腊人和罗马人的占领控制，因其优越的地理位置而成为兵家必争之地。卢卡尼亚、奇伦托、阿普利亚等意大利中南地区于公元前4世纪被纳入罗马人的版图，使罗马势力大增，之后的庞培、恺撒等罗马统帅为争夺这一地区展开了旷日持久的残酷攻杀；古罗马伟大的农民起义领袖斯巴达克也曾在卢卡尼亚地区沉重打击了古罗马帝国的统治。

神玛尔斯的圣兽，罗马人对灰狼爱护有加，一定会取得胜利的。”

战争开始了，萨姆尼特尔人和高卢人勇猛地朝着罗马人冲来。特策乌斯·摩斯命令士兵们说：“我们只管抵挡住敌人的进攻，当他们把体力消耗得差不多的时候，我们再发动进攻。”

看到罗马人只知道抵抗，萨姆尼特尔人和高卢人骄傲地以为罗马人畏惧于他们军队的强大，于是更加肆无忌惮地在战场上冲击。

罗马左翼部队面临的敌人是高卢人，由于防守不利，被敌人连连击败，但在关键时刻，罗马的后续部队发挥了作用，受到威胁的左翼阵地转危为安。罗马右翼部队面临的敌人是萨姆尼特尔人，在特策乌斯·摩斯的率领下，右翼阵地固若金汤，萨姆尼特尔人次次进攻都归于失败。

夜幕很快降临，敌人的冲击减弱下来，正像特策乌斯·摩斯所说的那样，萨姆尼特尔人和高卢人已疲倦得像苍蝇一样。于是，两位最高行政长官命罗马士兵进行反击。

然而，特策乌斯·摩斯并没有料到敌人的抵抗会如此之强，罗马的反击未能奏效。

“亚奴斯神、朱庇特神、战神玛尔斯和亲爱的库依律奴斯，我将和我的父亲一样把自己献祭给你们，作为来自地府的可怕生灵参加这场战争，让我的祖国永远年轻吧。”特策乌斯·摩斯在阵地前举起双手向苍天高呼着。随后，罗马祭司举行了祭祀仪式。

果然，特策乌斯·摩斯冲向敌人时真的像是扫荡一切的幽灵，萨姆尼特尔人和高卢人慌忙撤退，他们的勇气和战斗意志似乎因难以名状的恐惧而彻底瓦解了，不得不向罗马屈膝投降。当然，特策乌斯·摩斯献祭的愿望也得到了满足，他的英名和他父亲的名字一样将光照罗马史册。

萨姆尼欧姆的结局

为了抵抗罗马人的进攻，萨姆尼特尔人在萨姆尼欧姆城中建立起了一支新的部队。其中的一个兵团是由从萨姆尼特尔人中挑选的最勇敢的人组成的，这个兵团是这支部队的核心。在战斗之前，这个兵团要在最高祭司的带领下在一幢由布幔盖起的小屋子里宣誓效忠。这个兵团的士兵也被称为“白长衫人”。

自从这支部队建立起来以后，萨姆尼欧姆就把希望放在了他们身上，最结实最耐用的武器让他们使用，甚至用金子为他们铸造盾牌。萨姆尼特尔人想凭此战胜罗马人。

浩浩荡荡的罗马军队进入到阿

◇热那亚圣吉奥尔吉奥宫

热那亚曾是令罗马人头疼的萨姆尼特尔人生活过的地区，萨姆尼特尔人多次挫败罗马人对他们土地的侵犯，但终因实力不济而沦为罗马的一部分，热那亚的不少建筑都留有他们的印迹。

库依洛尼亚城，并在那里扎下营寨。听说萨姆尼欧姆新建了一支军队，罗马的士兵们表示出了一副跃跃欲试的样子。

“如果现在就能开战那该多好啊，听说‘白长衫人’的武器装备比我们的要精良的多，真想看看那些愚蠢的家伙拿着精美的武器是否能胜过我们。”有些士兵们甚至全副武装起来，只等最高行政长官的一声令下。

不远处，萨姆尼特尔人也希望着马上能开战，让自己的装备到战场上一试高低。萨姆尼特尔人的最高行政长官决定于第二天清晨发起进攻。

罗马人对神的崇敬程度已经到了痴迷的地步，他们做任何事之前都要进行占卜。在这次出征之前，罗马人也随军带着一只公鸡，以卜凶吉。第二天，作为圣物的公鸡拒绝进食。养鸡人马上派人去向罗马的最高行政长官报告。这种异常现象预示着如果交战的话会遇到厄运，祭司希望最高行政长官能放弃这次战斗，或是推迟战斗。然而，祭司派去报信的小伙子是一个年轻气盛的人，他很想在这次战争中大显身手，见到最高行政长官时，小伙子兴奋地说道：

“尊敬的长官，这真是天赐的良机啊，连那只公鸡都表现出了昂扬的斗志：它食欲旺盛，听完了就在它的圈里边跑边叫。老天注定我们该取得这场战争的胜利啊。”

最高行政长官也想尽早地结束这场战争，高举胜利品回到罗马去，听报信人如此一说，好像已经取得了胜利一样，脸上洋溢着喜悦：

“神助罗马啊，明天我们将进行一场血战，不久以后我们就将凯旋。”

祭司本以为报信的那个小伙子如实地报告了公鸡的情况，可当他看到士兵们急匆匆地穿过营房时，才知道报信人违背了天意，他抱着头痛苦不已地对天长叹道：

“该死的家伙，他会把一支庞大的罗马军队送往地狱的。一切都完了，我又有什么办法呢？只能听天由命了。”

第二天，战斗的号角吹响了。白长衫人英勇作战，效忠的宣誓起到了效果，他们不愿意后退一步，倒下了，会有人补上来。罗马士兵虽然一次又一次地向萨姆尼特尔人的阵地发动进攻，但都被他们击退了。

正当罗马人进退两难的时候，一支卢卡尼亚人的小部队直冲萨姆尼欧姆人的腹地。这支小部队本在这次作战的计划之中，但因行军迟缓而延误了。不过现在到来也正是时候，可这支队伍人数不多，如果遭到了白长衫人的进攻，肯定会被打得片甲不留。于是，卢卡尼亚人的首领命令辎重分队赶着运重物的驴子拖着成捆的树枝造成尘土飞扬的假象，让对方觉得这是一只大部队在行进。

萨姆尼特尔人只看到路上扬起的尘土，根本看不清这支队伍有多少人，果真以为是一只大部队，士兵们的信心和勇气顿时大减。而罗马人则恰恰相反，勇气倍增，以摧枯拉朽之势扑向了萨姆尼特尔人。

◇萨姆尼欧姆武士雕像

罗马人在这次战争中取得了胜利，为了庆祝这次胜利，罗马的最高行政长官用缴获的白长衫人的武器铸造了两尊雕像，一尊是天公朱庇特的，一尊是他自己的，这是罗马第一次出现凡人和神的雕像并排而放。

罗马人和萨姆尼特尔人之间的战争持续了五十年之久，当萨姆尼欧姆的白长衫人彻底失败后，萨姆尼特尔人又组织起了一支大规模的队伍，并推举在考迪乌姆峡谷一战中获得胜利的伽奴斯·彭梯乌斯担任最高首领。但这并没有改变萨姆尼特尔人的命运，年迈的彭梯乌斯最终战死在沙场上。

战争给罗马人和萨姆尼特尔人都带来了极大的灾难，当玛奴斯·库里乌斯·丹塔图斯被选为罗马的最高行政长官以后，他积极地邀请萨姆尼特尔人前来缔结和约。最后，萨姆尼欧姆归顺了罗马。

罗马／希腊神话诸神对照

罗马神话	希腊神话	司掌范围
朱庇特(Juppiter)	宙斯(Zeus)	众神之王，天神
朱诺(Juno)	赫拉(Hera)	天后，朱庇特之妻，婚姻女神
萨图恩(Saturn)	克洛诺斯(Kronus)	朱庇特之父
该亚(Gaea)	该亚(Gaea)	地神，克洛诺斯之母
亚奴斯(Janus)	雅努斯(Janus)	门神，起源神
普路托(Pluto)	哈得斯(Hades)	冥王，朱庇特的兄弟
尼普顿(Neptune)	波塞冬(Posidon)	海神，朱庇特的兄弟
密涅瓦(Minerva)	雅典娜(Athena)	智慧女神，女战神，工艺女神
福波斯(Phobos)	阿波罗(Apollo)	太阳神，艺术神
狄安娜(Diana)	阿尔忒弥斯(Artemis)	月亮女神，狩猎女神
玛尔斯(Mars)	阿瑞斯(Ares)	战神，朱诺之子
伏尔甘(Vulcan)	赫菲斯托斯(Hephaestus)	火神，工匠神
维纳斯(Venus)	阿佛洛狄忒(Aphrodite)	美神，爱神
墨丘利(Mercury)	赫耳墨斯(Hermes)	众神的使者，旅行神
丘比特(Cupid)	厄洛斯(Eros)	爱神，欲望神，维纳斯之子
色列斯(Ceres)	得墨忒耳(Demeter)	丰收女神，谷物女神
巴克斯(Bacchus)	狄奥尼索斯(Dionysos)	酒神，迷幻神